Quatro vidas de um cachorro

W. Bruce Cameron

Quatro vidas de um cachorro

Tradução
Regina Lyra

POCKET OURO

Título original
A Dog's Purpose

Texto revisto pelo novo Acordo Ortográfico

Capa
Leandro B. Liporage e Priscila Cardoso

Diagramação
Leandro B. liporage

Produção editorial
Rosana A. Moraes

PocketOuro é um selo da Editora Nova Fronteira Participações S.A.
Todos os direitos reservados.
Rua Nova Jerusalém, 345 – Bonsucesso
Rio de Janeiro – RJ – CEP: 21042-235
Tel.: (21)3882-8200 – Fax: (21)3882-8212/8313
www.ediouro.com.br

Para Cathryn
Por tudo, por ser tudo

Capítulo 1

Um dia, afinal, me ocorreu que as coisas mornas, ruidosas e fedorentas se mexendo à minha volta eram meus irmãos e minha irmã. Fiquei muito decepcionado.

Embora a minha visão tivesse evoluído apenas a ponto de me permitir distinguir formas nebulosas num ambiente claro, eu sabia que a figura grande e bonita com aquela língua maravilhosa era a minha mãe. Descobri que quando o ar gelado me esfriava a pele era sinal de que ela tinha ido a algum lugar e que quando o calor voltava estava na hora de comer. Quase sempre encontrar um lugar para mamar significava empurrar o que eu agora sabia ser o focinho de um irmão disposto a me privar do meu quinhão, o que era realmente irritante. Eu não via sentido algum na existência dos meus irmãos. Quando mamãe lambia minha barriga para estimular os fluidos que escorriam do meu traseiro, eu piscava para ela, implorando em silêncio que se livrasse dos outros filhotes. Queria que ela fosse só minha.

Aos poucos, os outros cachorros foram ficando mais nítidos e, a contragosto, aceitei a presença deles no ninho. Meu olfato logo me disse que eu tinha uma irmã e dois irmãos. Mana tinha um interesse ligeiramente menor em rolar comigo no chão do que meus irmãos, um dos quais batizei mentalmente de Veloz, já que, sabe-se lá por quê, ele sempre foi mais rápido que eu. Ao outro dei o nome de Faminto, porque toda vez que mamãe se ausentava ele gania, além de mamar com uma sofreguidão estranha, como se jamais ficasse satisfeito. Faminto dormia mais que nós três, e Mana, Veloz e eu costumávamos pular em cima dele e lamber sua cara.

Nosso Retiro foi escavado sob as raízes escuras de uma árvore e era fresco e escuro nas horas quentes do dia. Na primeira vez que me aventurei, trôpego, sob o sol, Mana e Veloz me acompanharam e, obviamente, Veloz passou à nossa frente.

De nós quatro, apenas Veloz tinha uma mancha branca na cara, e quando saía andando lepidamente, essa parte do pelo cintilava à luz do dia. "Sou especial", parecia declarar ao mundo aquela mancha fascinante em forma de estrela. O restante do seu corpo era tão sarapintado e trivialmente marrom e preto quanto o meu. Faminto era bem mais claro, e Mana herdara o focinho curto e a testa chata de mamãe, mas não havia grande diferença entre nós quatro, apesar da arrogância de Veloz.

Nossa árvore se empoleirava na margem de um regato, e adorei quando Veloz despencou de ponta-cabeça margem abaixo, embora Mana e eu não tenhamos mergulhado com mais elegância ao tentar fazer a mesma coisa. Pedras escorregadias e um pequeno córrego proviam odores maravilhosos, e seguindo a trilha molhada do regato fomos dar numa caverna fria e úmida — uma manilha com laterais de metal. Instintivamente percebi que aquele era um ótimo esconderijo para fugir do perigo, mas mamãe não se impressionou com a nossa descoberta e nos arrastou sem cerimônia de volta ao Retiro quando ficou claro que nossas patas ainda não tinham forças para nos permitir escalar a margem do córrego.

Aprendemos a lição. Não podíamos voltar ao ninho por conta própria quando descíamos da margem, razão pela qual assim que mamãe virou as costas repetimos o feito. Dessa vez, Faminto juntou-se a nós, mas nem bem chegou à manilha, esparramou-se na lama fresca e adormeceu.

Parecia que explorar era a coisa certa a fazer — precisávamos encontrar outras coisas para comer. Mamãe, que começava a se impacientar conosco, se levantava quando ainda não havíamos acabado de comer, e eu só podia atribuir a culpa disso aos meus irmãos. Se Faminto não fosse tão insaciável, se Veloz não fosse tão mandão, se Mana não se agitasse tanto, eu sabia que mamãe ficaria quieta e nos deixaria encher nossas barrigas. Não era verdade que eu sempre a convencia a se deitar, em geral com um suspiro, quando me esticava para alcançá-la?

Era comum mamãe gastar um tempinho extra lambendo Faminto, enquanto eu espumava de raiva ante tamanha injustiça.

A essa altura, Veloz e Mana já estavam maiores que eu — meu corpo era igual ao deles, mas com pernas mais atarracadas. Faminto era o nanico da ninhada, claro, e me incomodava o fato de que Veloz e Mana sempre me abandonavam para brincarem juntos, como se Faminto e eu formássemos algum tipo de par natural no grupo.

Como Veloz e Mana se interessavam mais um pelo outro do que pelo restante da família, eu os punia privando-os da minha companhia, saindo sozinho para me enfiar na manilha. Um dia, eu farejava alguma coisa deliciosamente morta e podre quando bem na minha frente um animalzinho mínimo explodiu no ar — um sapo!

Encantado, pulei para cima dele, tentando acertá-lo com as patas, mas o sapo saltou de novo. Teve medo, embora eu só quisesse brincar e provavelmente nem chegasse a comê-lo.

Veloz e Mana perceberam a minha excitação e vieram a toda até a manilha, me derrubando no chão quando frearam na água lodosa. O sapo pulou e Veloz investiu sobre ele, usando minha cabeça como um trampolim. Rosnei, mas meu irmão me ignorou.

Mana e Veloz caíram um sobre o outro na tentativa de agarrar o sapo, que conseguiu aterrissar numa poça e se afastar rapidamente nadando. Mana enfiou o focinho na água e bufou, espirrando água em cima de Veloz e de mim. Ele subiu no lombo dela, totalmente esquecido do sapo — o meu sapo!

Triste, eu me afastei. Parecia estar vivendo numa família de idiotas.

Eu viria a pensar várias vezes naquele sapo nos dias que se seguiram, em geral quando estava para adormecer. Me peguei imaginando que sabor ele teria.

Com frequência cada vez maior, mamãe rosnava baixinho sempre que nos aproximávamos, e no dia em que ela cerrou os dentes, numa espécie de aviso, quando chegamos correndo e gulosos, fiquei desesperado imaginando que meus irmãos tivessem estragado tudo. Então, Veloz rastejou até ela e mamãe baixou a cabeça. Ele lambeu sua boca e ela o recompensou com comida, e todos nós corremos para compartilhar. Veloz nos empurrou, mas agora já conhecíamos o riscado, e quando eu cheirava e lambia a boca de mamãe, ela me dava de comer.

A essa altura já estávamos bem familiarizados com o regato e já tínhamos perambulado para lá e para cá, a ponto de impregnar toda a área com nossos odores. Veloz e eu passávamos a maior parte do tempo dedicados à séria tarefa de brincar, e eu começava a entender como era importante para ele que o jogo terminasse comigo de barriga para cima e ele a me lamber a cara e o pescoço. Mana jamais o desafiava, mas eu ainda não tinha certeza se me agradava o que aparentemente todos assumiam ser a ordem natural do nosso grupo. Faminto, é claro, não ligava a mínima para o seu status, por isso, quando me sentia frustrado, eu mordia suas orelhas.

Uma tarde, eu contemplava sonolento Mana e Veloz disputarem com os dentes um pedaço de pano que haviam achado, quando minhas orelhas se antenaram — algum tipo de animal se aproximava, algo grande e barulhento. Fiquei de pé, cambaleante, mas antes que pudesse correr até a margem do regato para investigar o que era, lá estava mamãe, o corpo rígido, atenta. Vi, surpreso, que ela carregava Faminto entre os dentes, de uma maneira que já tinhamos abandonado há várias semanas. Conduziu-nos até a escuridão da manilha e se deitou, as orelhas coladas à cabeça. A mensagem era clara, e nós a captamos, afastando-nos, em silêncio, o máximo possível da entrada do túnel.

Quando a coisa ficou visível, caminhando a passos largos pelo leito do regato, senti o medo de mamãe percorrer-lhe o lombo. A criatura era grande. Apoiava-se em duas pernas, e uma fumaça acre saiu de sua boca quando se aproximou de nós.

Contemplei atento, absolutamente fascinado. Por motivos que não podia imaginar, senti-me atraído por essa criatura, seduzido, e cheguei mesmo a me empertigar, pronto para correr e saudá-la. Um olhar de mamãe, porém, me fez desistir da ideia. Era algo para despertar medo, para evitar a qualquer custo.

Claro que se tratava de um homem. O primeiro que vi na vida.

O homem sequer olhou na nossa direção. Subiu à margem e desapareceu de vista. Passados alguns momentos, mamãe deslizou para a claridade e ergueu a cabeça para se assegurar de que o perigo passara. Relaxou, então, e tornou a entrar, dando um beijo tranquilizador em cada um de nós.

Corri lá fora para ver com meus próprios olhos e constatei, desanimado, que tudo que restara da presença do homem era um odor persistente de fumaça no ar.

Várias vezes nas semanas seguintes, mamãe reforçou a mensagem que havíamos aprendido dentro daquela manilha: evitar os homens a qualquer preço. Temê-los.

Na próxima vez que mamãe saiu para caçar, tivemos permissão para acompanhá-la. Longe da segurança do Retiro, seu comportamento tornou-se tímido e nervoso, e nós quatro passamos a imitá-la. Procuramos nos manter ao largo de espaços abertos, caminhando bem próximo aos arbustos. Se víamos alguém, mamãe congelava, o corpo tenso, pronta para correr. Nessas ocasiões, a mancha branca no pelo de Veloz parecia tão chamativa quanto um latido, mas ninguém jamais notou nossa presença.

Mamãe nos ensinou a rasgar os sacos finos atrás das casas, que rapidamente espalharam papéis que não prestavam e revelaram pedaços de carne, crostas de pão e nacos de queijo, que mastigamos da melhor maneira possível. Os sabores eram exóticos e os aromas, maravilhosos, mas a ansiedade de mamãe nos afligia, e comemos a toda a disparada, sem saborear coisa alguma. Quase na mesma hora, Faminto devolveu sua refeição, o que achei um bocado engraçado até começar também a sentir minhas entranhas doerem num espasmo violento.

Aparentemente, a comida desceu mais fácil da segunda vez.

Sempre tive consciência da existência de outros cachorros, embora nunca tivesse pessoalmente encontrado algum, salvo os da minha própria família. Às vezes, quando caçávamos, eles latiam para nós por detrás de cercas, muito provavelmente invejosos por perambularmos livres, enquanto se encontravam aprisionados. Mamãe, lógico, jamais deixava que nos aproximássemos de estranhos, enquanto Veloz em geral se eriçava um pouco, meio ofendido por alguém ousar nos desafiar quando ele levantava a perna para molhar uma árvore que não lhe pertencia.

Vez por outra, eu via cachorros até dentro de carros! Na primeira vez que isso aconteceu, fiquei encarando, maravilhado, aquela cabeça pendendo para fora da janela com a língua balançando. O cachorro latiu alegremente quando me viu, mas meu espanto era grande demais para me permitir fazer outra coisa além de levantar meu focinho e farejar, descrente.

Carros e caminhões eram outras coisas das quais mamãe fugia, embora eu não entendesse como eles podiam ser perigosos, já que algumas vezes transportavam cachorros. Um caminhão grande e barulhento aparecia com frequência e levava todos os sacos de comida que as pessoas deixavam do lado de fora para nós, e as refeições ficavam escassas durante um ou dois dias. Eu não gostava daquele caminhão, nem dos homens gulosos que saltavam para recolher toda a comida só para eles, embora tanto os homens quanto o caminhão tivessem um aroma glorioso.

Havia, agora, menos tempo para brincar, pois estávamos caçando. Mamãe rosnava quando Faminto tentava lhe lamber a boca, na expectativa de uma refeição, e todos captamos a mensagem. Saíamos bastante, às escondidas, numa busca desesperada por comida. Eu agora me sentia cansado e fraco e nem tentava desafiar Veloz quando ele punha a cabeça no meu lombo, estufando o peito para cima de mim. Tudo bem se ele queria ser o chefão. Na minha opinião, afinal, minhas pernas curtas eram mais apropriadas às retiradas sorrateiras que a nossa mãe nos ensinara. Se Veloz achava que estava provando alguma coisa usando sua altura para me derrubar, se enganava. Mamãe era o cão comandante.

Mal havia lugar para todos nós debaixo da árvore agora, e mamãe ficava ausente por períodos de tempo cada vez mais longos. Algo me dizia que logo, logo ela não voltaria mais. Teríamos que nos virar sozinhos, com Veloz sempre me afastando do caminho na tentativa de abocanhar meu quinhão. Muito em breve, mamãe já não estaria ali para cuidar de mim.

Comecei a pensar em como seria deixar o Retiro.

O dia em que tudo mudou teve início com Faminto entrando, trôpego, na manilha para se deitar, em lugar de sair para caçar. Tinha a respiração ofegante e a língua pendia para fora da boca. Mamãe afagou Faminto antes de sair, e quando o cheirei, seus olhos continuaram fechados.

Acima da manilha passava uma estrada, e nessa estrada encontramos certa vez um grande pássaro morto, que destroçamos juntos, até Veloz arrancá-lo de nós e sumir com o banquete. Apesar do perigo de sermos vistos, costumávamos andar para lá e para cá nessa estrada à procura de mais pássaros, o que estávamos fazendo quando mamãe de repente levantou a cabeça, assustada. Todos ouvimos ao mesmo tempo o barulho: um caminhão se aproximava.

Só que não era um caminhão qualquer — o mesmo veículo, fazendo o mesmo barulho, vinha percorrendo a nossa estrada, para baixo e para cima, havia vários dias, em marcha lenta, ameaçadora até, como se nos caçasse.

Seguimos mamãe quando ela voltou correndo para a manilha, mas por motivos que jamais entenderei plenamente, parei e olhei para a máquina monstruosa, gastando uns segundinhos extras, antes de entrar atrás de mamãe na segurança do túnel.

Aqueles segundinhos acabaram fazendo toda a diferença — fui visto. Com uma vibração grave, trovejante, o caminhão parou diretamente acima das nossas cabeças. O motor estalou e se calou, e em seguida ouvimos o som de botas sobre o cascalho.

Mamãe soltou um leve ganido.

Quando os rostos humanos apareceram de um lado e do outro da manilha, mamãe se abaixou, o corpo tenso. Os humanos nos mostraram os dentes, mas o gesto não me pareceu hostil. Seus rostos eram marrons, tinham pelos pretos, testas negras e olhos escuros.

— Ei, garoto — sussurrou um deles. Não entendi o que ele queria, mas o chamado parecia tão natural quanto o som do vento, como se eu não tivesse feito outra coisa a vida toda a não ser ouvir os homens falarem.

Ambos seguravam varas, vi então, varas com cordas amarradas às extremidades. Pareciam ameaçadoras, e senti o pânico tomar conta de mamãe, que investiu, de cabeça baixa e unhas à mostra, mirando o espaço entre as pernas de um dos homens. A vara desceu, houve um rápido estalido e minha mãe, contorcendo-se e pulando, foi arrastada para a luz do dia pelo homem.

Mana e eu recuamos, com medo, enquanto Veloz rosnava, o pelo eriçado na parte de trás do pescoço. Foi quando ocorreu a nós três que, embora o caminho às nossas costas continuasse bloqueado, a boca do túnel à frente agora estava liberada. Partimos céleres.

Lá vêm eles! — gritou o homem atrás de nós.

Uma vez do lado de fora, percebemos que não sabíamos o que fazer. Mana e eu ficamos atrás de Veloz — ele não queria mandar? Então lidasse com a situação.

Não vimos sinal de mamãe. Os dois homens ocupavam margens opostas, porém, cada um sacudindo sua vara. Veloz driblou um, mas foi apanhado pelo outro. Mana aproveitou a confusão para escapar, as patas patinhando na água enquanto ela se afastava trotando, mas eu permaneci ali plantado, o olhar fixo na estrada.

Uma mulher de cabelo branco comprido surgiu acima de nós, o rosto vincado de bondade.

— Vem, bebê, está tudo bem. Você vai gostar. Vem, bebê — chamou.

Não corri. Não me mexi. Deixei que a corda escorregasse pela minha cabeça e fosse apertada no meu pescoço. A vara me conduziu margem acima, onde o homem me agarrou pela parte de trás do pescoço.

— Tudo bem com ele — ronronou a mulher. — Pode soltar.

— Ele vai fugir — alertou o homem.

— Pode soltar.

Acompanhei esse pequeno diálogo sem compreender, entendendo apenas que por algum motivo era a mulher quem mandava, embora fosse mais velha e menor que ambos os homens. Com um grunhido relutante, o homem removeu a corda do meu pescoço. A mulher estendeu as mãos para mim: as palmas eram ásperas, calejadas, envoltas em um aroma floral. Cheirei-as então e baixei a cabeça. Uma nítida sensação de carinho e preocupação se irradiava dela.

Quando a mulher afagou meu pelo com os dedos, senti um arrepio. Meu rabo chicoteou o ar por conta própria, e quando ela me surpreendeu me erguendo no colo, estiquei-me para beijar-lhe o rosto, fascinado com a gargalhada que ela deu.

O clima pesou quando um dos homens se aproximou carregando o corpo inerte de Faminto. O homem mostrou-o à mulher, que fez um muxoxo de tristeza, levando-o depois para o caminhão, onde mamãe e Veloz ocupavam uma gaiola de metal, e segurou-o junto aos focinhos de ambos. O odor da morte, que reconheci como qualquer outra lembrança, desprendeu-se de Faminto e veio até mim através do ar seco e empoeirado.

Todos nós cheiramos meu irmão morto, e entendi que os homens queriam que soubéssemos o que acontecera a Faminto.

A tristeza emanava de todos eles, de pé, calados, no meio da estrada, mas ninguém sabia o quanto Faminto havia sido doente, doente desde o nascimento e fadado a uma vida breve.

Fui posto na gaiola, e mamãe fungou reprovadoramente ao sentir o aroma da mulher, que aderira ao meu pelo. Com um solavanco, o caminhão partiu novamente e logo me distraíram os maravilhosos cheiros que penetravam na gaiola enquanto descíamos a estrada. Eu viajava num caminhão! Lati, extasiado, fazendo Veloz e mamãe virarem a cabeça, surpresos com a minha explosão. Não pude me conter: aquela era a coisa mais excitante que já me acontecera na vida, incluída aí a ocasião em que quase apanhei o sapo.

Veloz parecia acabrunhado de tristeza, e levei um tempinho para entender: Mana, sua companhia favorita, se fora, uma perda tão definitiva para nós quanto a de Faminto.

O mundo, pensei comigo mesmo, era muito mais complexo do que eu havia suposto. Não se tratava apenas de mamãe e meus irmãos se escondendo das pessoas, caçando e brincando na manilha. Acontecimentos maiores tinham o condão de mudar tudo — acontecimentos controlados por seres humanos.

Sobre uma coisa eu estava errado. Embora não soubéssemos então, Veloz e eu encontraríamos Mana de novo, no futuro.

Capítulo 2

Qualquer que fosse o destino da nossa viagem de caminhão, algo me dizia que encontraríamos outros cachorros ao chegar. A gaiola que nos abrigava cheirava decididamente a cachorro, urina, fezes e até sangue misturado a pelo e saliva. Enquanto mamãe se encolhia, as unhas bem à mostra para impedir que escorregasse no chão sacolejante, Veloz e eu andávamos para lá e para cá, de focinho baixo, farejando um cachorro diferente atrás do outro. Veloz tentou marcar território nos cantos da gaiola, mas sempre que experimentava se equilibrar em três patas, uma boa sacudida do caminhão o jogava no chão. Chegou mesmo a cair uma vez em cima de mamãe, o que lhe proporcionou de lambuja uma rápida mamadinha. Olhei-o, indignado. Será possível que ele não via que ela estava infeliz?

No final das contas, cansado de farejar cães ausentes, grudei meu focinho à grade de arame e inspirei boas doses de vento. Lembrei-me da primeira vez que enfiei a cara nas suculentas lixeiras que constituíam a nossa principal fonte de alimentação. Havia milhares de odores inidentificáveis ali, todos penetrando minhas narinas com tamanha força que eu não parava de espirrar.

Veloz posicionou-se do lado oposto da gaiola e se deitou, desconsiderando a possibilidade de juntar-se a mim na lateral, pois a ideia não tinha sido sua. Ele me lançava um olhar mal-humorado toda vez que eu espirrava, como se avisasse que na próxima tentativa era melhor pedir sua licença para isso. Cada vez que via aquele olhar frio, eu encarava com insistência mamãe, que embora obviamente acovardada por toda essa experiência, a meu ver, continuava no comando.

Quando o caminhão parou, a mulher se aproximou e falou conosco, pondo as palmas das mãos na lateral da gaiola para que lambêssemos. Mamãe permaneceu onde estava, mas Veloz, tão seduzido quanto eu, se pôs a meu lado balançando o rabo.

— Que gracinha que vocês são. Com fominha, bebês? Fominha?

Havíamos estacionado diante de um prédio comprido e atarracado, com os pneus do caminhão sobre esparsa grama de deserto.

— Ei, Bobby! — gritou um dos homens.

A reação a seu grito me deixou atônito. Dos fundos da casa veio um coro de latidos, tantos que não conseguia identificar o número de fontes. Veloz subiu nas patas traseiras e pôs as dianteiras na lateral da gaiola, como se essa postura pudesse ajudá-lo a enxergar melhor.

A algazarra prosseguiu, enquanto outro homem emergia de uma porta lateral da casa. Era marrom e gasto, e caminhava mancando ligeiramente. A maneira como os outros dois lhe sorriram sugeria alguma expectativa. Quando nos viu, o homem parou, encolhendo os ombros, desanimado.

— Ah, não, *missus*. Chega de cães. Já estamos lotados. — O homem irradiava conformismo e tristeza, mas nada senti nele que demonstrasse raiva.

A mulher se virou e aproximou-se dele.

— Estamos com dois filhotes e a mãe. Devem ter uns três meses. Um fugiu e o outro morreu.

— Não!

— A mãe, coitadinha, está apavorada.

— Já lhe dissemos da última vez que temos cachorros demais e não querem nos dar uma licença.

— Pouco me importa.

— Mas, *missus*, não há espaço.

— Ora, Bobby, você sabe que não é verdade. O que se pode fazer? Deixar que vivam como animais selvagens? Eles são cachorros, Bobby, filhotes, entende? — A mulher virou-se para a gaiola e balancei o rabo para lhe mostrar que estava prestando a máxima atenção, mesmo sem entender patavina.

— É isso aí, Bobby! Que diferença faz aceitar mais três? — perguntou um dos homens sorridentes.

— Qualquer dia destes não vai haver dinheiro para pagar a vocês, todo ele será gasto com comida canina — respondeu o homem chamado Bobby. Os outros apenas deram de ombros, sorrindo.

— Carlos, quero que você pegue uns bifes de hambúrguer e volte àquele regato. Veja se encontra o filhote que fugiu — disse a mulher.

O homem assentiu com a cabeça, rindo da expressão de Bobby. Entendi que a mulher comandava essa família de humanos e lhe dei outra lambida na mão para que ela gostasse mais de mim do que dos outros.

— Ah, que cachorro bonzinho — me disse ela. Dei vários pulos, balançando o rabo com tamanha força que ele atingiu Veloz bem na cara, irritando meu irmão.

O homem chamado Carlos cheirava a carne temperada e óleos exóticos que não pude identificar. Ele enfiou uma vara na gaiola, pegando mamãe. Veloz e eu, de boa vontade, seguimos atrás quando ela foi levada para a lateral da casa, onde havia uma grande cerca. O som de latidos ali era ensurdecedor, e senti um ligeiro medo — onde estaríamos, exatamente, nos metendo?

O aroma de Bobby tinha um quê de cítrico, de laranjas, misturado ao cheiro de terra, de couro e de cães. Ele abriu um tantinho o portão, bloqueando o caminho com o próprio corpo.

— Para trás! Já para trás! Vamos lá! — comandou. Os latidos diminuíram um pouco, e quando Bobby escancarou o portão e Carlos empurrou mamãe para dentro, cessou por completo.

Fiquei tão pasmo com o que vi que sequer senti o pé no traseiro quando Bobby me empurrou para dentro do cercado.

Cães.

Por todo lado havia cães. Vários deles eram tão grandes ou maiores que mamãe, e alguns, menores. Todos passeavam livremente dentro de um grande cercado, um pátio enorme circundado por uma alta cerca de madeira. Saí trotando na direção de um grupo de cachorros de aparência amistosa não muito mais velhos que eu, parando, assim que os alcancei, para fingir contemplar fascinado alguma coisa no chão. Os três cães à minha frente tinham pelo claro e eram todos fêmeas. Por isso, sedutoramente urinei sobre um monte de terra antes de me juntar a elas, cheirando seus traseiros, como manda a educação.

Tão feliz eu estava com o desenrolar dos acontecimentos, que me deu vontade de latir, mas mamãe e Veloz não pareciam se sentir tão à vontade. Mamãe, na verdade, andava ao longo do perímetro da cerca, buscando uma saída, o focinho grudado ao chão. Veloz havia se aproximado de um grupo de machos e agora permanecia tenso entre eles,

o rabo tremendo, enquanto, um por um, os outros erguiam uma pata de encontro a um esteio da cerca.

Um dos machos foi se postar diretamente no caminho de Veloz, enquanto outro deu meia-volta para cheirar, agressivamente, o seu traseiro. Foi aí que meu pobre irmãozinho capitulou. O traseiro desabou, e quando ele se virou para encarar o macho às suas costas, o rabo se curvou, aninhando-se entre as pernas. Não fiquei nadinha surpreso quando, segundos depois, ele se deitou de barriga para cima, se contorcendo com uma animação meio desesperada. Percebi que já não comandava mais nada.

Enquanto tudo isso acontecia, um outro macho, musculoso e alto, as orelhas compridas lhe pendendo ao longo da cabeça, permaneceu absolutamente imóvel no centro do pátio, observando mamãe correr em círculos, desesperada. Algo me disse que de todos os cães naquele pátio era com esse que precisávamos ter cuidado e, para comprovar, quando ele abandonou sua postura rígida e caminhou na direção da cerca, os cachorros que rodeavam Veloz pararam de fazer bagunça e ergueram a cabeça, em alerta.

A uma dezena de metros da cerca, o macho solitário partiu correndo para cima de mamãe, que parou, toda encolhida. O macho enfrentou-a com os ombros, bloqueando-lhe o caminho, o rabo ereto qual uma flecha. Ela se deixou cheirar em toda a extensão do corpo, ainda encostada à cerca.

Senti o impulso, que tenho certeza Veloz também sentiu, de correr em seu socorro, mas, por algum motivo, vi que não daria certo. Aquele macho era o Maioral, um mastim robusto com uma cara marrom e olhos escuros e remelentos. A submissão de mamãe fazia parte, simplesmente, da ordem natural das coisas.

Após esse cuidadoso exame, Maioral disparou uma rajada econômica de urina contra a cerca, que mamãe devidamente examinou, e depois foi embora, sem prestar mais atenção a ela. Até mamãe pareceu minguar, saindo de cena discretamente para se esconder atrás de uma pilha de dormentes de ferrovia.

No devido tempo, o grupo de machos veio me checar também, mas me mostrei submisso e lambi todos eles na cara, fazendo-os saber que, sem sombra de dúvida, teriam zero problema comigo — meu irmão é que era o encrenqueiro. Eu só queria brincar com as três meninas e explorar o pátio, povoado de bolas e ossos de borracha, além de todo tipo de distrações e cheiros maravilhosos. Um cristalino fiozinho de água caía o tempo todo na gamela, matando a nossa sede sempre que necessário, e o homem chamado Carlos vinha ao pátio uma vez por dia limpar a nossa sujeira. A intervalos regulares, todos começávamos a latir alto, sem qualquer motivo senão a mera satisfação que isso nos dava.

E a comida! Duas vezes ao dia, Bobby, Carlos, Missus e o outro homem se aproximavam, dividindo-nos em grupos conforme a idade. Despejavam sacos de boa comida em enormes bacias e enterrávamos nelas as nossas caras, comendo o máximo que aguentávamos! Bobby ficava observando e sempre que achava que um dos cachorros (em geral a menorzinha das fêmeas) não comera o suficiente, ele a pegava no colo e lhe dava uma porção extra, afastando o restante de nós.

Mamãe comia com os cães adultos e de vez em quando eu ouvia um rosnado vindo lá do canto dela, embora quando me virava para olhar tudo que via eram rabos abanando. O que quer que comessem tinha um cheiro maravilhoso, mas se um dos jovens tentava se aproximar para ver o que se passava, os homens intervinham e barravam o filhote.

A mulher, Missus, se abaixava para nos deixar beijar seu rosto e passava a mão em nosso pelo, dando sonoras gargalhadas. Meu nome, disse-me ela, era Toby. Era assim que me chamava toda vez que me via: Toby, Toby, Toby.

Eu tinha certeza de ser, de longe, o seu cão favorito — e por que não? Minha melhor amiga era uma fêmea de pelo castanho-claro, chamada Coco, que me acolhera desde o primeiro dia. As pernas e patas de Coco eram brancas, o focinho, cor-de-rosa, e o pelo áspero e espetado. Era suficientemente pequena para que eu conseguisse acompanhá-la a despeito das minhas pernas curtas.

Coco e eu brincávamos o dia todo, em geral na companhia das outras meninas e, algumas vezes, de Veloz, que sempre insistia para acabar como o maioral na brincadeira. Precisava manter sua agressividade controlada, porém, porque quando se tornava demasiado rebelde, um dos machos era mandado até nós para lhe dar uma lição. Quando isso acontecia, eu sempre fingia jamais tê-lo visto antes.

Eu amava o meu mundo, o Pátio. Adorava correr na lama próximo à tina d'água, minhas patas levantando lama do chão, salpicando meu pelo. Adorava quando todos começávamos a latir, embora raramente entendesse o porquê. Adorava perseguir Coco e dormir sobre uma pilha de cachorros e cheirar o cocô dos outros. Havia dias em que eu caía duro de exaustão de tanto brincar, euforicamente feliz.

Os cachorros mais velhos também brincavam — até o Maioral podia ser visto correndo pelo pátio com um pedaço de cobertor na boca, enquanto os outros o perseguiam, fingindo não conseguir alcançá-lo. Menos mamãe, que escavara um buraco atrás dos dormentes de ferrovia e passava a maior parte do tempo deitada nele. Quando eu ia vê-la, ela rosnava para mim como se não me conhecesse.

Uma noite, depois do jantar, quando os cães já estavam sonolentos e esparramados no Pátio, vi mamãe emergir furtivamente do esconderijo e se aproximar, sorrateira, do portão. Eu roía um osso de borracha, para amenizar a dor constante em minha boca, que ansiava por morder alguma coisa. Parei, contudo, para observar com curiosidade mamãe sentada diante do portão. Será que alguém estava chegando? Inclinei a cabeça, pensando que se houvesse alguma visita os outros cachorros já teriam começado a latir.

Era comum à noite Carlos, Bobby e os outros homens se sentarem em torno de uma mesinha para conversar, abrindo e passando de mão em mão uma garrafa de vidro, de onde saía um cheiro forte de alguma substância química. Essa noite, porém, os cães estavam sozinhos no Pátio.

Mamãe levantou as patas dianteiras, encostando-as nas ripas do portão de madeira, e abocanhou a maçaneta de metal. Fiquei confuso. Por que, me perguntei, ela haveria de querer morder uma coisa dessas, quando não faltavam ótimos ossos de borracha espalhados por todo lado? Ela virou a cabeça para a esquerda e para a direita, aparentemente incapaz de dar uma boa mordida na coisa. Lancei um olhar para Veloz, mas ele dormia a sono solto.

Então, para meu espanto, o portão se abriu com um estalido. Minha mãe abrira o portão! Ela pousou as patas no chão e empurrou o portão com o corpo, farejando cautelosamente o ar do outro lado da cerca.

Virou-se, então, para mim, com um brilho nos olhos. O recado era claro: minha mãe ia partir. Fiquei de pé para me juntar a ela, e Coco, deitada perto de mim, preguiçosamente ergueu a cabeça e me olhou durante um segundo, antes de suspirar e voltar a se esparramar na areia.

Se eu partisse, jamais veria Coco de novo. Fiquei dividido entre ser leal a minha mãe, que me alimentara, me

ensinara e cuidara de mim, e o grupo, que incluía Veloz, o meu irmão imprestável.

Mamãe não esperou pela minha decisão, esgueirando--se silenciosamente para as sombras da noite que começava a cair. Se eu quisesse alcançá-la teria que me apressar.

Corri para o portão aberto, seguindo-a na direção do mundo imprevisível do outro lado da cerca.

Ninguém nos viu sair.

Capítulo 3

Não fui muito longe. Para começar, não conseguia andar tão rápido quanto mamãe, e, de toda maneira, havia um pé de arbustos diante da casa no qual me vi obrigado a deixar minha marca. Ela não me esperou, sequer uma vez olhou para trás. Minha última lembrança é de mamãe fazendo o que fazia de melhor: desaparecendo nas sombras, despercebida, invisível.

Não fazia muito tempo, tudo que eu queria na vida era uma chance de me aninhar junto a mamãe, e sentir sua língua e seu corpo quentinho era mais importante que qualquer outra coisa para mim. Agora, porém, ao vê-la sumir, entendi que ao me deixar para trás mamãe estava simplesmente agindo como todas as cadelas mães devem fazer um dia. A compulsão de segui-la havia sido o último gesto automático num relacionamento que mudara para sempre no dia em que nossa família chegou ao Pátio.

Minha pata ainda estava levantada quando Missus chegou à varanda, parando ao me ver.

— Ora, Toby, como foi que você saiu?

Se eu quisesse fugir, teria que correr *agora*, o que, é claro, não foi o que fiz. Em vez disso, abanei o rabo e pulei nas pernas de Missus, tentando lamber seu rosto. O aroma floral que ela exalava se mesclava a um delicioso odor gorduroso de galinha. Missus afagou minhas orelhas e eu a segui, viciado em seus afagos, enquanto ela caminhava a passos largos na direção do portão ainda aberto e do bando de cães refestelado imóvel no chão do pátio. Com um tapinha carinhoso, ela entrou atrás de mim.

No minuto em que o portão se fechou, os outros cachorros se puseram de pé e correram em nossa direção. Missus lhes fez festinhas e falou com voz doce, me deixando levemente irritado por dividir sua atenção, até ali exclusivamente minha.

Era um bocado injusto. Eu tinha desistido de mamãe para ficar com Missus, e agora ela agia como se eu fosse tão especial quanto os outros!

Quando ela se foi, o portão se fechou com um sonoro ruído metálico, mas nunca mais eu o veria como uma barreira intransponível.

Coco e eu brincávamos, alguns depois, quando mamãe voltou. Ao menos achei que fosse ela — eu estava distraído por um novo desdobramento em nosso contínuo jogo de luta, em que eu dava a volta por trás de Coco e montava em seu lombo, agarrando-a com as patas dianteiras. Era um jogo maravilhoso, e eu não entendia por que Coco o encarava com tamanho mau humor, contorcendo-se e rosnando para mim. Se parecia tão perfeito, por que tanta falta de receptividade?

Ergui os olhos quando Bobby abriu o portão. Lá estava mamãe parada, hesitante. Feliz, cruzei o pátio correndo, levando atrás de mim um bando de cães, mas diminuí a velocidade ao me aproximar.

A cadela tinha o mesmo sinal de mamãe, uma mancha preta sobre um dos olhos, bem como o focinho achatado e o pelo curto, mas não era mamãe. Ela se abaixou e urinou, submissa, ao nos ver chegar. Circundei o novo cão, como fizeram os demais, embora Veloz tenha se dirigido diretamente a ela para cheirar-lhe o traseiro.

Bobby exibia a mesma postura derrotada de quando pusera nós todos no caminhão pela primeira vez, mas permaneceu perto da cadela, protegendo-a com o corpo.

— Vai dar tudo certo, garota — garantiu.

Era Mana. Eu quase me esquecera dela, e agora, examinando-a, me dei conta de como a vida devia ter sido diferente do outro lado da cerca. Mana estava magra, as costelas nitidamente visíveis, e uma cicatriz branca, purulenta, se estendia pela lateral do seu corpo. A boca fedia a comida podre, e quando ela fez xixi, um cheiro doentio acompanhou o ato.

Veloz ficou eufórico, mas Mana estava amedrontada demais por causa do restante do bando para aceitar seu convite para brincar. Ela rastejou diante de Maioral e deixou-se cheirar por todos sem fazer sequer um movimento para marcar seu território. Quando os outros desdenhosamente a dispensaram, Mana examinou de forma discreta a gamela vazia onde punham a comida e bebeu um pouco de água, como se estivesse roubando.

Era isso que acontecia com cachorros que tentavam viver no mundo sem donos — tornavam-se abatidos, vencidos, famintos. Teríamos todos sofrido a mesma transformação se ficássemos na manilha.

Veloz não saía do lado dela. Ocorreu-me que Mana sempre fora sua favorita, mais importante para ele até que mamãe. Observei-o beijá-la e se inclinar diante dela sem sentir ciúme algum — eu tinha Coco.

O que me deixou ciumento foi a atenção que Coco passou a receber de alguns outros machos, que aparentemente achavam que podiam se aproximar e brincar com ela como se eu não existisse, o que suponho fosse verdade. Eu conhecia o meu lugar no grupo e apreciava a sensação de ordem e segurança que ele me proporcionava, mas também queria

Coco só para mim e não gostava quando era grosseiramente afastado do caminho.

Os machos pareciam querer todos brincar o jogo inventado por mim, dando a volta por trás de Coco e tentando montá-la, mas notei com uma satisfação fria que ela também não tinha interesse em entrar nesse jogo com eles.

Na manhã seguinte à chegada de Mana, Bobby veio até o pátio e levou Veloz, Mana, Coco e um outro jovem macho, um galgo malhado e metido que os homens chamavam de Down, e pôs todos junto comigo numa gaiola na traseira do caminhão. O lugar estava apinhado e barulhento, mas adorei o vento forte que a velocidade provocava e a expressão na cara de Veloz quando espirrei nele. Por incrível que pareça, uma fêmea de pelo longo viajou na cabine com Carlos e Bobby. *Por que a escolheram para ser um cão de banco dianteiro?*, perguntei a mim mesmo. E por que, quando me chegava seu aroma pelas janelas abertas, eu sentia um arrepio no corpo todo que me provocava uma ânsia selvagem?

Paramos junto a uma árvore velha e retorcida que provia a única sombra do estacionamento calorento. Bobby entrou no prédio com a cadela, enquanto Carlos veio até a porta da gaiola. Todos nós, com exceção de Mana, avançamos ansiosos.

— Venha, Coco — chamou Carlos. Senti cheiro de amendoim e frutinhos nos dedos dele, além de algo doce que não identifiquei.

Todos latimos invejosos quando Coco foi levada para o prédio, e depois latimos porque latimos. Um grande pássaro preto pousou na árvore acima de nós e encarou-nos como se fôssemos idiotas, o que nos levou a latir para ele durante algum tempo.

Boby voltou ao caminhão.

— Toby! — gritou ele.

Orgulhoso, dei um passo à frente, aceitando uma corda de couro em torno do pescoço, antes de pular para o chão, que, de tão quente, fez doer as minhas patas. Sequer lancei um olhar para os perdedores na gaiola enquanto entrava no prédio, incrivelmente fresco e cheiroso graças ao aroma de cães e outros animais.

Bobby me conduziu por um corredor e depois me pegou no colo e me pôs sobre uma mesa brilhosa. Uma mulher entrou e sacudi o rabo quando ela botou um dedo macio delicadamente nos meus ouvidos e examinou meu pescoço. Suas mãos cheiravam a alguma substância química forte, embora as roupas cheirassem a outros animais, inclusive a Coco.

— Quem é este? — indagou ela.

— Toby — respondeu Bobby. Balancei mais o rabo ao ouvir meu nome.

— Quantos você disse que trouxe hoje? — perguntou a Bobby enquanto exibia minha gengiva para examinar meus dentes.

— Três machos e três fêmeas.

— Bobby! — falou a mulher. Abanei o rabo porque reconheci o nome dele.

— Já sei, já sei.

— Ela vai arrumar encrenca — disse a mulher, que me apalpava de cima a baixo. Perguntei-me se seria adequado gemer de prazer.

— Não há vizinhos para reclamar.

— Ainda assim, existem leis. Ela não pode continuar a recolher mais cachorros. O número deles já é grande demais. Não é salutar.

— Ela diz que do contrário os cachorros todos morrem. Não há gente suficiente para adotá-los.

— É ilegal.

— Por favor, não denuncie, doutora.

— Você me deixa numa situação delicada, Bobby. Preciso cuidar do bem-estar deles.

— Nós trazemos os doentes para a senhora.

— Alguém vai fazer queixa, Bobby.

— Não, por favor!

— Não eu, ora. Não vou dizer coisa alguma sem avisar a vocês antes, sem lhes dar uma chance de encontrar uma solução. Certo, Toby?

Lambi a mão dela.

— Cachorro bonzinho. Vamos levá-lo para a cirurgia agora, dar um jeito em você.

Bobby fez um muxoxo.

Logo me vi em outro cômodo, superiluminado, mas deliciosamente gelado, cheio do cheiro forte que emanava da moça boazinha. Bobby me segurou firme e eu me deitei imóvel, sei lá como adivinhando que era isso que ele queria. Senti uma dor aguda, breve, atrás do pescoço, mas não reclamei, balançando o rabo vigorosamente para mostrar que não me importava.

A próxima coisa de que me lembro foi de estar de volta ao Pátio! Abri os olhos e tentei ficar de pé, mas minhas patas traseiras não funcionaram. Estava com sede, mas cansado demais para ir beber água. Baixei a cabeça e voltei a adormecer.

Quando acordei, percebi na mesma hora que havia alguma coisa em volta do meu pescoço, um cone branco qualquer, tão idiota que temi que pudessem me expulsar do grupo. Havia uma sensação dolorida, uma comichão, no meio das minhas patas traseiras, mas eu não podia usar meus dentes para coçar por causa daquela gola imbecil. Andei, trôpego, até a torneira e bebi um pouco de água, o estômago embrulhado e minhas partes íntimas muito, muito doídas. Dava para concluir pelo cheiro no Pátio que eu perdera o jantar, mas, àquela altura, pouco me importei. Descobri um trecho fresco de terra e desabei com um gemido. Veloz estava deitado ali e me lançou um olhar — também ele usava uma gola ridícula.

O que Bobby tinha feito conosco?

As três fêmeas que haviam nos acompanhado ao prédio da moça boazinha tinham sumido. No dia seguinte, andei mancando em volta do Pátio, tentando farejar sinais de Coco, mas nada indicava que ela tivesse voltado conosco.

Afora a humilhação da gola imbecil, precisei também passar pela indignidade de ter a área dolorida inspecionada por todos os machos do grupo. Maioral me virou de barriga para cima com um safanão não muito delicado, e fiquei ali deitado sofrendo, enquanto primeiro ele e depois os outros machos me cheiravam com indisfarçável desprezo.

Não tentaram o mesmo com as fêmeas, que retornaram ao pátio alguns dias mais tarde. Fiquei eufórico ao ver Coco, que também usava aquela gola estranha, e Veloz fez o que pôde para consolar Mana, para quem, nitidamente, todo o processo havia sido traumático.

Carlos acabou removendo nossas golas, e dali em diante me vi menos interessado no jogo em que eu montava nas costas de Coco. Em vez desse, inventei um novo, em que eu corria até Coco com um osso de borracha e o roía bem na frente dela, jogando-o para cima e deixando-o cair. Coco fingia não querer o osso, desviava o olhar, mas seus olhos sempre voltavam a ele quando eu o empurrava para ela com o focinho. Finalmente, Coco perdia o controle e pulava para pegá-lo, mas eu a conhecia tão bem que era capaz de alcançá-lo antes. Então eu recuava dançando, balançando alegremente o rabo, e às vezes ela me perseguia e corríamos em grandes círculos — a parte da brincadeira de que eu mais gostava. Outras vezes, Coco bocejava fingindo tédio, para que eu me aproximasse de novo, tentando-a com o osso de borracha até que ela não aguentasse mais e fizesse outra tentativa para apanhá-lo. Eu gostava tanto dessa brincadeira que quando dormia sonhava com ela.

Às vezes havia ossos de verdade, porém, e com esses lidávamos de forma diversa. Carlos vinha até o pátio com um saco engordurado, distribuindo guloseimas chamuscadas e chamando nossos nomes durante o processo. Carlos não entendia que devia sempre dar o primeiro a Maioral, o que não era um problema para mim. Nem sempre eu ganhava um osso, mas quando isso acontecia, Carlos dizia "Toby, Toby" e o entregava diretamente a mim bem no nariz de outro cachorro. As regras eram diferentes quando havia humanos em cena.

Uma vez, quando Veloz ganhou um osso e eu não, vi algo extraordinário. Veloz atracou-se com o petisco no meio do pátio, roendo freneticamente e deixando escapar odores inebriantes do seu troféu. Aproximei-me para observar invejoso, o que me levou a estar bem ali quando Maioral apareceu.

Veloz ficou tenso, apartando de leve as patas, como se prestes a ficar de pé. Quando Maioral dirigiu-se a ele, Veloz parou de roer e soltou um rosnado grave. Ninguém *jamais* rosnava para Maioral. Intuí, contudo, que Veloz estava certo — aquele era o seu osso, dado a ele por Carlos, e nem mesmo Maioral podia tirá-lo.

Mas o osso era tão delicioso que Maioral aparentemente não conseguiu se controlar. Enfiou-lhe o focinho, e foi aí que Veloz atacou, fechando os dentes bem na cara de Maioral! Os lábios de Veloz se arreganharam e os olhos viraram duas fendas. Maioral fitou-o apalermado diante dessa rebelião ostensiva e depois, com a cabeça altivamente erguida, virou-lhe as costas e ergueu a perna de encontro à cerca, sem prestar mais atenção em Veloz.

Eu sabia que se realmente quisesse, Maioral podia ter tomado o troféu de Veloz. Maioral tinha tal poder e já o exercera antes. Testemunhei o que aconteceu quando, por volta da época da nossa viagem de caminhão para visitar a moça boazinha no prédio gelado, os machos se reuniram em torno de uma das fêmeas, cheirando-a e levantando suas patas de um jeito decidido e urgente. Eu fazia parte do grupo, lamento dizer. Havia algo nela tão sedutor que sequer sou capaz de descrever.

Toda vez que um macho tentava cheirar seu traseiro, a fêmea se sentava na terra. Suas orelhas grudavam-se à cabeça, humildemente, mas ela também rosnou algumas vezes, e nessas ocasiões os machos recuavam como se ela tivesse acabado de ser eleita a Maioral.

Estávamos tão próximos uns dos outros, que era impossível evitar esbarrões, e foi assim que começou uma briga entre Maioral e o maior macho do grupo, um enorme cão preto e marrom que Bobby chamava de Rottie.

Maioral lutou com uma eficiência de especialista, agarrando Rottie pela parte de trás do pescoço e obrigando o cachorro a se deitar. Abrimos espaço para a briga, que terminou em segundos, a bem da verdade, com Rottie de barriga para cima, totalmente subserviente. O barulho, porém, atraiu Carlos, que gritou "Ei, ei, já chega!" e ficou no meio do pátio, ignorado pelos machos, enquanto Coco se aproximou para ganhar um afago. Depois de nos observar durante alguns segundos, Carlos gritou chamando a fêmea que era o foco de todas as atenções e atravessou com ela o portão.

Não a vi novamente até a manhã seguinte no caminhão, indo visitar a moça boazinha na sala gelada, e ela viajou no banco dianteiro com os homens.

Depois de terminar de roer seu osso, Veloz aparentemente se arrependeu de implicar com Maioral. Meu irmão baixou a cabeça, balançando o rabo rasteiro, e se aproximou, sem jeito, do concorrente. Fez vários convites para brincar, ignorados por Maioral, e depois lambeu o adversário na boca. Isso deve ter sido um pedido de desculpas suficiente, pois Maioral então brincou um pouquinho com Veloz, virando meu irmão de barriga para cima e deixando-o morder seu pescoço antes de se afastar abruptamente.

Era assim que Maioral mantinha a ordem, botando-nos todos no devido lugar, mas sem tirar vantagem da própria posição para roubar a comida que os homens nos davam. Éramos um grupo feliz até o dia em que Spike chegou.

Daí em diante, nada mais foi como antes.

Capítulo 4

Começava a me parecer que justo quando eu descobria como era a vida tudo mudava. Quando caçávamos com mamãe, aprendi a temer os humanos, aprendi a garimpar comida, aprendi como acalmar Veloz para que ele recuperasse o que, se tratando do meu irmão, equivalia a bom humor. Então, chegaram os homens, nos levaram para o Pátio e tudo ficou diferente.

No Pátio, me adaptei rapidamente à vida em grupo, aprendi a amar Missus, Carlos e Bobby, e justo quando as minhas brincadeiras com Coco começaram a ter uma natureza diversa, mais complexa, fomos levados para visitar a moça boazinha na sala gelada e aquele impulso urgente que eu vinha sentindo sumiu totalmente. Continuei a passar boa parte do dia lambendo Coco — e sendo lambido por ela —, mas sem aquela estranha compulsão que de vez em quando me assaltava antes.

Entre os dois mundos — o de fora e o do Pátio — ficava o portão que mamãe abrira. Tantas vezes pensei sobre a noite da sua fuga que praticamente dava para sentir a maçaneta de metal na minha boca. Mamãe me mostrara o caminho para a liberdade, se eu a desejasse. Mas eu era um cão diferente dela. Eu adorava o Pátio. Queria pertencer a Missus. Meu nome era Toby.

Mamãe, porém, havia sido tão antissocial que ninguém parecia sentir sua falta. Missus sequer lhe dera um nome.

Veloz e Mana vira e mexe farejavam a vala atrás dos dormentes onde mamãe se deitava, mas nunca demonstraram preocupação maior com o seu desaparecimento. A vida continuou exatamente como antes.

Então, com o status de todos estabelecido no grupo e depois de promovido a fazer minhas refeições com os adultos, a ganhar de Carlos ossos contrabandeados e de Missus guloseimas e beijos, um novo cão aportou no pedaço.

Seu nome era Spike.

Ouvimos as portas do caminhão de Bobby baterem e começamos todos a latir, embora estivesse tão quente naquele dia que alguns de nós, deitados à sombra, nem se deram ao trabalho de ficar de pé. O portão se abriu e Bobby entrou, trazendo um macho grande e musculoso preso à extremidade da sua vara.

Ser recebido no portão por todo o grupo em correria intimidava um bocado, mas o cachorro novo permaneceu impassível. Era escuro e grandalhão como Rottie e alto como Maioral. Boa parte do rabo lhe faltava, mas o pequeno toco que restara não estava balançando e ele apoiava o peso nas quatro patas, decidido. Seu peito emitia um ronco grave.

— Calma, Spike. Tudo bem — disse Bobby. Pelo jeito como Bobby falou "Spike", percebi que era esse o seu nome. Resolvi deixar que todos o inspecionassem antes de mim.

Maioral, como sempre, se mantivera afastado, mas agora surgia da sombra fresca próximo à torneira para se apresentar ao novo pensionista. Bobby retirou a corda do pescoço de Spike.

— Calminha — disse ele.

A tensão de Bobby comunicou-se ao grupo, e senti o pelo do meu lombo se eriçar, embora não soubesse ao certo por quê. Maioral e Spike examinavam um ao outro teimosamente, nenhum dos dois disposto a recuar, enquanto o grupo formava um círculo fechado. A cara de Spike estava coberta de cicatrizes — cavidades no formato de lágrimas e caroços cinza-claros no pelo escuro.

Alguma coisa no jeito como Spike pareceu nos avaliar, comparando cada um de nós a ele, me deu medo, embora o resultado tenha sido o esperado. Spike permitiu que Maioral encostasse a cabeça em seu lombo, sem contudo se abaixar ou deitar de barriga no chão. Ao contrário, aproximou-se da cerca, cheirou-a cuidadosamente e depois levantou a pata. Na mesma hora, os machos fizeram fila atrás de Maioral para repetir o gesto no mesmíssimo lugar.

O rosto de Missus surgiu, então, por cima do portão, e boa parte da ansiedade que eu estava sentindo sumiu. Vários de nós romperam o círculo e correram até ela, apoiando as patas dianteiras na cerca para serem afagados na cabeça.

— Viu? Ele vai ficar bem — disse Missus.

— Um cachorro como ele foi criado para lutar, Missus. Não é como os outros, não mesmo.

— Seja um cachorro bonzinho, Spike! — comandou Missus.

Olhei, ciumento, na direção do novo cão, mas sua reação ao ter sido chamado foi um olhar indiferente, como se nada acontecesse.

Toby. Era o que eu queria ouvir dela. *Cachorro bonzinho, o Toby*. Em vez disso, Missus falou:

— Não existem cachorros maus, Bobby, só gente má. Eles precisam apenas de amor.

— Às vezes, eles estão destruídos por dentro, Missus. E nada irá ajudar.

Missus automaticamente baixou a mão e afagou Coco atrás das orelhas. Ostensivamente, enfiei meu focinho entre seus dedos, mas ela nem deu sinal de registrar minha presença.

Mais tarde, Coco se sentou diante de mim com um osso de borracha, que roeu laboriosamente. Eu a ignorei, ainda magoado por ter sido — logo eu, o favorito de Missus — tratado com tamanho pouco caso. Coco se deitou de barriga para cima, brincando com o osso entre as patas, tirando-o da boca e deixando que caísse, segurando-o sem grande empenho para que eu soubesse que seria fácil pegá-lo. Por isso, pulei! Mas Coco afastou-se, rolando, e logo me vi perseguindo-a no pátio, furioso por ela ter entendido tão mal o jogo.

Tão preocupado eu estava em tirar de Coco a droga do osso, já que a ideia era ele ficar comigo e não com ela, que perdi o início de tudo. Registrei apenas que de repente a luta que todos nós sabíamos que aconteceria já estava acontecendo.

Normalmente, uma luta com Maioral terminava rapidamente, com o cão de status inferior aceitando a punição por desafiar a ordem estabelecida. Mas essa terrível batalha, ruidosamente travada e obscenamente selvagem, parecia não ter fim.

Os dois cães colidiram com as patas fora do chão, cada um visando obter a posição mais alta, os dentes cintilando ao sol. Seus uivos foram a coisa mais feroz e aterradora que já ouvi.

Maioral partiu para, como sempre, agarrar o adversário pela parte de trás do pescoço, o que o habilitaria a controlar sem causar danos permanentes, mas Spike sacudiu o corpo e mordeu até abocanhar o focinho de Maioral. Embora tivesse lhe custado um rasgo sangrento sob a orelha, Spike obtivera uma vantagem e agora obrigava Maioral a baixar a cabeça cada vez mais até encostá-la no chão.

O grupo nada fez, nada podia fazer, salvo ofegar e andar ansiosamente em círculos, mas o portão se abriu e Bobby entrou correndo, puxando atrás de si uma comprida mangueira d'água. Um esguicho atingiu os dois cachorros.

— Ei! Chega disso! Ei! — gritou Bobby.

Maioral sossegou, submetendo-se à autoridade de Bobby, mas Spike não se abalou, ignorando o comando.

— Spike! — gritou Bobby.

Direcionando a mangueira à frente, Bobby alvejou Spike bem na cara, fazendo o sangue voar. Finalmente, Spike cedeu, sacudindo a cabeça para afastá-la do jato d'água e dirigindo a Bobby um olhar assassino. Bobby recuou, escudando o próprio corpo com a mangueira.

— O que houve? Foi o novato? *El combatiente*? — indagou Carlos, adentrando o pátio.

— *Sí. Este perro será el problema* — respondeu Bobby.

Missus juntou-se aos homens no pátio e depois de muita deliberação, Maioral foi chamado, e suas feridas tratadas com uma substância de cheiro acre que imediatamente associei à moça boazinha da sala gelada. Maioral se contorceu, lambeu-se e arfou, as orelhas coladas à cabeça, quando Carlos besuntou algo nos pequenos cortes em sua cara.

Nunca pensei que Spike permitisse que lhe aplicassem o mesmo tratamento, mas ele aguentou sem protestos ter os cortes debaixo da orelha medicados. Pareceu acostumado a isso, aceitando o cheiro do remédio como alguma coisa natural após uma luta.

Os dias seguintes foram de pura agonia. Nenhum de nós, sobretudo os machos, sabia em que pé estavam as coisas agora.

Spike indubitavelmente passara a líder, mensagem reforçada por ele ao desafiar cada um de nós cara a cara no pátio. Maioral fizera o mesmo, mas não desse jeito — para

Spike, a menor das infrações era motivo para castigo e a maioria deles incluía uma rápida e doída mordida. Quando a brincadeira se tornava demasiado violenta ou intrusiva na zona de Maioral, ele costumava emitir um aviso glacial através de um olhar e, às vezes, de um rosnado. Spike passava o dia patrulhando e investia contra nós sem qualquer motivo — havia nele uma energia negativa, algo estranho e maligno.

Quando os machos competiam por novas posições no grupo, desafiando uns aos outros, Spike estava presente e, com enorme frequência, se envolvia pessoalmente, incapaz de resistir a entrar de cabeça na briga. Era desnecessário e prejudicial, provocando tanta tensão que pequenas rixas começaram a pipocar entre nós, brigas por coisas há muito resolvidas, como o lugar de cada um em volta da gamela de comida ou quem seria o próximo a deitar-se na parte do Pátio refrescada pela torneira d'água com vazamento.

Quando Coco e eu nos entretínhamos com a brincadeira do osso de borracha e ela tentava roubá-lo, Spike se aproximava rosnando e me obrigava a pôr o troféu a seus pés. Algumas vezes, levava o osso até seu canto, encerrando o jogo até que eu conseguisse encontrar algum outro brinquedo. Noutras, ele o cheirava, desdenhoso, e o largava ali na terra.

Quando Carlos aparecia com o saco de ossos, Spike sequer se dava ao trabalho de ir verificar se ganharia um. Esperava até que os homens deixassem o pátio e simplesmente pegava o que lhe apetecia. Spike não incomodava determinados cachorros, como Rottie e Maioral e, por incrível que pareça, Veloz, mas sempre que eu tinha a sorte de cravar meus dentes em um dos deliciosos mimos de Carlos, já podia ir me conformando com o fato de que logo Spike, e não eu, se incumbiria de roê-lo.

Essa era a nova ordem. Podíamos ter dúvidas quanto a entender as regras, mas sabíamos quem as ditava e as aceitávamos, razão pela qual fiquei tão surpreso quando Veloz o confrontou.

Naturalmente foi por causa de Mana. Numa rara coincidência, os três irmãos — Veloz, Mana e eu — estávamos sozinhos no canto, examinando um inseto que passara por baixo da cerca. Conviver de forma tão livre e simples com a minha antiga família era muito relaxante, sobretudo depois dos últimos dias recheados de estresse. Por esse motivo, fingi que jamais havia visto nada tão fascinante quanto o minúsculo inseto preto erguendo microscópicas tenazes como se nos desafiasse a brigar.

Distraídos, não notamos a aproximação de Spike até ele estar em cima de nós, e seu rápido e silencioso ataque ao lombo de Mana transformou-a, instantaneamente, em um filhotinho amedrontado.

Na mesma hora me fingi de morto — não estávamos fazendo nada de errado! —, mas Veloz não resistiu e investiu contra Spike, os dentes brilhando. Mana fugiu correndo, mas eu, impelido por uma raiva nunca dantes sentida, me juntei a Veloz na batalha, ambos rosnando e mordendo.

Tentei pular e agarrar um naco do lombo de Spike, mas ele se virou e me atacou. Quando caí de costas, sua boca se fechou na minha pata dianteira e gritei.

Veloz logo se viu imobilizado no chão, mas eu não estava prestando atenção — a dor na minha pata era agonizante, e saí mancando e ganindo. Coco apareceu e começou a me lamber ansiosa, mas eu a ignorei, tirando uma reta em direção ao portão.

Como eu já sabia, Bobby abriu o portão e entrou no Pátio, segurando a mangueira. A luta acabou. Veloz fez as pazes com Spike e Mana se escondeu atrás dos dormentes. Assim, a atenção se concentrou na minha pata.

Bobby se ajoelhou na terra.

— Tudo bem, Toby, tudo bem — disse ele.

Balancei debilmente o rabo, e quando ele encostou na minha pata, fazendo uma dor lancinante me subir até o pescoço, lambi seu rosto para demonstrar que eu sabia que não havia sido de propósito.

Missus foi conosco visitar a moça boazinha na sala gelada. Bobby me segurou enquanto ela me espetava com a mesma agulha de cheiro forte que já usara em mim uma vez, e a dor na minha pata parou de me incomodar. Fiquei deitado na mesa, sonolento, enquanto a moça mexia na minha pata, ouvindo sua voz enquanto ela conversava com Bobby e Missus. Eu podia sentir sua preocupação, seu cuidado, mas não me incomodei de verdade enquanto Missus afagava meu peito e Bobby me fazia ficar quieto. Mesmo quando Missus prendeu o fôlego ao ouvir a moça boazinha na sala gelada dizer "dano permanente", eu apenas ergui a cabeça. Só queria mesmo era ficar deitado para sempre naquela mesa, no mínimo até a hora do jantar.

Quando voltei para o Pátio, usava a mesma gola idiota, além de uma massa dura ou algo do gênero envolvendo minha pata ferida. Tentei rasgar a massa com os dentes, mas, além de ridícula, a gola também me impedia de alcançar minha pata! Só dava para andar com três patas, o que aparentemente Spike achou engraçado, porque se aproximou de mim e me derrubou com o peito. *Beleza, Spike, vá em frente. Você é o cachorro mais feio que já vi.*

Minha pata doía o tempo todo e eu precisava dormir. Coco em geral vinha para perto de mim e deitava a cabeça em meu corpo quando eu adormecia. Duas vezes ao dia, Bobby aparecia para me dar alguma guloseima, e eu fingia não reparar que havia algo amargo dentro do bolinho de carne, embora às vezes, em lugar de engolir, eu esperasse um pouco e cuspisse aquilo fora: uma coisinha branca do tamanho de uma ervilha.

Eu ainda estava usando a gola no dia em que os homens chegaram. Ouvimos várias portas baterem na entrada para carros, razão pela qual entoamos nosso coro habitual de latidos, embora vários de nós tenham se calado ao escutar o grito agudo de Missus.

— Não! Não! Vocês não podem levar meus cachorros!

O sofrimento em sua voz era indisfarçável, e Coco e eu afagamos um ao outro, assustados. O que estaria acontecendo?

O portão foi escancarado, e vários homens cautelosamente entraram no pátio, carregando as conhecidas varas. Muitos seguravam frascos de metal nas mãos estendidas e pareciam preparados para um ataque.

Ora, fosse qual fosse esse jogo, a maioria de nós estava disposta a aderir. Coco foi um dos primeiros candidatos a se aproximar, sendo agarrada e levada sem oferecer resistência. Quase todos os demais do grupo a seguiram, fazendo fila de boa vontade, embora alguns tenham ficado para trás — Mana, Veloz, Spike, Maioral e eu, porque simplesmente não me deu vontade de me aproximar deles mancando. Se queriam brincar, que brincassem com Spike.

Mana disparou a correr no perímetro do pátio, como se esperasse que um buraco se abrisse. Veloz acompanhou-a a princípio e depois parou em desespero, observando a tentativa de fuga vã e apavorada da irmã. Dois homens se acercaram dela e a capturaram com uma corda. Veloz deixou-se levar de imediato, para acompanhá-la, e Maioral deu um passo à frente com dignidade quando o chamaram.

Spike, porém, lutou contra o laço, rosnando com selvageria e tentando morder. Os homens gritaram, e um deles apontou um esguicho de líquido da sua lata direto na cara de Spike. O cheiro imediatamente queimou minhas narinas, embora viesse do outro extremo do Pátio. Spike parou de lutar e desabou no chão, com as patas sobre o focinho. Depois de levá-lo, os homens se aproximaram de mim.

— Cachorrinho bonito. Machucou a pata, rapaz? — indagou um deles.

Balancei de leve o rabo e baixei ligeiramente a cabeça para facilitar a tarefa de passar a corda em torno do meu pescoço, o que foi meio trabalhoso por causa daquela gola de plástico idiota.

Uma vez do lado de fora da cerca, fiquei nervoso ao ver Missus chorando, querendo se soltar de Carlos e Bobby.

Sua tristeza derramou-se dela e me engolfou, e forcei a corda, desejoso de consolá-la.

Um dos homens tentou entregar a Missus um papel, mas ela o atirou no chão.

— Por que estão fazendo isso? Não fazemos mal a ninguém! — gritou Bobby. Sua raiva era ostensiva e ameaçadora.

— Animais demais. Péssimas condições — disse o homem do papel. Também ele irradiava raiva, e todos estavam muito tensos e empertigados. Reparei que sua roupa era escura e que havia uma placa de metal polido em seu peito.

— Eu adoro meus cachorros — gemeu Missus. — Por favor, não os tirem de mim. — Missus não aparentava raiva. Estava triste e amedrontada.

— Desumano — retrucou o homem.

Fiquei pasmo. Ver o grupo todo do lado de fora do Pátio indo parar cada um numa gaiola nos caminhões era bastante desconcertante. A maioria de nós tinha as orelhas grudadas à cabeça e os rabos submissamente baixos. A meu lado estava Rottie, cujo ronco profundo e pesado enchia o ar.

Minha confusão não melhorou quando chegamos a nosso destino, cujo cheiro lembrava ligeiramente o lugar da moça boazinha do quarto gelado, mas era um lugar quente e cheio de cachorros barulhentos e ansiosos. Entrei sem resistir e fiquei meio desapontado ao ser jogado numa gaiola com Veloz e Maioral — eu teria preferido ficar com Coco, ou mesmo com Mana, embora meus companheiros machos demonstrassem tanto medo quanto eu e me encarassem sem hostilidade.

Os latidos eram ensurdecedores, mas acima deles pude ouvir o inconfundível rosnado de Spike ao atacar, seguido de um guincho agudo de dor de algum cão desventurado. Os homens gritaram e alguns minutos depois Spike passou por nós na extremidade de uma vara, sumindo no final de um corredor.

Um homem parou diante da nossa gaiola.

— O que houve aqui? — indagou.

O outro homem, o que acabara de levar embora Spike, parou e me olhou sem interesse:

— Sei lá.

Senti no primeiro dos dois uma preocupação temperada com tristeza, mas no segundo nada havia senão desinteresse. O primeiro abriu a porta e delicadamente apalpou minha pata, afastando a cara de Veloz.

— Este está acabado — concluiu. Tentei me comunicar com ele e explicar que ficava muito melhor sem aquela gola idiota.

— Inadotável — disse o primeiro homem.

— Temos cachorros demais — acrescentou o segundo.

O primeiro meteu a mão embaixo do cone e afagou minhas orelhas. Embora me sentisse um pouco desleal com Missus, lambi sua mão. Ele cheirava, basicamente, a outros cachorros.

— Muito bem — assentiu o primeiro.

O segundo homem estendeu o braço e me ajudou a pular para o chão. Passou a corda à minha volta e me levou para um quarto mínimo e quente. Spike estava lá, numa gaiola, enquanto dois outros cães que eu nunca vira antes andavam de lá pra cá do lado de fora, evitando qualquer proximidade com a gaiola de Spike.

— Ei, espere. — O primeiro homem estava parado à porta. Abaixou-se e desatou a minha gola, e o ar que tocou minha cara foi como um beijo. — Eles odeiam essas coisas.

— Você é que sabe — disse o segundo homem.

Os dois saíram e fecharam a porta. Um dos novos cães era uma fêmea muito, muito velha, que cheirou meu focinho sem grande interesse. Spike latia, deixando o outro cachorro, um macho jovem, nervoso.

Com um gemido, escorreguei para o chão, onde fiquei deitado. Um silvo ruidoso encheu meus ouvidos, e o macho jovem começou a ganir.

De repente, Spike desabou no chão com um baque, a língua pendendo da boca. Olhei-o, curioso, imaginando o que estaria aprontando. A fêmea velha caiu dura bem pertinho, descansando a cabeça na gaiola de Spike de um jeito que me surpreendeu que ele permitisse. O macho jovem ganiu e olhei para ele com indiferença antes de fechar os olhos. Fui tomado por um cansaço tão pesado e opressivo quanto sentia, em pequeno, quando meus irmãos deitavam em cima de mim me esmagando. Foi pensando nisso — em ser um filhote — que comecei a mergulhar num sono escuro e silencioso. Depois pensei em quando eu corria solto com mamãe, pensei nos afagos de Missus, em Coco e no Pátio.

Sem ser convidada, a tristeza que eu sentira em Missus se apossou de mim e eu quis dar um jeito de chegar até ela e lamber a palma da sua mão, devolvendo-lhe a felicidade. De todas as coisas que fiz na vida, provocar seu riso me pareceu a mais importante, a única coisa, concluí, que dava sentido à minha vida.

Capítulo 5

Tudo era, ao mesmo tempo, estranho e familiar.

Eu podia me lembrar nitidamente do quarto barulhento e quente, da algazarra de Spike, cheio de fúria, antes de cair num estupor tão profundo que era como se tivesse aberto um portão com a boca e fugido. Eu me lembrava de ficar sonolento e, depois, daquela sensação de que muito tempo se passou, meio como acontece quando um cochilo sob o sol da tarde se prolonga pelo dia todo e de repente está na hora do jantar. Esse cochilo, porém, não me levou apenas a um horário diferente, mas também a um lugar diferente.

Não me era estranha a presença cálida e tumultuada de filhotes de um lado e de outro. Também não me eram estranhos os empurrões para conseguir um lugar junto à teta para mamar o leite grosso e vital que recompensava todo o esforço necessário para ter acesso à sua fonte. Sei lá como, eu voltara a ser um filhote, impotente e fraco, no Retiro de novo.

No entanto, quando dei minha primeira olhada turva para minha mãe, vi que não se tratava, absolutamente, da mesma cadela. Seu pelo era claro e ela, maior que... ora, maior que mamãe. Meus irmãos e irmãs — sete, ao todo! — tinham o mesmo pelo claro, e quando examinei minhas patas dianteiras, percebi que também me parecia com o restante da ninhada.

E, além de não serem mais marrons, minhas patas brotavam de mim numa proporção perfeita em relação ao restante do corpo.

Dava para ouvir um bocado de latidos e sentir cheiro de vários cachorros por perto, mas aquilo ali não era o Pátio. Quando me aventurei a sair do Retiro, a superfície em que pisei era árida e dura. Uma cerca de arame pôs um fim abrupto à minha exploração após uma dezena de metros. Tratava-se de uma gaiola com tampo de arame e chão de cimento.

As implicações desse fato me deixaram cauteloso, e voltei trôpego para o Retiro, montei na pilha de irmãos e desmaiei.

Eu era novamente um filhote, mal podia andar. Tinha uma nova família, uma nova mãe e um novo lar. Nosso pelo era uniformemente louro e nossos olhos, escuros. O leite da minha nova mãe era muito mais forte que o da primeira.

Morávamos com um homem, que trazia comida para minha mãe, comida que ela engolia apressada antes de voltar ao Retiro para nos aquecer.

Mas que fim teriam levado o Pátio, Missus, Veloz e Coco? Eu me lembrava de forma muito clara da minha vida, e tudo agora estava diferente, como se eu tivesse começado do zero. Seria possível?

Lembrei-me dos latidos indignados de Spike e de como, ao adormecer naquele quarto quente, fui assaltado por uma pergunta inexplicável, uma pergunta sobre *propósito*. Não parecia o tipo de coisa em que um cachorro deve pensar, mas me vi voltando várias vezes a essa questão, em geral quando começava a escorregar para um cochilo irresistível. Por quê? Por que eu voltara a ser um filhote? Por que essa sensação insistente de que, como cachorro, havia alguma coisa que eu precisava *fazer*?

Nosso cercado não provia muita coisa em termos de vista, e não havia nada divertido para mordermos, salvo uns aos outros, mas quando meus irmãos e eu ficamos mais espertos, descobrimos a existência de outros cachorros em um canil à direita: filhotinhos minúsculos, cheios de energia, com manchas escuras e pelo espigado. Do outro lado, morava uma fêmea pesadona, totalmente sozinha, com uma barriga grande e tetas inchadas. Era branca com manchas pretas e um pelo bem rente. Não perambulava muito e não demonstrava qualquer interesse por nós. Uns trinta centímetros separavam os dois canis, razão pela qual tudo que nos restava era cheirar os filhotes próximos, embora eles dessem a impressão de ser divertidos companheiros de brincadeira.

Bem à nossa frente havia um longo trecho de grama, muito convidativo com seu odor de terra úmida e sua grama suculenta e verdinha, mas a porta trancada da nossa gaiola nos impedia de chegar lá. Uma cerca de madeira contornava tanto a área gramada quanto as gaiolas dos cães.

O homem em nada se parecia com Bobby ou Carlos. Quando aparecia na área do canil para alimentar os cães, não falava muito conosco, irradiando uma completa indiferença, muito diversa do carinho dos homens que cuidavam dos cachorros no Pátio. Quando os filhotes do canil vizinho corriam para saudá-lo, ele os afastava da tigela de comida com um grunhido para que a mãe tivesse acesso a ela. Éramos menos coordenados em nosso ataque e geralmente não conseguíamos chegar, cambaleantes, até a porta da gaiola antes que ele já tivesse se afastado e nossa mãe deixasse claro que não dividiria sua refeição conosco.

Às vezes, o homem falava enquanto ia de gaiola em gaiola, mas não era conosco. Falava baixinho, concentrado num pedaço de papel em sua mão.

— Yorkshire terriers, mais ou menos uma semana — disse certa vez, olhando para os cães da gaiola à nossa direita. Parou diante da nossa e deu uma espiada. — Golden retrievers, provavelmente três semanas, e um dálmata pronto para sair a qualquer momento.

Concluí que a minha temporada no Pátio me preparara para dominar os filhotes da minha família, e me irritava o fato de eles não perceberem isso. Eu conseguia agarrar um dos meus irmãos do jeito como Maioral agarrava Rottie quando dois ou três dos outros subiam em *mim*, sem entender qual era a ideia da coisa toda. Quando conseguia me livrar deles, o alvo original das minhas atenções já estava longe brincando com outro, como se tudo não passasse de um jogo. Quando eu tentava rosnar de forma ameaçadora, porém, saía um som ridiculamente inofensivo e meus irmãos e irmãs alegremente rosnavam de volta.

Um dia, a cadela malhada, nossa vizinha, chamou a atenção de todos nós — estava ofegante e andava para lá e para cá, nervosa — e nos aninhamos, instintivamente, junto à nossa mãe, que a observava atentamente. A cadela malhada rasgou um cobertor, estraçalhando-o com os dentes, e andou em círculos várias vezes antes de se deitar com um suspiro. Momentos depois, fiquei chocado ao ver um filhote a seu lado, todo branco e envolto em uma película de aparência escorregadia, uma espécie de saco do qual a mãe imediatamente livrou-o à custa de lambidas. Com a língua, ela empurrou para o lado o filhotinho que, passado um minuto, rastejou meio grogue na direção das tetas da mãe, o que me fez perceber que eu estava com fome.

Nossa mãe suspirou e deixou que mamássemos um pouco antes de se levantar ab-ruptamente e se afastar. Um dos meus irmãos continuou um segundo pendurado nela e depois caiu no chão. Pulei sobre ele para lhe ensinar uma lição, que acabou me tomando um bocado de tempo.

Quando voltei a olhar para a cadela malhada, havia mais seis filhotes brancos! Pareciam magrelos e fracos, mas a mãe não se importou. Lambeu-os e os guiou para junto dela e se deitou calmamente enquanto eles mamavam.

O homem chegou e entrou na gaiola onde os recém-nascidos dormiam, examinando-os antes de virar-se e ir embora. Em seguida, abriu a porta para os filhotes peludos no canil à direita do nosso e os soltou na área gramada!

— Não, você, não — disse ele à mãe, bloqueando-lhe o caminho quando ela tentou seguir os pequenos. Trancou-a e depois pôs tigelas de comida no chão para os filhotes, que subiram nelas e começaram a lamber uns aos outros — os idiotas não durariam um dia no Pátio. A mãe sentou-se atrás da porta da gaiola e ganiu até a ninhada terminar de comer, quando o homem então a soltou para que se juntasse aos bebês.

Os cachorrinhos peludos vieram até a porta da nossa gaiola para nos cheirar, finalmente ficando focinho a focinho conosco depois de termos sido vizinhos durante as últimas semanas. Lambi a gosma que cobria a cara deles enquanto um de meus irmãos se equilibrava na minha cabeça.

O homem deixou que os filhotes corressem soltos quando saiu por um portão na cerca de madeira, exatamente igual àquele usado por Carlos e Bobby para entrar no Pátio. Observei, invejoso, os filhotes correrem para lá e para cá no estreito trecho de grama, saudando com o focinho outros cães engaiolados e brincando uns com os outros. Eu estava cansado de ficar preso e queria sair e explorar. Qualquer que fosse meu propósito nessa nova vida, sem dúvida não parecia ser esse.

Passadas algumas horas, o homem voltou trazendo outro cachorro igualzinho à mãe dos filhotes peludos que corriam à solta, salvo que esse era um macho. O homem devolveu a mãe à gaiola e deixou o macho com ela antes de fechar a portinhola, trancando os dois juntos. O macho deu a impressão de ficar bem satisfeito de ver a fêmea, mas ela rosnou quando ele a montou por trás.

O homem deixou o portão da cerca aberto e me surpreendi com a sensação de nostalgia que me assaltou quando vislumbrei o minúsculo recorte do mundo exterior visível do outro lado da cerca. Se algum dia me deixassem correr solto na grama, eu sabia que iria sair direto por aquele portão aberto, mas é claro que os filhotes que desfrutavam no momento de tal opção não fizeram nada disso: estavam ocupados demais brincando.

A mãe ergueu as patas contra a portinhola da gaiola e gemeu baixinho enquanto o homem metodicamente reuniu os filhotes e levou-os embora, passando pelo portão. Logo, todos haviam sumido. A cadela mãe andava para a frente e para trás na gaiola, ofegante, enquanto o macho em sua companhia simplesmente observava, deitado. Pude sentir o nervosismo dela e isso me deixou aflito. Caiu a noite e a cadela mãe deixou que o macho se deitasse com ela — os dois davam a impressão de se conhecerem.

O macho ficou ali dentro apenas alguns dias até ser levado embora também.

E então chegou a hora de sermos soltos! Saímos cambaleantes e felizes e atacamos sofregamente a comida deixada para nós pelo homem. Comi meu quinhão e observei meus irmãos enlouquecerem, como se jamais tivessem visto algo tão excitante quanto um punhado de tigelas com comida canina.

Tudo era maravilhosamente úmido e exuberante, em nada parecido com a terra seca e poeirenta do pátio. A brisa fresca trazia um aroma marinho tentador.

Eu estava cheirando a grama suculenta quando o homem voltou para soltar nossa mãe. Todos os filhotes se atiraram sobre ela, menos eu, que havia encontrado um verme morto. Então o homem se foi, e nesse momento comecei a pensar no portão.

Havia algo de errado com esse homem. Ele não me chamava de Toby. Sequer conversava conosco. Pensei na minha primeira mãe, na última vez que a vi, fugindo do Pátio porque não conseguia viver com humanos, nem mesmo com uma pessoa tão amorosa quanto Missus. O homem, porém, não nutria por nós amor algum.

Meu olhar fixou-se na maçaneta do portão.

Havia uma mesa de madeira junto ao portão. Subindo em um tamborete, consegui alcançar a mesa e dali, com esforço, me estiquei e abocanhei a maçaneta de metal, que, em lugar de redonda, era uma tira de metal, um puxador.

Meus dentes minúsculos não foram de grande utilidade para segurar o troço, mas fiz o possível para manipulá-lo como fizera mamãe na noite da sua fuga do Pátio. Não demorei para perder o equilíbrio e desabar no chão, e o portão permaneceu trancado. Sentei-me e lati, frustrado, minha voz um grunhidinho acanhado. Meus irmãos vieram correndo para pular em cima de mim como costumavam fazer, mas eu lhes dei as costas, irritado. Não estava nem um pouco a fim de brincar!

Tentei novamente. Dessa vez, pus as patas dianteiras na maçaneta para evitar levar um trambolhão, mas ao fazer isso senti o apoio escapar sob meu peso, de modo que todo o meu corpo bateu na tranca ao cair. Aterrissei na calçada com um grunhido.

Para meu espanto, o portão se entreabriu. Enfiei o focinho na fresta e empurrei. O portão se escancarou. Eu estava livre!

Ansioso, saí correndo, minhas patas ainda pequenas tropeçando umas nas outras. À minha frente estendia-se um caminho de terra, duas trilhas escavadas em terreno arenoso. Instintivamente descobri a direção a tomar.

Depois de correr alguns metros, parei, com uma sensação estranha. Virei-me e olhei para trás, para minha nova mãe, que estava sentada do lado de dentro do portão aberto, me observando. Lembrei de mamãe lá no Pátio, me lançando um único olhar antes de partir para ganhar o mundo. Minha nova mãe não iria se juntar a mim, me dei conta. Ficaria com a família. Eu estava por conta própria.

Ainda assim, não hesitei nem um segundo. Sabia, por experiências anteriores, que havia pátios melhores que esse, com gente amorosa que afagava com as mãos o meu pelo. Sabia, também, que o tempo de mamar nas tetas da minha nova mãe chegara ao fim. Era assim que funcionava: um cão, mais dia, menos dia, é separado da mãe.

Acima de tudo, porém, eu sabia que a oportunidade à minha frente era irresistível, todo um mundo novo para ser explorado com patas compridas, ainda que meio desajeitadas.

O caminho de terra ia dar numa estrada, que resolvi seguir, quando mais não fosse pelo fato de que ela levava diretamente ao vento, que me trazia maravilhosos odores novos. Ao contrário do Pátio, sempre seco e calcinado, farejei folhas úmidas apodrecidas, árvores e poças d'água. Fui andando, com o sol batendo na minha cara, feliz de estar livre e a caminho de uma aventura.

Ouvi o caminhão se aproximar bem antes de vê-lo, mas estava tão ocupado tentando pegar um incrível inseto alado que sequer ergui os olhos até a porta se fechar com um estalo. Um homem com a pele bronzeada e vincada e com a roupa enlameada ajoelhou-se e estendeu as mãos.

— Ei, companheiro, venha cá! — chamou. Olhei-o com hesitação.

— Você se perdeu, foi?

Abanando o rabo, concluí que devia estar tudo bem. Fui até ele, que me pegou no colo e me levantou bem acima da cabeça, o que não me agradou muito.

— Você é uma gracinha. Parece um retriever puro-sangue. De onde foi que você saiu, companheiro?

O jeito como falava comigo me fez lembrar da primeira vez em que Missus me chamou de Toby. Imediatamente entendi o que estava acontecendo — assim como os homens tinham tirado a minha primeira família da manilha, esse me tirou da grama. Minha vida seria, agora, aquilo que ele decidisse fazer dela.

Certo, resolvi. *Meu nome podia ser Companheiro*. Fiquei encantado quando ele me sentou na parte da frente do caminhão, bem a seu lado. O banco dianteiro!

O homem cheirava a fumaça e tinha um bafo que fazia meus olhos lacrimejarem e que me trazia à lembrança Carlos e Bobby sentados em volta de uma mesinha no Pátio conversando e passando, de um para o outro, uma garrafa. Ele riu quando tentei beijar seu rosto e continuou a sorrir enquanto eu me remexia para lá e para cá no espaço apertado do caminhão, deliciado com os odores pungentes e estranhos.

Fomos em frente, sacolejando, durante algum tempo, e então o homem parou o caminhão.

— Aqui tem sombra — me disse ele. Olhei à volta, confuso. Estávamos diante de um prédio com várias portas de onde vinham odores fortes como aquele impregnado no homem.

— Vou dar uma paradinha rápida para um trago — prometeu o homem, abaixando os vidros. Não me dei conta de que ele ia embora até que descesse e fechasse a porta. Fiquei olhando, desiludido, o sujeito entrar no prédio. E eu?

Descobri um pedaço de pano que fiquei mordendo um bom tempo, até que cansei e deitei a cabeça para dormir.

Quando acordei, estava *quente*. O sol agora entrava com todo ímpeto no caminhão, e a cabine estava úmida e abafada. Ofegante, comecei a ganir, erguendo minhas patas para poder ver aonde tinha ido o homem. Não havia sinal dele! Baixei as patas, que, literalmente, se queimaram no peitoril da janela.

Eu nunca sentira tanto calor. Uma hora e pouco se passou enquanto eu andava para a frente e para trás no banco escaldante, ofegando mais do que em qualquer outro momento da minha vida. Comecei a tremer, e minha visão ficou embaçada. Pensei na torneira do pátio, pensei no leite da minha mãe, pensei no esguicho de mangueira que Bobby usava para pôr fim às brigas dos cachorros.

Minha visão turva percebeu um rosto me olhando pela janela. Não era o homem, e sim uma mulher de cabelo preto comprido. Parecia zangada, e recuei com medo.

Quando seu rosto sumiu, deitei novamente, quase delirante. Já não tinha energia para me mexer. Meus membros estavam pesados e se contorciam por conta própria.

Houve então um barulho forte, que balançou o caminhão! Uma pedra passou por mim, quicando no banco e caindo no chão. Um monte de pedrinhas choveu em cima de mim e senti um beijo de ar fresco na minha cara. Ergui o focinho para saboreá-lo.

Eu estava largado e impotente quando senti mãos me envolverem e me levantarem, demasiadamente exausto para fazer outra coisa que não me entregar sem resistência.

— Pobre filhotinho. Pobrezinho — sussurrou ela.

Meu nome é Companheiro, pensei comigo mesmo.

Capítulo 6

Nada na minha vida se igualava àquele líquido fresco e cristalino que me arrancou do sono sem sonhos. A mulher tinha uma garrafa de água nas mãos e cuidadosamente me molhava com ela. Estremeci de prazer quando a água escorreu pelo meu lombo e levantei a boca para lamber e morder aquelas gotas, como costumava fazer com a água que escorria da torneira acima da gamela no Pátio.

A mulher e um homem a seu lado me olhavam com expressões preocupadas.

— Acha que ele vai ficar bem? — indagou a mulher.

— Parece que a água está ajudando — respondeu o homem.

Senti em ambos o tipo de adoração evidente que quase sempre emanava de Missus quando ela parava do outro lado da cerca para nos ver brincar. Rolei de barriga para cima para que a água esfriasse minha carne quente. A mulher riu.

— Que gracinha de filhote! — exclamou. — Sabe que raça é esta?

— Acho que ele é um golden retriever — respondeu o homem.

— Ah, neném — murmurou a mulher. Certo, eu podia ser Neném, podia ser Companheiro, podia ser o que eles bem quisessem, e quando a mulher me pôs no colo, indiferente quanto à mancha molhada que deixei na sua blusa, beijei-a até que ela fechou os olhos e começou a rir.

— Você vai para casa comigo, bebê. Tenho alguém para lhe apresentar.

Muito bem, aparentemente eu agora era um cão de banco dianteiro! Ela me segurou no colo enquanto dirigia, e lhe agradeci com o olhar. Curioso a respeito do meu novo ambiente, finalmente saí do colo e explorei o interior do carro, fascinado com o ar fresco que saía de duas aberturas à minha frente. De encontro ao meu pelo molhado, o ar era tão gelado que cheguei mesmo a tremer e acabei subindo na parte plana do outro lado do carro, onde um calorzinho gostoso, parecido com o de Mamãe, me embalou num novo cochilo.

Acordei quando o carro parou, olhando sonolento a mulher, que se abaixou para me pegar no colo.

— Você é tão fofo — sussurrou ela. Enquanto me apertava contra o peito e descia do carro, pude sentir seu coração bater forte e percebi nela um certo alarme. Bocejei para espantar os últimos vestígios de sono e depois de um rápido alívio na grama me vi pronto para enfrentar qualquer que fosse o desafio que a deixava tão nervosa.

— Ethan! — chamou ela. — Venha cá. Quero que conheça alguém.

Olhei curioso para ela. Estávamos diante de uma casa branca e grande, e me perguntei se haveria canis nos fundos ou, quem sabe, um enorme pátio. Não ouvi nenhum latido, o que me levou a crer que talvez eu fosse o primeiro cachorro a chegar.

Então a porta da frente se abriu com estrondo e um ser humano de um tipo que eu jamais vira antes correu para a varanda, pulou os degraus de cimento e parou, imóvel, no gramado.

Nós nos encaramos. Me dei conta de que era uma criança humana, um macho. A boca formou um grande sorriso e ele abriu os braços.

— Um filhotinho! — exclamou, encantado.

Corremos um para o outro, instantaneamente apaixonados. Eu não conseguia parar de lambê-lo e ele não conseguia parar de rir, e rolamos ambos na grama.

Acho que jamais me dei ao trabalho de imaginar que pudessem existir meninos, mas agora que encontrara um, achei que esse era, simplesmente, o conceito mais maravilhoso do mundo. Ele cheirava a lama e açúcar e a um animal que eu jamais farejara antes. Dava para sentir um leve odor de carne em seus dedos, e eu os lambi.

No final do dia eu já o identificava não só pelo cheiro, como também pela aparência, pelo som e pelos gestos. Seu cabelo era escuro, como o de Bobby, mas curtinho, e os olhos, bem mais claros. Ele tinha um jeito de virar a cabeça para me olhar como se estivesse tentando mais me ouvir do que ver, e sua voz esbanjava alegria sempre que falava comigo.

Na maior parte do tempo, porém, eu absorvia seu aroma, lambia seu rosto e chupava seus dedos.

— Podemos ficar com ele, mãe, podemos? — pediu o menino entre risadas.

A mulher se abaixou para afagar minha cabeça.

— Você conhece o seu pai, Ethan. Ele há de querer que você diga que vai tomar conta...

— Vou, sim!

— E que vai levá-lo para passear, dar de comer...

— Todo dia! Vou levar para passear, dar de comer, escovar, dar água...

— E vai ter que limpar quando ele fizer cocô no quintal. Para essa o garoto não teve resposta.

— Comprei ração para filhotes. Vamos dar o jantar dele. Você não acredita no que aconteceu, tive que correr até o posto de gasolina e pegar uma garrafa de água. O coitadinho quase morreu de intermação — disse a mulher.

— Você quer jantar? Quer? Jantar? — perguntou o menino.

O convite me pareceu ótimo.

Para meu espanto, o menino me pegou no colo e me levou para dentro de casa! Nunca na minha vida imaginei que uma coisa assim fosse possível.

Eu ia gostar um bocado dali.

Alguns assoalhos eram macios e impregnados do mesmo cheiro animal que eu sentira no garoto, enquanto outros eram escorregadios e duros, fazendo com que as minhas patas deslizassem enquanto eu seguia o garoto pela casa. Quando ele me punha no colo, a corrente de amor entre nós era tão intensa que me provocava um buraco no estômago meio parecido com fome.

Eu estava deitado no chão com o menino, disputando um pedaço de pano com ele, quando senti uma vibração ressoar pela casa e ouvi o som que a essa altura eu já sabia ser da porta de um carro sendo fechada.

— Seu pai chegou — disse a mulher, cujo nome era Mãe, ao menino, que se chamava Ethan.

Ethan ficou de pé e encarou a porta, e a Mãe veio ficar ao meu lado. Agarrei o pano e o sacudi com vontade, mas descobri que era bem menos interessante quando não havia um garoto preso à outra extremidade.

Uma porta se abriu.

— Oi, pai! — exclamou o garoto.

Um homem entrou no cômodo, olhando para um lado e para o outro.

— Muito bem, o que é isso? — indagou.

— Pai, a Mãe achou esse filhote... — começou Ethan.

— Estava trancado num carro, quase morreu de intermação — disse Mãe.

— Podemos ficar com ele, pai? Ele é o melhor filhote do mundo!

Resolvi aproveitar o momento de desatenção e mergulhei na direção do sapato do menino, mordendo o cadarço.

— Ah, não sei, o momento não é dos melhores — disse o homem. — Você sabe quanto trabalho dá um filhote? Você só tem oito anos, Ethan. É responsabilidade demais.

Puxei um dos cadarços do menino e ele se desamarrou, escorregando dos sapatos. Tentei correr com ele, mas, tendo ficado preso ao sapato, o cadarço me puxou de volta, e desabei no chão. Rosnando, voltei a atacar os cadarços, agarrando-os e sacudindo com vontade.

— Vou cuidar dele, vou levar para passear, dar comida, dar banho... — continuou o menino. — Ele é o melhor filhote do mundo, pai. Já está até treinado!

Tendo vencido o sapato, decidi que era uma boa hora para dar uma aliviada e me abaixei, depositando um cocô juntamente com uma dose generosa de xixi.

Uau, que reação *isso* causou!

Logo o menino e eu estávamos sentados no chão macio. A Mãe sugeria:

— George?

E Ethan emendava:

— George? Aqui, George! Ei, George!

E o Pai intervinha:

— Skippy?

E Ethan pegava a deixa:

— Skippy? Seu nome é Skippy? Aqui, Skippy!

Foi exaustivo.

Mais tarde, brincando lá fora no quintal, o garoto me chamou de Bailey.

— Aqui, Bailey! Vem, Bailey! — comandava, batendo com a mão no joelho. Quando eu atendia correndo, ele se afastava e corríamos os dois para lá e para cá no quintal. Para mim, tratava-se de uma extensão do jogo de dentro de casa, e me dispus a atender quer fosse chamado de "Hornet", "Ike" ou "Butch", mas parecia que dessa vez "Bailey" viera para ficar.

Depois de me servir outra refeição, o garoto me levou para dentro de casa.

— Bailey, quero que você conheça Smokey, o gato.

Me apertando forte de encontro ao peito, Ethan se virou para que eu pudesse enxergar, sentado no meio da sala, um animal marrom e cinza, cujos olhos se arregalaram ao me ver. Era esse o cheiro que eu vinha farejando! A coisa era maior que eu, com orelhinhas minúsculas, convidativas para uma mordida. Tentei me desvencilhar a fim de ir para o chão brincar com o novo amigo, mas Ethan me segurava firme.

— Smokey, este é o Bailey — apresentou Ethan.

Finalmente, ele me pôs no chão e corri para beijar o gato, mas o bichano mostrou os dentes, um conjunto de causar medo, e cuspiu em mim, arqueando o lombo e empinando o rabo no ar. Parei, confuso. Será que ele não estava a fim de brincar? O cheiro bolorento que vinha de sob seu rabo era delicioso. Tentei me aproximar para dar uma fungada amistosa em seu traseiro, mas o gato sibilou, cuspiu e levantou uma pata, mostrando as unhas.

— Ora, Smokey, seja um gato bonzinho. Um gato bonzinho.

Smokey lançou um olhar belicoso para Ethan. Peguei a dica no tom encorajador do menino e ladrei de um jeito bastante convidativo, mas o gato permaneceu inabordável, chegando até a bater no meu focinho quando tentei lamber sua cara.

Certo, tudo bem. Eu estaria disposto a brincar com ele quando lhe apetecesse, mas havia coisas mais importantes do que um gato metido para me ocuparem. Nos dias que se seguiram aprendi qual era o meu lugar na família.

O menino morava num quarto pequeno cheio de brinquedos maravilhosos, enquanto a Mãe e o Pai dividiam outro, onde não havia um único brinquedo. Existia um cômodo com uma bacia de água da qual eu só podia beber se ali subisse, e igualmente sem brinquedos, a menos que se contasse o papel branco que eu podia puxar da parede como se fosse uma única folha. Os quartos para dormir ficavam no alto de uma escada impossível de subir para mim, apesar das patas caninas perfeitamente desenvolvidas. Toda a comida ficava escondida numa parte da casa.

Sempre que eu resolvia fazer minhas necessidades, todos na casa enlouqueciam, me pondo no colo e saindo correndo porta afora, para me depositar na grama e em seguida observar enquanto eu me recuperava do trauma de toda essa confusão e conseguia prosseguir na minha atividade, o que me granjeava tantos elogios que eu chegava a pensar se não seria essa a minha principal função na família. Esses elogios eram dúbios, porém, porque eles tinham aberto alguns jornais para que eu rasgasse, e se eu me aliviasse em cima deles também me chamavam de cachorro bonzinho, só que com alívio e não alegria. Aliás, como mencionei, às vezes quando estávamos todos juntos na casa, a família se zangava comigo por eu fazer *exatamente a mesma coisa.*

"Não!", gritava a Mãe ou Ethan quando eu molhava o chão. "Cachorro bonzinho!", elogiavam quando eu fazia pipi na grama. "Certo, muito bem", diziam quando eu urinava nos jornais. Eu não conseguia entender o que havia de errado com essa gente.

O Pai, na maior parte do tempo, me ignorava, embora desse para ver que ele gostava de me acordar para ter a minha companhia durante o café da manhã. Olhava para mim com algum afeto — nada semelhante à adoração ostensiva demonstrada por Ethan, embora eu pudesse sentir que ele e a Mãe amavam Ethan. Vez por outra, o Pai se sentava à mesa à noite com o garoto e os dois conversavam em voz baixa, concentrados, enquanto um odor forte e acre pairava no ar. O Pai me deixava sentar a seus pés, já que os do menino ficavam longe demais do chão para que eu os alcançasse.

— Veja, Bailey, montamos um avião — disse o garoto após uma dessas sessões, jogando para mim um brinquedo que fez meus olhos se encherem d'água, razão pela qual não tentei fugir com ele.

Fazendo ruídos, o menino correu pela casa segurando o brinquedo e eu o persegui e tentei agarrá-lo. Mais tarde, ele guardou o troço numa prateleira com outros brinquedos que cheiravam levemente às mesmas substâncias químicas e fim de papo, até que ele e o Pai resolvessem construir outro.

— Isto é um foguete, Bailey — me explicou Ethan, estendendo para mim um brinquedo parecido com um graveto. Ergui meu focinho para cheirá-lo. — Vamos aterrissar na Lua logo, logo, e aí as pessoas vão morar lá, também. Você gostaria de ser um cão espacial?

Ouvi a palavra "cão" e percebi que se tratava de uma pergunta, por isso balancei o rabo. *Sim*, pensei. *Eu adoraria ajudar a lavar a louça.*

A lavagem da louça era o momento em que o menino punha um prato de comida no chão e me deixava lambê-

-lo. Essa era uma das minhas tarefas, mas apenas quando a Mãe não estava olhando.

Na maior parte do tempo, porém, minha tarefa era brincar com o menino. Eu tinha uma caixa com um travesseiro macio na qual ele me botava à noite e acabei entendendo que devia ficar na caixa até que a Mãe ou o Pai entrassem para dar boa-noite. Finda a despedida, o garoto me deixava subir na sua cama para dormir. Quando eu me entediava durante a noite, sempre dava para mordiscar o garoto.

Meu território se situava atrás da casa, mas passados uns dias fui apresentado a todo um mundo novo, a "vizinhança". Ethan saía a toda a disparada porta afora, comigo grudado em seus calcanhares, e encontrávamos outras meninas e meninos, que me abraçavam e brincavam comigo, tirando brinquedos da minha boca e atirando-os longe.

— Este é Bailey, o meu cachorro — disse Ethan com orgulho, me segurando no colo. Eu me remexi ao ouvir meu nome. — Olha só, Chelsea — prosseguiu, me entregando a uma menina do tamanho dele. — Bailey é um golden retriever. Minha mãe salvou o pobrezinho. Ele estava morrendo de intermação dentro de um carro. Quando crescer o suficiente, ele vai caçar comigo na fazenda do meu avô.

Chelsea me apertou contra o peito e olhou dentro dos meus olhos. Seu cabelo era comprido e ainda mais claro do que o meu pelo, e ela cheirava a flores, chocolate e a um outro cachorro.

— Você é um docinho. Um docinho, Bailey, eu te amo — disse ela numa voz embaladora.

Eu gostava de Chelsea. Toda vez que me via, ela se ajoelhava e me deixava puxar o seu cabelo louro comprido. O odor de cachorro em sua roupa era de Marshmallow, uma cadela de pelo comprido marrom e branco, mais velha que eu, mas ainda jovem. Quando Chelsea permitia que Marshmallow saísse do terreno de sua casa, nós dois brincávamos durante horas, e às vezes Ethan se juntava a nós para brincar, brincar e brincar.

Quando eu morava no Pátio, Missus gostava de mim, mas eu percebia agora que esse amor era genérico, dirigido a todos os cachorros do grupo. Ela me chamava de Toby, mas não dizia meu nome do mesmo jeito que o garoto, que sussurrava "Bailey, Bailey, Bailey" em meu ouvido à noite. O menino amava *a mim*. Cada um de nós era o centro do mundo do outro.

Minha vida no Pátio me ensinara como fugir por um portão. Ela me levara direto ao menino, e amar e morar com ele era o propósito da minha vida. Da hora em que acordávamos até a hora em que adormecíamos, vivíamos juntos.

Então, é claro, tudo mudou.

Capítulo 7

Uma das coisas de que eu mais gostava era aprender novos truques, como chamava o menino, que consistiam em receber comandos dele em tom encorajador e ser recompensado com guloseimas. "Sentar", por exemplo, era um truque no qual o menino dizia "Senta, Bailey! Sentado!", subindo depois no meu lombo para me obrigar a sentar no chão e me dando, em seguida, um biscoito canino.

"Porta de Cachorro! Porta de Cachorro" era outro, no qual íamos os dois para a "garagem", lugar onde o Pai guardava o carro, e o menino me fazia passar por uma aba de plástico na porta lateral que dava para o quintal. Depois ele me chamava e eu enfiava o focinho pela aba e ganhava um biscoito canino!

Minhas pernas, percebi agradecido, continuavam a crescer junto com o restante do meu corpo, e quando as noites esfriaram eu podia acompanhar o menino, até mesmo numa boa corrida.

Certa manhã, o truque da porta de cachorro adquiriu um significado totalmente diverso. Ethan acordou cedo, pouco depois do alvorecer, e a Mãe entrava e saía a toda dos outros cômodos.

— Cuide do Bailey! — comandou ela a certa altura.

Ergui os olhos do brinquedo de borracha que eu estava atacando diligentemente, atento a Smokey, o gato, que sentado na bancada me olhava de cima com uma arrogância insuportável. Peguei o brinquedo de morder e o sacudi, para mostrar a Smokey o que ele estava perdendo por ser tão metido a besta.

— Bailey! — gritou o menino. Lá vinha ele carregando minha cama. Intrigado, eu o segui até a garagem. Que jogo era esse?

— Porta de Cachorro — me disse ele. Farejei seus bolsos, mas não senti cheiro de biscoito. Como a ideia da brincadeira de porta de cachorro, na minha opinião, era chegar aos biscoitos caninos, resolvi dar meia-volta e erguer a perna contra uma bicicleta.

— Bailey! — Senti impaciência no menino e olhei para ele, aturdido. — Você vai dormir aqui, viu, Bailey? Seja um cachorro bonzinho. Se precisar ir ao banheiro, saia pela porta de cachorro, certo? Porta de Cachorro, Bailey. Preciso ir para a escola agora. Certo? Eu te amo, Bailey.

O menino me deu um abraço e eu lambi sua orelha. Quando ele se virou, naturalmente o segui, mas ao chegar à porta de casa, fui barrado.

— Não, Bailey, você fica na garagem até eu chegar em casa. Porta de Cachorro, certo, Bailey? Seja um cachorro bonzinho.

E bateu a porta na minha cara.

"Fica"? "Porta de Cachorro"? "Cachorro bonzinho"? Que relação, ainda que remota, tinham entre si esses termos que eu tanto ouvira, e o que era mesmo "Fica"?

Nada disso fazia qualquer sentido para mim. Farejei a garagem, cheia de odores maravilhosos, mas eu não estava a fim de explorar, queria o meu menino. Lati, mas a porta da casa permaneceu fechada, o que me levou a arranhá-la. Nada.

Ouvi gritos de criança vindos lá da frente da casa e corri até a porta da garagem, torcendo para que ela se abrisse, como acontecia às vezes, quando o menino parava diante dela. Nada aconteceu. Um caminhão barulhento varreu as vozes das crianças e foi-se embora levando-as com ele. Alguns minutos depois, ouvi o carro da Mãe sair, e o mundo, até ali tão cheio de vida, de diversão e de barulho, tornou-se insuportavelmente silencioso.

Lati durante algum tempo, mas isso de nada adiantou, embora eu sentisse o cheiro de Smokey do outro lado da porta, supostamente tomando conhecimento da minha provação. Arranhei a porta. Mastiguei alguns sapatos. Estraçalhei minha cama. Descobri um saco de lixo cheio de roupas, rasguei o dito-cujo como Mamãe fazia quando explorávamos o lixo e espalhei as roupas pela garagem. Fiz xixi num canto e cocô no outro. Virei um recipiente de metal e comi uns pedaços de galinha, macarrão e um waffle, e lambi uma lata de peixe, cujo cheiro era igual ao hálito de Smokey. Mastiguei jornal. Derrubei minha tigela de água e comecei a mordê-la.

Não havia nada para fazer.

Ao final do que me pareceu o dia mais comprido da minha vida, ouvi o carro da Mãe passar pelo portão. A porta do carro bateu e ouvi pezinhos correndo dentro de casa.

— Bailey! — gritou o menino, abrindo a porta.

Atirei-me contra ele, eufórico com o fim definitivo dessa loucura. Mas ele continuou olhando fixamente para a garagem.

— Ai, Bailey — disse ele, num tom triste.

Esbanjando uma energia frenética, passei a toda por ele e corri pela casa, pulando os móveis. Vislumbrei Smokey e parti em seu encalço, perseguindo-o escada acima e latindo quando ele se enfiou debaixo da cama da Mãe e do Pai.

— Bailey! — chamou a Mãe, numa voz severa.

— Cachorro malvado, Bailey — emendou o garoto mal-humorado.

Fiquei atônito diante dessa falsa acusação. Malvado? Eu havia sido acidentalmente trancado na garagem, mas estava mais que disposto a desculpar todos *eles*. Por que me repreendiam assim, balançando o dedo na minha cara?

Momentos depois, lá estava eu de volta à garagem, ajudando o garoto, que catou tudo com que eu tinha brincado e botou boa parte na lata de lixo que eu virara. A Mãe veio e separou as roupas, levando algumas com ela para dentro de casa. Ninguém, porém, me elogiou por descobrir onde tudo isso estava escondido.

— Porta de Cachorro — disse o menino com irritação, mas não me deu nenhuma guloseima. Comecei a me perguntar se "Porta de Cachorro" não seria o mesmo que "cachorro malvado", o que era, no mínimo, altamente decepcionante.

Obviamente esse havia sido um dia estressante para todo mundo e eu decerto estava disposto a esquecer integralmente o incidente, mas quando o Pai chegou em casa, a Mãe e o menino conversaram com ele, que se pôs a gritar. Vi logo que estava zangado comigo. Saí de fininho para a sala de estar e ignorei a expressão maliciosa de Smokey.

O Pai e o menino saíram assim que acabou o jantar. A mãe ficou sentada à mesa encarando os jornais, até mesmo quando me aproximei e pus uma linda bola molhada em seu colo.

— Eca, Bailey — disse ela.

Quando o menino e o Pai voltaram, o menino me chamou para ir até a garagem e me mostrou uma enorme caixa de madeira. Ele entrou na caixa e me juntei a ele, embora o espaço fosse quente e apertado com os dois lá dentro.

— Casa de Cachorro, Bailey. Esta é a sua casa de cachorro.

Eu não via a relação entre mim e a caixa, mas realmente adorei brincar de "Casa de Cachorro" quando o jogo passou a incluir guloseimas. "Casa de Cachorro" significava "entre na casa de cachorro e coma o biscoito canino". Fizemos o truque da casa de cachorro e o da porta de cachorro enquanto o Pai andava pela garagem, pondo coisas nas prateleiras e amarrando uma corda no grande recipiente de metal. Fiquei eufórico de ver que "Casa de Cachorro" voltara a incluir guloseimas!

Quando o menino se cansou dos truques, entramos na casa e brincamos no chão.

— Hora de dormir — disse a Mãe.

— Ah, mãe, por favor, posso ficar acordado mais um pouco?

— Nós dois temos aula amanhã, Ethan. Está na hora de dizer boa-noite a Bailey.

Embora conversas desse tipo ocorressem o tempo todo na casa, eu raramente me dava ao trabalho de prestar atenção. Dessa vez, porém, levantei a cabeça ao ouvir meu nome, sentindo uma mudança no humor do garoto. Tristeza e arrependimento emanavam dele, ali de pé, desanimado.

— Muito bem, Bailey. Está na hora de dormir.

Eu sabia o que era dormir, mas aparentemente íamos fazer um desvio no caminho, pois o menino me levou até a garagem para mais um estimulante jogo de Casa de Cachorro. Por mim, tudo para lá de bem, mas levei um choque quando, segundos depois, ele me trancou, sozinho, na garagem.

Lati, tentando encontrar algum sentido nisso tudo. Seria porque eu mordera a minha cama? Afinal, eu nunca dormia mesmo naquilo! A coisa só servia de enfeite! Será que essa gente esperava mesmo que eu passasse a noite toda na garagem? Não, não podia ser isso.

Podia?

Fiquei tão nervoso que não consegui me impedir de ganir. A ideia do menino dormindo na cama sem mim, totalmente sozinho, me deixou tão triste que meu desejo era morder sapatos. Meus ganidos aumentaram de volume com o sofrimento incontido.

Passados dez ou quinze minutos de sofrimento incessante, a porta da garagem se entreabriu.

— Bailey — sussurrou o garoto.

Corri para ele, aliviado. Ele se desvencilhou com cuidado, carregando um cobertor e um travesseiro. — Tudo bem. Casa de Cachorro, Casa de Cachorro. — Sem fazer barulho, aproximou-se da casa de cachorro e estendeu o cobertor sobre o fino colchonete que havia lá dentro. Deitei a seu lado — ambos com as extremidades para fora da porta. Pus minha cabeça em seu peito, suspirando, e ele me afagou as orelhas.

— Cachorro bonzinho, Bailey — murmurou.

Pouco depois, a Mãe e o Pai abriram a porta da casa e ficaram ali, em pé, nos observando. Abanei o rabo, mas não me levantei, pois não quis acordar o garoto. Finalmente, o Pai veio até a garagem e pegou Ethan no colo, enquanto a Mãe me fazia sinal para acompanhá-los. Fomos postos, os dois, na cama dentro de casa.

No dia seguinte, como se não tivéssemos aprendido nada com nossos erros, fiquei preso na garagem de novo! Dessa vez, havia ainda menos coisas para fazer, embora, com certo esforço, eu tenha conseguido arrancar da casa de cachorro o colchonete, rasgando-o com a maior competência. Virei o latão de lixo, mas não consegui destampá-lo. Nada nas prateleiras era mordível — nada que eu pudesse alcançar, pelo menos.

A certa altura, ataquei a aba da porta de cachorro, e o meu focinho captou o aroma intenso de uma tempestade iminente. Comparado ao Pátio, onde uma poeira seca, arenosa, ressecava nossas línguas diariamente, o lugar em que o menino morava era mais úmido e mais fresco, e eu adorava o jeito como os odores se mesclavam e se refaziam quando chovia. Árvores maravilhosas, carregadas de folhas, sombreavam o solo onde quer que fôssemos e armazenavam pingos de chuva, que eram derramados depois, quando a brisa soprava. Era tudo tão deliciosamente úmido, que até os dias mais quentes costumavam ser amenizados por um ar mais fresco à noite.

Os odores tentadores atraíram mais e mais a minha cabeça para fora da porta de cachorro, até que, subitamente, por mero acidente, eu me vi do lado de fora, no quintal, sem precisar de um empurrão do menino!

Fascinado, saí correndo e latindo pelo quintal. Era como se a porta de cachorro tivesse sido posta ali para me deixar sair da garagem para o quintal! Abaixei e me aliviei — eu vinha descobrindo que preferia fazer minhas necessidades do lado de fora em vez de dentro de casa, não só para evitar todo aquele teatro, mas porque me agradava enxugar as patas na grama depois, deixando o cheiro de suor delas nas folhas. Ao mesmo tempo, também era muito mais gratificante levantar a perna e marcar território na beira do quintal do que, digamos, no canto do sofá.

Mais tarde, quando a chuva fria transformou-se de garoa em pingos grandes, descobri que a porta de cachorro funcionava em mão dupla! Pena que o menino não estivesse em casa para ver o que eu aprendera sozinho.

Quando a chuva passou, cavei um buraco, mordi a mangueira e lati para Smokey, que, sentado na janela, fingiu não me escutar. Quando um enorme ônibus amarelo parou diante da casa e despejou o menino, Chelsea e um monte de outras crianças da vizinhança, eu estava no quintal, com as patas apoiadas na cerca, e o garoto correu na minha direção, rindo.

Não voltei mais para a casa de cachorro depois disso, salvo quando a Mãe e o Pai gritavam um com o outro. Ethan vinha para a garagem, então, e entrava comigo na casa de cachorro, pondo os braços à minha volta. Eu ficava ali, imóvel durante o tempo que ele desejasse. Esse era, concluí, meu propósito como cachorro, consolar o menino sempre que houvesse necessidade.

Às vezes algumas famílias se mudavam da vizinhança e novas famílias as substituíam, razão pela qual quando Drake e Todd ocuparam uma casa próxima, não vi motivo para encarar o fato senão como uma boa notícia — e não apenas porque a Mãe assou biscoitos maravilhosos para oferecer aos novos vizinhos, me dando uma provinha como recompensa por lhe fazer companhia na cozinha. Garotos novos representavam mais crianças com as quais brincar.

Drake era mais velho e maior que Ethan, mas Todd tinha a mesma idade, e Ethan e ele logo fizeram amizade. Todd e Drake tinham uma irmã chamada Linda, mais novinha ainda, que me dava guloseimas quando ninguém estava olhando.

Todd era diferente de Ethan. Gostava de brincar no riacho com fósforos, queimando brinquedos de plástico, como as bonecas de Linda. Ethan participava, mas não ria tanto quanto Todd, quase sempre se contentando apenas em assistir.

Um dia, Todd anunciou ter trazido fogos de artifício, e Ethan ficou todo animado. Eu nunca vira nada parecido e levei um baita susto com o clarão e o barulho e com o cheiro de queimado que imediatamente se apossou da boneca de plástico — ao menos da parte dela que encontrei depois da explosão. Por insistência de Todd, Ethan foi em casa apanhar um dos brinquedos que construíra com o pai e os dois o encheram de fogos, atirando o dito para o alto, onde ele explodiu.

— Legal! — gritou Todd. Ethan, porém, ficou calado, franzindo a testa ao ver os pequenos cacos de plástico flutuando no riacho. Senti nele uma mescla de emoções distintas. Quando Todd lançou os fogos no ar e um aterrissou perto de mim, o estrondo ecoando bem ao meu lado, corri para o menino em busca de proteção, e ele me afagou e me levou para casa.

Gozar de tão fácil acesso ao quintal tinha suas vantagens. Ethan nem sempre prestava grande atenção ao portão da cerca, o que significava me deixar livre, às vezes, para explorar a vizinhança. Eu saía perambulando para visitar a cadela marrom e branca chamada Marshmallow, que morava em uma grande gaiola de arame na lateral de uma das casas. Com a maior competência, marquei território nas árvores daquele terreno e, às vezes, atraído por um aroma, ao mesmo tempo desconhecido e familiar, eu me mandava e, com o focinho farejando o ar, me aventurava um bocado distante de casa. Durante esses passeios, eu às vezes me esquecia por completo do menino e era levado a recordar o dia em que vários de nós saímos do Pátio para visitar a moça boazinha no quarto gelado e de como o cão do banco dianteiro exalava um odor provocante parecido com aquele que agora me seduzia.

Em geral, eu acabava perdendo o faro e aí me lembrava de quem era, dando meia-volta e rumando para casa. Nos dias em que o ônibus trazia Ethan da escola, eu ia com ele até a casa de Chelsea e Marshmallow e a mãe dela preparava um lanchinho para Ethan, sempre partilhado comigo. Nos outros dias, Ethan vinha da escola no carro da Mãe. Havia, ainda, os dias em que ninguém na casa acordava para ir à escola e eu precisava latir para acordar todos eles.

Ainda bem que não queriam mais que eu dormisse na garagem. Eu ficaria furioso se eles perdessem a manhã!

Um dia me afastei mais de casa do que de hábito, e quando decidi voltar a tarde já estava no fim. A ansiedade me assaltou e o meu relógio interior me dizia que eu já perdera a chegada de Ethan no ônibus.

Cortei caminho pelo riacho, o que me levou a passar pelo quintal de Todd, que brincava na margem lamacenta. Ao me ver, ele me chamou.

— Ei, Bailey, aqui, Bailey — disse ele, estendendo a mão para mim.

Eu o encarei com uma desconfiança ostensiva. Havia alguma coisa diferente em Todd, algo dentro dele em que eu não confiava.

— Vem, garoto — insistiu ele, batendo com a palma da mão na perna. Virou-se, então, e se dirigiu para casa.

O que eu podia fazer, se me sentia obrigado a obedecer às pessoas? Baixei a cabeça e o segui.

Capítulo 8

Todd me fez entrar em casa pela porta dos fundos, fechando-a silenciosamente em seguida. Algumas janelas estavam cobertas, criando uma sensação sombria, sinistra. Todd passou comigo pela cozinha, onde a mãe, sentada, assistia à tevê que piscava. Inferi, pelo comportamento de Todd, que ele esperava que eu não fizesse barulho, mas abanei meu rabo de leve quando farejei a mãe, que exalava um odor forte de uma substância química, semelhante ao do homem que me encontrou na estrada e me batizou de Companheiro.

A mãe não nos viu, mas Linda com certeza, sim. Sentou-se empertigada quando passamos por ela na sala, onde também via televisão, mas escorregou do sofá e fez menção de nos seguir pelo corredor.

— Não — sibilou Todd para ela.

Sem dúvida *essa* palavra eu conhecia. Me encolhi ante o veneno que tingia a voz de Todd.

Linda estendeu a mão e eu a lambi, Todd, porém, afastou-a.

— Me deixe em paz — emendou, abrindo uma porta por onde entrei, cheirando as roupas no chão. Era um cômodo pequeno onde havia uma cama. Todd trancou a porta.

Encontrei um pedaço de pão e o devorei rapidamente, só para promover uma rápida faxina. Todd enfiou as mãos nos bolsos.

— Certo — disse ele. — Certo, vamos lá...

Sentou-se à escrivaninha e abriu uma gaveta. Pude sentir o cheiro de fogos dentro dela, aquele cheiro forte era inconfundível.

— Não sei cadê o Bailey — murmurou ele. — Não vi o Bailey.

Abanei o rabo ao ouvir meu nome, depois bocejei e desabei sobre uma pilha macia de roupas. Estava cansado da minha longa aventura.

Uma microbatidinha na porta provocou um choque elétrico em Todd, que se pôs de pé num salto. Pulei também e fiquei atrás dele, que sussurrou furioso para Linda, que eu mais farejei do que vi, de pé no corredor escuro. A menina parecia, ao mesmo tempo, assustada e preocupada, provocando, por algum motivo, a minha ansiedade. Comecei a ofegar um pouco, bocejando nervosamente. Minha tensão era demasiado grande para permitir que eu me deitasse.

A conversa acabou quando Todd bateu a porta e a trancou de novo. Observei-o dirigir-se até a gaveta, remexer nela e tirar um pequeno tubo. Emanava dele uma excitação agitada. Depois de retirar a tampa, Todd deu uma cheiradinha no tubo, cujos vapores químicos imediatamente encheram o quarto. Eu conhecia aquele cheiro forte das ocasiões em que o menino e o Pai se sentavam à mesa para brincar com os aviões de brinquedo.

Quando Todd o atirou para mim, eu já concluíra que não queria meu focinho nem perto daquele tubo, e desviei minha cabeça. Senti a raiva assomar em Todd e tive medo. Pegando um pano, despejou nele um bocado do líquido claro do tubo, dobrando e torcendo o pano de modo que a parte grudenta ficasse por cima.

Justo nessa hora, ouvi Ethan gritar de um jeito suplicante do outro lado da janela.

— Baileyyyy!

Corri até a janela e pulei, mas ela era alta demais para que eu a alcançasse, o que me fez latir, frustrado.

Meu traseiro doeu quando Todd o acertou com a mão aberta.

— Não! Cachorro malvado! Pare de latir!

Mais uma vez, o calor da fúria emanava dele tão intensamente quanto os vapores do pano em sua mão.

— Todd? — chamou uma voz de mulher em algum lugar da casa.

Ele me lançou um olhar sinistro.

— Você fica aqui. Você *fica* — comandou num tom sibilante. Saiu do quarto e fechou a porta.

Meus olhos lacrimejavam por causa do cheiro que ainda pairava no ar, e me enchi de apreensão. O menino estava me chamando e eu não conseguia entender que direito tinha Todd de me manter trancado aqui como se o quarto fosse a garagem.

Então um ruído chamou minha atenção: Linda abriu a porta, me estendendo um biscoito amolecido.

— Toma, Bailey — sussurrou. — Cachorro bonzinho.

O que eu realmente queria era me mandar dali, mas não sou idiota. Comi o biscoito. Linda escancarou mais a porta.

— Venha — insistiu, ansiosa.

Era tudo de que eu precisava. Disparei pelo corredor atrás dela, descendo alguns degraus e correndo para a porta da casa. Linda a abriu e o ar fresco espantou todos aqueles terríveis odores da minha cabeça.

O carro da Mãe ia descendo a rua, e o menino, a cabeça para fora da janela, gritava "Bailey!". Parti o mais rápido que pude, numa perseguição desvairada. As lanternas traseiras do carro brilharam forte e Ethan desceu, correndo até onde eu estava.

— Oh, Bailey, por onde você andou? — perguntou, enterrando o rosto no meu pelo. — Você é um cachorro muito, muito malvado.

Eu sabia que ser um cachorro malvado era errado, mas o amor que emanava do menino era tamanho que só me restou concluir que, nesse caso, ser um cachorro malvado, sabe-se lá por quê, valia a pena.

Não muito depois da minha aventura na casa de Todd, fui levado de carro para visitar um homem numa sala limpa e fresca. Percebi que já havia estado num lugar similar antes. O Pai levou a mim e Ethan até lá, e pela atitude do Pai, tive a impressão de que se tratava de algum tipo de castigo, o que não me parecia nem um pouco justo. Se alguém merecia estar nessa sala fria, na minha opinião, esse alguém era Todd, que agia mal com Linda e tinha me afastado do meu menino — não me coube a culpa por ser um cachorro malvado. Ainda assim, abanei o rabo e me deitei quieto quando enfiaram uma agulha no meu pelo, atrás da cabeça.

Quando acordei, eu estava tenso, dolorido e comichando, com uma dor que me era familiar na parte baixa do ventre e usando uma gola de plástico idiota, a cara no fundo de um cone outra vez. Smokey nitidamente achava tudo isso hilariante, razão pela qual fiz o que pude para ignorá-lo. Na verdade, nada me agradou mais durante alguns dias que deitar no chão de cimento frio da garagem, com as patas traseiras esparramadas.

Depois que me livrei da gola e voltei a ser meu antigo eu, descobri que estava menos interessado em correr atrás de odores exóticos do outro lado da cerca, embora, se o portão fosse deixado aberto, eu sempre achasse ótimo explorar a vizinhança e ver o que todos os outros cachorros andavam aprontando. No entanto, eu sempre fazia questão de ficar longe da extremidade da rua onde Todd morava, e quando via que ele ou o irmão, Drake, brincavam no riacho, em geral me escondia de ambos, deslizando para dentro das sombras como me ensinara a minha primeira mãe.

Todo dia, eu aprendia palavras novas. Além de ser um cachorro bonzinho e, às vezes, um cachorro malvado, mais e mais vinham me dizendo que eu era um cachorro "grande", o que, para mim, basicamente significava que a cada dia ficava mais difícil me acomodar confortavelmente na cama do menino. Aprendi que "neve", palavra que era alegremente exclamada, queria dizer que o mundo estava envolvido por uma camada fria e branca. Às vezes, deslizávamos por uma ladeira íngreme, e eu tentava ficar firme no trenó com Ethan até batermos. "Primavera" significava um tempo mais quentinho e dias mais longos, em que a Mãe passava todo o fim de semana cavando no quintal e plantando flores. O cheiro da terra era tão gostoso que uma vez, quando todos saíram para a escola, escavei as flores e mastiguei os botões agridoces, mais por uma questão de lealdade à Mãe, embora depois tenha acabado pondo tudo para fora.

Naquele dia, por algum motivo, fui um cachorro malvado de novo e tive até que passar a noite na garagem em vez de me deitar aos pés de Ethan enquanto ele trabalhava com seus papéis.

Então, houve um dia em que as crianças do enorme ônibus amarelo fizeram um bocado de algazarra, dando até para eu ouvir seus gritos cinco minutos antes de o troço parar diante da casa. O menino estava contentíssimo quando desceu a toda e correu para mim, com um humor tão alegre que fiquei correndo em círculos à sua volta, latindo de forma extravagante. Fomos à casa de Chelsea e brinquei com Marshmallow, e a Mãe também chegou em casa contente. Daquele dia em diante, o menino não foi mais para a escola e eu podia ficar deitado quieto na cama em lugar de acordar para fazer companhia ao Pai durante o café. A vida, finalmente, voltara ao normal!

Eu estava feliz. Um dia, fizemos uma viagem muito comprida de carro, e quando paramos estávamos na "Fazenda", um lugar totalmente novo com animais e cheiros que eu jamais havia encontrado.

Duas pessoas mais velhas saíram do casarão branco quando paramos à porta. Ethan chamou os dois de Vovó e Vovô, e a Mãe também os chamou assim, embora mais tarde eu a tenha ouvido chamá-los de Mãe e Pai, o que creditei a uma mera confusão por parte dela.

Havia tantas coisas para fazer na Fazenda que o menino e eu passamos os primeiros dias correndo sem parar. Um cavalo enorme me encarou por cima de uma cerca quando me aproximei, embora não estivesse disposto a brincar nem a fazer coisa alguma, exceto ficar me olhando indiferente, mesmo quando passei por baixo da cerca e lati para ele. Em vez de riacho, havia um lago, grande e fundo o bastante para Ethan e eu nadarmos nele. Uma família de patos morava nas suas margens e eles me deixavam maluco quando corriam para a água e saíam patinhando quando eu me aproximava. Depois a mãe pata voltava nadando até onde eu estava, cansado de latir, e eu latia mais um pouco.

Na ordem das coisas, reduzi os patos ao mesmíssimo lugar de Smokey quanto ao seu valor para o menino e para mim.

O Pai foi embora passados alguns dias, mas a Mãe ficou conosco na Fazenda o verão todo. Ela estava feliz. Ethan dormia na varanda, um cômodo na frente da casa, e eu dormia a seu lado. Ninguém sequer fingiu que o arranjo deveria ser diferente. O Vovô gostava de sentar numa cadeira e coçar minhas orelhas, e a Vovó vivia me dando guloseimas às escondidas. O amor deles por mim me fazia vibrar de felicidade.

Não havia quintal, apenas um grande campo aberto com uma cerca destinada a me deixar entrar e sair sempre que eu quisesse, como se fosse a porta de cachorro mais comprida do mundo, só que sem aba. O cavalo, cujo nome era Flare, ficava dentro da cerca e passava o dia comendo grama, embora eu jamais o tenha visto vomitar. Os montinhos que ele deixava pelo caminho davam a impressão, pelo cheiro, de serem bem saborosos mas na verdade eram secos e insossos, razão pela qual comi apenas uns dois ou três.

Ter o domínio do lugar significava que eu podia explorar o mato do outro lado da cerca ou correr até o lago e brincar lá ou, ainda, fazer o que quer que me apetecesse. Na maior parte do tempo, contudo, eu ficava perto de casa, porque a Vovó parecia preparar coisas deliciosas para comer praticamente a cada minuto de cada dia e precisava de mim por perto para provar seus quitutes e garantir que estavam aceitáveis. Me dava prazer fazer a minha parte.

O menino gostava de me sentar na frente do barco a remo e empurrá-lo para dentro do lago, jogar um verme na água e puxar um peixe pequeno e inquieto para me fazer latir. Depois, jogava o peixe na água outra vez.

— É pequeno demais, Bailey — dizia sempre —, mas um dia destes vamos pegar um grandão, espere para ver.

Acabei descobrindo (altamente desapontado) que na Fazenda havia um gato, um gato preto, que morava numa construção velha, caindo aos pedaços, chamada celeiro. Ele sempre me observava, agachado no escuro, toda vez que eu cismava de entrar lá e tentar dar uma cheirada nele. Esse gato parecia ter medo de mim, ou seja, um grande progresso em relação a Smokey, como, aliás, acontecia com tudo nesse lugar.

Então, um dia, pensei ter visto o gato preto no mato e saí correndo atrás dele, embora seu passo fosse lento. Quando cheguei mais perto, porém, vi que se tratava de outrem, um animal totalmente novo, com listras brancas no corpo preto. Encantado, lati para ele, que se virou e me lançou um olhar solene, o rabo peludo e negro esticadinho no ar. O animal não fugiu correndo, o que interpretei como sinal de que queria brincar, mas quando dei um pulo e estiquei-lhe a pata, ele fez algo extremamente curioso: deu-me as costas, o rabo ainda esticado.

Logo em seguida, um bafo de incrível fedor envolveu meu focinho, queimando meus olhos e lábios. Cego e ganindo recuei, imaginando que diabos teria acontecido.

— Gambá! — anunciou o Vovô quando arranhei a porta para que a abrissem para mim. — Ah, não, Bailey, você não vai entrar.

— Bailey, você esbarrou num gambá? — indagou a Mãe através da porta de tela. — Eca, claro que sim!

Eu não conhecia essa palavra — gambá —, mas sabia que algo muito esquisito acontecera lá no mato, e o que se seguiu foi ainda mais esquisito: torcendo o nariz para mim, o menino me levou para o pátio e me molhou com uma mangueira. Segurou minha cabeça enquanto o Vovô, depois de colher uma cesta de tomates da horta, espremeu toda aquela polpa ácida no meu pelo, colorindo-o de vermelho.

Não consegui entender como tudo isso daria jeito na situação, sobretudo porque em seguida fui submetido à indignidade do que Ethan me informou ser um banho. Esfregaram sabão perfumado no meu pelo molhado até meu cheiro ser um misto de Mãe com tomate.

Nunca na vida eu havia sido tão humilhado. Quando sequei, fiquei confinado na varanda, e embora tenha dormido lá fora comigo Ethan me chutou da sua cama.

— Você está fedendo, Bailey — reclamou.

Concluída assim a agressão à minha pessoa, deitei-me no chão e tentei dormir, a despeito da orgia de odores que pairava no ar. Quando finalmente amanheceu, corri para o lago e me esfreguei num peixe morto que a água levara para a margem, embora nem isso tenha ajudado muito — continuei cheirando a perfume.

Ansioso para descobrir o que ocorrera, voltei ao mato para ver se conseguia encontrar aquele animal meio felino e obter alguma explicação. Agora que conhecia seu cheiro, não foi difícil localizá-lo, mas eu mal começara a farejá-lo quando aconteceu exatamente a mesma coisa, um esguicho ofuscante que me atingiu, vindo, quem diria, do traseiro do bicho!

Eu sequer imaginava como resolver esse mal-entendido e me perguntei se não seria melhor simplesmente ignorar por completo o animal, fazendo-o sofrer por toda a ignomínia que me causara.

Com efeito, foi precisamente isso que decidi fazer depois de voltar para casa e passar outra vez por todo o ciclo de lavagens e enxágues com sumo de tomate — seria essa, afinal, a minha sina? Ser diariamente besuntado com legumes, esfregado com sabões fedorentos e proibido de entrar na parte principal da casa, mesmo quando a Vovó estivesse cozinhando?

— Como você é burro, Bailey! — repreendeu-me o menino enquanto me esfregava lá fora.

— Não use a palavra "burro". Que palavra feia! — censurou a Vovó. — Diga a ele... Diga que ele é um boboca. Era assim que a minha mãe me chamava quando eu era pequena e fazia bobagem.

O menino me encarou com expressão séria:

— Bailey, você é um cachorro boboca. Um cachorro muito, muito boboca.

Em seguida ele riu, a Vovó riu, mas de tão infeliz, mal pude abanar o rabo.

Felizmente, por volta da época em que os cheiros começaram a desaparecer do meu pelo, a família parou de agir de forma esquisita e me permitiu voltar ao seu convívio. O menino às vezes me chamava de cachorro boboca, mas nunca com raiva, mais como um nome alternativo.

— Que tal ir pescar, cachorro boboca? — perguntava ele, e botávamos o barco a remo na água e tirávamos dela minúsculos peixinhos durante algumas horas.

Um dia, já perto do finalzinho do verão, o tempo estava mais fresco do que de hábito e nós dois saímos no barco, Ethan usando um capuz grudado à gola da camisa. De repente, ele deu um pulo:

— Peguei um grandão, Bailey, um grandão!

Reagi a tanta excitação ficando de pé num salto e latindo. Ele lutou com a vara durante mais de um minuto, às gargalhadas, e foi quando vi o peixe, do tamanho de um gato, subindo à superfície bem ao lado do nosso barco! Ethan e eu nos inclinamos para a frente a fim de olhá-lo, o barco balançou e, com um grito, o menino caiu!

Pulei para a lateral do barco e olhei dentro da água verde escura. Pude ver o menino sumindo. As bolhas que subiam à superfície traziam seu cheiro até mim, mas ele não dava sinal de vida.

Não hesitei, mergulhei atrás dele, com os olhos abertos enquanto empurrava a água e lutava para seguir a trilha das bolhas até o fundo da escuridão gelada.

Capítulo 9

Não dava para ver muita coisa ali no fundo da água, que pressionava meus ouvidos e atrasava minha descida desesperada. Ainda assim, eu podia sentir o menino afundando aos poucos à minha frente. Nadei com mais ímpeto, conseguindo, finalmente, ter uma visão embaçada do garoto — foi quase como quando vi Mamãe pela primeira vez, uma imagem borrada em meio a sombras. Mergulhei, de boca aberta, e quando cheguei bem perto do menino consegui agarrar com a boca o capuz do seu moletom. Ergui a cabeça e, arrastando-o comigo, subi o mais rápido possível para a superfície banhada de sol do lago.

Emergimos num salto.

— Bailey! — gritou o garoto, rindo. — Você está tentando me salvar, rapaz?

Estendendo o braço, ele alcançou o barco. Quase histérico, tentei subir no seu corpo e dali pular para o barco, para poder puxá-lo comigo para fora d'água.

Ele continuava rindo:

— Bailey, não, seu boboca! Chega! — Ele me empurrou e nadei num círculo fechado.

— Preciso pegar a vara de pescar, Bailey. Deixei cair a vara. Estou bem! Pode ir, estou bem. Pode ir!

O menino gesticulou, indicando a margem, como se estivesse atirando uma bola nessa direção. Parecia querer que eu saísse do lago, motivo pelo qual, passado um minuto, obedeci, mirando no pequeno trecho de areia junto ao cais.

— Cachorro bonzinho o Bailey — disse ele, me elogiando.

Olhei à volta e vi seus pés se erguerem no ar e um minuto depois ele sumiu debaixo d'água. Com um gemido, dei meia-volta e nadei o mais rápido que pude, meus ombros se erguendo bem acima da água, tamanho o meu esforço. Quando cheguei à trilha de bolhas, segui seu cheiro. Foi muito mais difícil descer dessa vez porque eu não mergulhara do barco, e enquanto me dirigia para o fundo do lago senti o garoto subindo e mudei de direção.

— Bailey! — chamou ele, encantado, jogando a vara no barco. — Você é um cachorro tão bonzinho, Bailey!

Nadei a seu lado enquanto ele puxava o barco até a areia, e meu alívio foi tamanho que lambi seu rosto quando ele se inclinou para ancorar o barco na margem.

— Você tentou mesmo me salvar, rapaz.

Sentei, ofegando, e ele me afagou a cara. O sol e o seu carinho me aqueceram em igual medida.

No dia seguinte, o menino levou o Vovô até o cais. Fazia muito mais calor do que na véspera e, correndo à frente de ambos, tratei de providenciar para que a família de patos estivesse lá no meio do lago, que era o seu lugar. O menino usava outra camisa com capuz, e nós três nos aproximamos da extremidade do cais e olhamos para a água verde. Os patos nadaram até nós para ver o que estávamos olhando e eu fingi que sabia o que era.

— Preste atenção, ele vai mergulhar debaixo d'água, garanto — disse o menino.

— Acreditarei quando vir — retrucou o Vovô.

Voltamos para a margem do cais. O Vovô pegou minha coleira.

— Vá! — gritou para o menino.

O menino começou a correr, e passado apenas um segundo o Vovô me soltou para que eu o seguisse. Ethan pulou da extremidade do cais e caiu na água com um barulhão, do qual os patos reclamaram uns com os outros, sacolejando na marola. Corri para o extremo do cais e lati, olhando depois novamente para o Vovô.

— Vá atrás dele, Bailey — comandou o Vovô.

Olhei para baixo, para a água espumosa onde o menino mergulhara, e novamente para o Vovô. Ele era velho e um bocado lento, mas não imaginei que fosse tão insensato a ponto de nada fazer diante dessa situação nova. Lati mais um pouco.

— Anda! — insistiu comigo o Vovô.

De repente entendi e olhei para ele, descrente. Será que eu tinha que fazer tudo nessa família? Com mais um latido, mergulhei da extremidade do cais, nadando para o fundo, onde podia sentir que Ethan estava caído imóvel. Agarrei seu colarinho com a boca e subi para a superfície.

— Viu? Ele me salvou! — gritou o garoto quando ambos emergimos.

— Cachorro bonzinho, Bailey! — gritaram juntos o Vovô e o garoto.

Os elogios dos dois me agradaram tanto que saí atrás dos patos, que grasnaram qual idiotas enquanto se afastavam nadando. Cheguei tão perto de conseguir arrancar algumas penas de seus rabos que uns dois abriram as asas e por um momento alçaram voo, o que, na minha opinião, sinalizou minha vitória.

O restante da tarde foi gasto jogando "Resgate", e a minha ansiedade aos poucos desapareceu quando descobri que o menino dava perfeitamente conta de se virar sozinho naquele lago, embora tamanho fosse o seu prazer em ser alçado à superfície por mim, que eu mergulhava atrás dele todas as vezes. Os patos acabaram saindo da água e ocupando a beira do lago de modo a nos observar sem entender. Por que não voavam para as árvores com os outros pássaros, porém, era algo incompreensível para mim.

Não via nenhuma razão para jamais deixar a Fazenda, mas quando o Pai chegou alguns dias mais tarde e a Mãe começou a passar de um cômodo a outro, abrindo gavetas e delas tirando coisas, tive a sensação de que iríamos nos mudar mais uma vez e comecei a andar para lá e para cá, temendo ser esquecido. Só quando o menino exclamou "Para o carro!" foi que me deixaram entrar e pôr a cabeça para fora da janela. O cavalo, Flare, me encarou com o que concluí ser uma inveja incontrolável, e tanto o Vovô quanto a Vovó me abraçaram antes de partirmos.

Acabamos voltando para casa, e fiquei encantado de reencontrar as crianças e os cachorros da vizinhança, menos Smokey. Corri atrás de bolas e brinquei com minha amiga Marshmallow e, de tão ocupado me divertindo, me vi totalmente despreparado para a manhã, alguns dias mais tarde, em que todos acordamos cedo e fui conduzido, sem a menor cerimônia, até a garagem. Imediatamente saí pela porta de cachorro e confirmei que Ethan e a Mãe estavam indo embora, Ethan no mesmo ônibus amarelo, acompanhado das demais crianças.

Ora, isso era intolerável. Lati durante algum tempo e lá do final da rua Marshmallow respondeu. Aí latimos um para o outro, mas isso não ajudou, sei lá por quê. Voltei a entrar, de mau humor, na garagem, cheirando com desprezo a casa de cachorro. Eu *não* iria passar o dia ali, decidi, ainda que fosse o lugar mais macio à vista.

Vi as patas de Smokey por baixo da porta e pus meu focinho na fenda para inspirar seu cheiro, deixando escapar um suspiro de frustração. Não senti, da parte dele, grande solidariedade.

Como eu era agora um cachorro grande, a maçaneta ficava ao meu alcance, e me ocorreu que talvez houvesse algo que eu pudesse fazer para amenizar meu calvário. Pus as patas na porta, abocanhei a maçaneta e girei-a.

Nada aconteceu, mas continuei tentando. Finalmente, com um leve ruído metálico, a porta se abriu!

Smokey estivera sentado do outro lado, provavelmente rindo, mas quando o vi, decerto parou de rir. Suas pupilas ficaram escuras e, girando nos calcanhares, ele fugiu, o que, obviamente, me obrigou a segui-lo, entrando atrás dele na cozinha e latindo quando ele pulou na bancada.

Era muito melhor dentro de casa. Na noite anterior, a pizza do jantar chegara pela porta da frente dentro de uma caixa comprida e chata, que continuava em cima da bancada, e assim bastante acessível. Puxei-a para o chão e comi um papelão delicioso, trucidando as partes menos saborosas, sob o olhar de fingida desaprovação de Smokey. Depois, comi uma lata da sua comida felina, lambendo o metal até deixar bem limpinho.

Normalmente, não me permitem dormir no sofá, mas não vi qualquer motivo para seguir tal regra, já que tudo, nitidamente, havia mudado, agora que eu conseguira entrar por conta própria na casa. Decidi tirar um bom cochilo, com a cabeça numa almofada fofinha e o calor do sol me aquecendo o lombo.

Em algum momento mais tarde, me dei conta de que o sol mudara de posição — um grande inconveniente — e troquei de lugar no sofá, grunhindo.

Passado não muito tempo, ouvi o som inconfundível de um dos armários da cozinha sendo aberto e corri para ver do que se tratava. Smokey estava em cima da bancada e havia se esticado e aberto uma porta, algo que considerei extremamente empreendedor da parte dele. Observei, atento, enquanto ele pulava para dentro do armário, o minúsculo focinho cheirando as coisas deliciosas ali guardadas. Ele me olhou, ali embaixo, calculando alguma coisa.

Resolvi dar umas mordidinhas na base do meu rabo, como quem não quer nada, e quando voltei a olhá-lo fiquei surpreso ao ver que Smokey batia com a pata num saco de comida. Ele o atingiu uma vez, duas, e na terceira patada derrubou-o da prateleira direto para o chão!

Mordi o plástico e cheguei a uns troços salgados e crocantes, que comi apressado, caso Smokey tentasse descer da bancada para reclamar sua porção. Ele observou, impassível, de seu posto e depois derrubou outro saco, cheio de coisinhas doces e macias.

Ali e então concluí que me equivocara o tempo todo quanto a Smokey. Quase me arrependi de ter me apossado da sua comida mais cedo, embora dificilmente me coubesse a culpa por ele não tê-la consumido quando lhe ofereceram. Estava esperando que acontecesse o quê?

Eu não conseguia abrir os armários sozinho: a habilidade para tanto me faltava. Dei um jeito, porém, de alcançar uma broa e puxá-la da bancada, retirando-a cuidadosamente do invólucro, que masquei em separado. A lata de lixo da cozinha não tinha tampa, tornando-se facilmente acessível, embora alguns itens ali dentro — alguns grãos negros e amargos que grudaram na minha língua quando dei uma lambida para experimentar, além de cascas de ovo e quentinhas de plástico — fossem impróprios para o consumo. De todo modo, mastiguei o plástico.

Eu estava lá fora aguardando quando o ônibus chegou e, embora Chelsea e Todd tenham descido, não vi sinal do menino, o que indicava que ele viria com a Mãe. Voltei para dentro de casa, puxei para fora do armário da Mãe alguns sapatos, mas não cheguei a mastigá-los porque me sentia bastante letárgico depois de todos os lanchinhos providenciados por Smokey. Fiquei na sala, resolvendo se deitava no sofá, no qual já não batia mais sol, ou me esticava no pedaço ensolarado do tapete. Era uma decisão difícil, e quando finalmente optei pelo sol, me aboletei no tapete meio sem jeito, sem ter certeza de ter feito a melhor escolha.

Quando ouvi a porta do carro da Mãe bater, saí a toda pela casa a caminho da garagem e passei voando pela porta de cachorro, abanando o rabo junto à cerca, para que ninguém suspeitasse de mim. Ethan veio imediatamente ao meu encontro e fomos para o pátio brincar, enquanto a Mãe prosseguiu em direção à casa, os saltos dos sapatos ecoando no caminho.

— Que saudade, Bailey! Você se divertiu hoje? — indagou o menino, coçando o pelo do meu pescoço. Nos entreolhamos com adoração.

— Ethan! Venha ver o que o Bailey fez!

O som do meu nome pronunciado de forma tão dura fez minhas orelhas baixarem. Smokey e eu havíamos sido pegos.

Entrei com Ethan e me aproximei da Mãe abanando o rabo como se fosse um leque, na expectativa de ser perdoado. Ela tinha na mão um dos sacos estraçalhados.

— A porta da garagem estava aberta. Veja o que ele fez — disse a Mãe. — Bailey, você é um cachorro malvado. Um cachorro malvado.

Baixei a cabeça. Embora eu não tivesse, tecnicamente, feito nada de errado, percebi que a Mãe estava furiosa comigo. Ethan também, sobretudo quando começou a catar do chão os pedaços de plástico.

— Como é possível que ele tenha subido na bancada? Só pode ter pulado — disse a Mãe.

— Você é um cachorro malvado, muito, muito malvado, Bailey — repetiu Ethan.

Smokey entrou despreocupado, subindo languidamente na bancada. Lancei-lhe um olhar sombrio — ele era um gato malvado, muito, muito malvado.

Curiosamente, ninguém disse nada a Smokey a respeito do seu papel de mentor. Ao contrário. Deram a ele uma lata novinha de comida! Sentei-me esperançoso, supondo que ganharia ao menos um biscoito canino, mas todos continuavam a me olhar de banda.

A Mãe passou um escovão no chão, e o garoto carregou um saco de lixo para a garagem.

— Bailey, isso foi muito feio — sussurrou o menino de novo para mim. Aparentemente, todos estavam tendo muito mais dificuldade que eu para esquecer o incidente.

Eu continuava na cozinha quando ouvi a Mãe dar um grito:

— Bailey!

O grito veio dos fundos da casa. Supus que ela tivesse encontrado os sapatos.

Capítulo 10

Ao longo dos dois anos seguintes, reparei que quando todas as crianças brincavam juntas, Todd em geral era excluído. Quando aparecia, um constrangimento as assaltava, provocando uma mudança de humor que Marshmallow e eu podíamos sentir tão facilmente quanto se uma delas tivesse gritado. As meninas costumavam virar as costas a Todd, e os meninos o aceitavam em suas brincadeiras com nítida relutância. Ethan não frequentava mais a casa de Todd.

O irmão mais velho de Todd, Drake, raramente aparecia, salvo para pegar o carro e sair dirigindo. Linda em pouco tempo aprendeu a andar de bicicleta e quase diariamente pedalava rua abaixo para encontrar as meninas da sua idade.

Peguei a dica com Ethan de jamais me aproximar novamente de Todd, embora uma noite em que nevava e eu estava no pátio fazendo minhas necessidades, eu o tenha farejado lá do outro lado da cerca, junto a algumas árvores. Dei um latido de aviso e adorei ouvi-lo dar meia-volta e fugir correndo.

Eu não dava muita bola para o conceito de escola, que era a atividade que acontecia na maioria das manhãs lá em casa. Eu preferia a época do verão quando a Mãe e Ethan não tinham escola e íamos todos para a Fazenda morar com o Vovô e a Vovó.

Sempre que chegava à Fazenda, eu disparava numa corrida, investigando o que estava diferente e o que continuava igual, marcando meu território e me refamiliarizando com Flare, o cavalo, com o misterioso gato preto no celeiro e com os patos, que, irresponsavelmente, decidiram produzir mais um lote de filhotes. Com frequência eu sentia o cheiro do gambá no mato, mas cônscio das circunstâncias desagradáveis dos nossos encontros anteriores, optei por não persegui-lo. Caso quisesse brincar, ele sabia onde me encontrar.

Uma noite de verão, a família toda sentou-se comigo na sala bem depois da hora habitual de dormir e todos estavam agitados, embora a Mãe e a Vovó também demonstrassem medo. Então, todos gritaram, aplaudiram, o Vovô chorou e eu lati, embalado por toda aquela emoção. Os humanos são muito mais complexos que os cachorros, têm um leque muito grande de sentimentos — embora muitas vezes eu sentisse saudade do Pátio. De modo geral, eu agora levava uma vida bem mais rica, mesmo que quase sempre não soubesse o que estava acontecendo. Ethan me levou lá fora no escuro e contemplou o céu:

— Tem uma pessoa na Lua neste momento, Bailey. Está vendo a Lua? Um dia, eu também vou lá.

Ele irradiava tamanha felicidade que corri e apanhei um graveto para que ele o atirasse para mim. Ethan riu.

— Não se preocupe, Bailey. Quando eu for, levo você.

Às vezes, o Vovô ia de carro até a cidade e levava com ele o menino e eu. Passado não muito tempo, eu já havia decorado um mapa olfativo de toda a viagem — um cheiro aquoso que levava consigo o odor inconfundível de patos burros e peixes deliciosamente podres, seguido logo depois por um cheiro muitíssimo forte que enchia o carro.

— Eca! — dizia Ethan, quase sempre.

— É o rancho de cabras — respondia sempre o Vovô. Com a cabeça para fora da janela, eu espiava as cabras responsáveis por todos aqueles cheiros maravilhosos e latia para elas, embora, por serem demasiado idiotas, as criaturas jamais fugissem aterrorizadas, ficando ali paradas, de olhar fixo como Flare, o cavalo.

Pouco depois do rancho de cabras, um enorme chacoalhar se apossava do carro quando passávamos por uma ponte de madeira. Era quando eu começava a abanar o rabo, pois adorava ir de carro à cidade, e aquele barulho todo avisava que estávamos quase chegando.

O Vovô gostava de visitar um lugar onde ele se sentava numa cadeira e um homem brincava com seu cabelo. Ethan se entediava e acabávamos indo perambular nas ruas, olhando vitrines e torcendo para encontrar outros cachorros, o que, para mim, parecia ser o motivo da viagem à cidade, afinal de contas. O melhor lugar para cachorros era o parque, uma área grande e gramada em que as pessoas se sentavam em cima de mantas. Havia um lago, mas o menino não me deixava nadar nele.

Em todos os cantos da cidade dava para eu sentir o cheiro do rancho de cabras — se algum dia precisasse me orientar para voltar para casa, bastava confiar no meu focinho para me levar, pois quando o cheiro ficasse mais forte saberia que aquela era a direção certa.

Um dia, no parque, vimos um menino mais velho lançar um brinquedo de plástico para seu cachorro apanhar. Era uma cadela preta, pequena e cheia de energia — quando me aproximei, fui totalmente ignorado por ela, cujos olhos não despregavam do brinquedo de plástico, um disco fino e de cores berrantes. O disco cruzava o ar, e ela corria e pulava, agarrando-o antes mesmo que o brinquedo tocasse o chão, o que suponho ser um truque bastante incrível para quem gosta desse tipo de coisa.

— O que você acha, Bailey? Quer experimentar? — perguntou Ethan. Seus olhos brilhavam enquanto ele apreciava a cadelinha agarrar o disco, e quando chegamos em casa ele foi direto para o quarto e se pôs a fazer o que chamou de flip.

— É um misto de bumerangue com Frisbee, combinado com uma bola de beisebol — explicou ao Vovô. — Vai voar duas vezes mais longe, porque a bola faz peso, entende?

Cheirei o objeto, que havia sido uma ótima bola de futebol antes que Ethan a cortasse e pedisse à Vovó para costurar novamente.

— Venha, Bailey — gritou o menino.

Corremos para o lado de fora.

— Quanto dá para ganhar com uma invenção como esta? — o menino perguntou ao avô.

— Primeiro vamos ver como ele voa — observou o Vovô.

— Muito bem. Pronto, Bailey?

Entendi que isso significava que algo estava para acontecer e fiquei alerta. O menino levou o braço às costas e lançou o flip no ar, onde o brinquedo girou e caiu do céu como se tivesse batido em alguma coisa.

Deixei a varanda e fui cheirar aquilo.

— Traz o flip, Bailey! — comandou o menino.

Peguei-o com cuidado do chão. Lembrei da cadelinha correndo atrás do disco voador elegante no parque e senti uma pontada de inveja. Levei-o de volta até onde estava o menino e o larguei a seus pés.

— Não é aerodinâmico — comentou o Vovô. — Resistência demais.

— É que preciso lançá-lo direito — disse o menino.

O Vovô entrou na casa e durante a meia hora seguinte o menino treinou o lançamento do flip lá fora no pátio e eu ia buscá-lo. Dava para ver que o desespero dele crescia, e por esse motivo, de uma feita, quando o flip despencou no chão, levei de volta, em vez do brinquedo, um graveto.

— Não, Bailey — disse ele, com tristeza. — O flip. Traga o flip.

Lati, abanei o rabo, tentei fazê-lo ver como podia ser divertido o graveto, se ao menos ele desse uma chance.

— Bailey! O flip!

Então, alguém falou:

— Oi.

Era uma garota da idade de Ethan. Corri até ela, abanando o rabo, e ela me afagou a cabeça. Numa das mãos, levava uma cesta contendo alguns pães de aroma doce, que realmente atraíram minha atenção. Sentei-me, tentando parecer o mais atraente possível, para ganhar o que havia na cesta.

— Como é seu nome, mocinha? — perguntou-me a garota.

— Ele é menino — disse Ethan. — O nome é Bailey.

Olhei para o menino, porque ouvi meu nome e vi que ele agia de um jeito estranho. Era quase como se tivesse medo, mas não exatamente, embora houvesse recuado meio passo quando a viu. Olhei de novo para a garota, de quem realmente gostei por causa dos pãezinhos cheirosos da cesta.

— Moro mais abaixo na estrada. Minha mãe fez uns *brownies* para a sua família — explicou ela apontando para a bicicleta.

— Sei — respondeu o menino.

Mantive minha atenção na cesta.

— Então, hã... — começou a garota.

— Vou chamar minha avó — emendou o menino, virando-se e entrando na casa. Eu, porém, optei por ficar com a garota e seus biscoitos caninos.

— Bailey? Você é um cachorro bonzinho? Você é um cachorro bonzinho — me disse a garota.

Bonzinho, mas não bom o bastante para ganhar um biscoito canino, descobri, ainda que, passado um minuto, eu tenha dado uma sacudida na cesta com o focinho para fazê-la lembrar-se do assunto em questão. Seu cabelo era claro e ela o alisou enquanto esperava que Ethan voltasse. Também parecia um tantinho nervosa, embora eu não visse nada capaz de deixar qualquer um ansioso, salvo um pobre cachorro faminto necessitado de uma guloseima.

— Hannah! — exclamou a Vovó, saindo de casa. — Que bom ver você.

— Oi, sra. Morgan.

— Entre, entre. O que temos aí?

— Minha mãe fez uns *brownies*.

— Ora, que maravilha! Ethan, você provavelmente não se lembra, mas você e Hannah costumavam brincar juntos quando eram bebezinhos. Ela tem um ano e pouco menos que você.

— Não me lembro — disse Ethan, chutando o tapete.

Ele continuava agindo de uma forma esquisita, mas senti que era meu dever proteger a cesta de biscoitos caninos, que a Vovó pôs em cima de uma mesinha. O Vovô estava sentado em sua cadeira, segurando um livro, e estendeu a mão para a cesta, olhando por cima dos óculos.

— Não antes do jantar! — repreendeu a Vovó. Ele recolheu a mão e nós dois trocamos olhares desgostosos.

Durante os vários minutos seguintes não aconteceu grande coisa, no que tange a biscoitos. A Vovó se incumbiu da maior parte da conversa, enquanto Ethan permanecia de pé com as mãos nos bolsos e Hannah, sentada no sofá, não olhava para ele. Finalmente, Ethan perguntou a Hannah se ela queria ver o flip, e, ao ouvir aquela palavra temida, virei o pescoço com força para olhá-lo, descrente, pois já me convencera de que aquele capítulo de nossas vidas havia sido definitivamente encerrado.

Nós três saímos para o pátio. Ethan mostrou o flip a Hannah, mas quando o lançou, novamente o brinquedo se esborrachou no chão como um pássaro morto.

— Preciso fazer algumas alterações no projeto — explicou Ethan.

Aproximei-me do flip, mas não o peguei, na esperança de que o menino resolvesse pôr fim de vez a esse constrangimento.

Hannah encompridou a visita, indo até o lago observar os patos idiotas, afagando o focinho de Flare e fazendo uns dois ou três lançamentos do flip. Subiu, então, na bicicleta e se dirigiu para o portão. Eu a acompanhei até que ouvi o assovio do menino me chamando e voltei correndo.

Algo me disse que voltaríamos a ver aquela garota.

Mais tarde naquele verão, cedo demais para voltar para casa e começar a escola, na minha opinião, a Mãe arrumou as coisas no carro. Ethan e eu aguardamos do lado de fora, enquanto o Vovô e a Vovó ocupavam seus lugares.

— Eu dirijo — disse o Vovô.

— Você vai estar dormindo antes que a gente atravesse a divisa do condado — retrucou a Vovó.

— Ethan, você é um rapazinho. Comporte-se. Ligue, se tiver qualquer problema.

Ethan se remexeu dentro do abraço da mãe.

— Eu sei — disse ele.

— Voltamos daqui a dois dias. Se precisar de qualquer coisa, peça ao sr. Huntley, o vizinho. Deixei comida para você.

— Eu sei! — disse Ethan.

— Bailey, tome conta de Ethan, viu?

Abanei o rabo alegremente, sem entender coisa alguma. A gente ia ou não andar de carro?

— Eu ficava sozinho o tempo todo, quando tinha a sua idade — disse o Vovô. — Vai ser bom para ele.

Pude sentir preocupação e relutância na Mãe, mas no final das contas, ela assumiu o volante.

— Eu te amo, Ethan — disse a Mãe.

Ethan resmungou alguma coisa, chutando a terra.

O carro passou pelo portão e se foi. Ethan e eu observamos solenemente.

— Vem, Bailey! — gritou ele, quando perdemos o automóvel de vista. Corremos para dentro de casa.

Tudo, de repente, ficou mais divertido. O menino almoçou, e quando acabou pôs o prato no chão para que eu o lambesse. Fomos até o celeiro e ele subiu nos caibros enquanto eu latia, e quando pulou num monte de feno eu o agarrei. Uma sombra preta no canto me disse que o gato estava assistindo a tudo isso, mas quando fui investigar ele me escapou e sumiu.

Fiquei nervoso quando Ethan destrancou o armário de armas, algo que eu jamais o vira fazer sem a presença do Vovô. Armas me afligiam, me faziam lembrar de quando Todd soltou fogos e eles caíram tão perto de mim que senti a explosão na pele. Mas Ethan estava tão animado que só me restou saltitar em volta dos seus pés. Ele arrumou algumas latas sobre a cerca e atirou com a arma. As latas saíram voando. Não consegui entender muito bem a conexão entre as latas e o barulho da arma, mas vi que de alguma forma havia uma relação entre ambas as coisas e, a julgar pela reação do menino, isso era fantasticamente divertido. Flare bufou e se mandou para o extremo oposto do pátio, distanciando-se de toda essa comoção.

Depois disso, o menino aqueceu uma galinha suculenta para o jantar. Sentamos na sala, ele ligou a tevê e comeu com o prato no colo, jogando para mim pedacinhos de pele de galinha. Bom, *esse* era o tipo de diversão que eu entendia!

Naquele momento não me interessava saber se a Mãe um dia voltaria ou não.

Depois de ter lambido o prato, que o menino deixou no chão, resolvi testar as novas regras e subi na cadeira macia do Vovô, olhando por cima do ombro para ver se atraía o esperado "Desça daí!". O menino continuou assistindo à tevê, e eu me enrosquei para tirar um cochilo.

Meio zonzo, registrei o toque do telefone e ouvi o menino dizer "cama", mas quando desligou, ele não foi dormir; voltou a sentar-se diante da televisão.

Eu dormia profundamente quando uma súbita sensação de que havia algo errado me despertou de um salto. O menino estava sentado ereto, com a cabeça inclinada, alerta.

— Ouviu esse barulho? — sussurrou para mim.

Perguntei-me se a urgência em sua voz significava o fim do meu cochilo. Concluí que uma influência calmante seria recomendável e voltei a deitar a cabeça na almofada macia.

De dentro de casa veio um ruído abafado.

— Bailey! — sibilou o menino.

Certo, a coisa era séria. Levantei da cadeira, me espreguicei e olhei para ele, aguardando. Ele estendeu a mão e passou-a na minha cabeça e pude sentir o medo em sua pele.

— Olá? Tem alguém aí?

Ele congelou e imitei sua postura de alerta total. Eu não sabia ao certo o que estava acontecendo, mas me convenci de que havia uma ameaça. Quando outro ruído abafado o fez dar um pulo e o medo fez sua pele se arrepiar, preparei-me para enfrentar qualquer que fosse o problema. Pude sentir o pelo se eriçar em meu lombo e soltei um rosnado grave de aviso.

Ao ouvir meu rosnado, o menino atravessou silenciosamente a sala. Fui atrás dele, ainda alerta, e observei-o abrir o armário de armas pela segunda vez naquele dia.

Capítulo 11

Segurando o rifle do Vovô nas mãos trêmulas, o menino subiu, pé ante pé, a escada, atravessou o corredor e entrou no quarto da Mãe. Eu fui atrás. Ethan checou o banheiro da suíte, debaixo da cama, e, ao abrir com um safanão a porta do armário gritou "ah", quase me matando de susto. Repetimos essa checagem no quarto dele, no do Vovô e da Vovó e no quartinho com o sofá em que a Vovó dormia quando o Vovô fazia aquele barulho de trovão à noite. Antes de partir na viagem de carro, a Vovó trabalhara ali no flip, tentando consertá-lo segundo as instruções de Ethan. O quartinho era chamado de quarto de costura.

O menino checou a casa toda, apontando o rifle do Vovô com o braço estendido, sacudindo cada maçaneta e testando cada janela. Passando pela sala, dirigi-me, esperançoso, para a cadeira do Vovô, mas o menino queria continuar explorando a casa. Com um suspiro desalentado, eu o acompanhei no exame das cortinas de cada boxe.

Finalmente, ele voltou para o quarto da Mãe. Mexeu na maçaneta e depois puxou a cômoda e encostou-a na porta. Pôs o rifle junto à cama e me chamou para deitar a seu lado. Quando me abraçou, lembrei de como, às vezes, ele vinha para a casa de cachorro na garagem quando a Mãe e o Pai gritavam. Era esse mesmo terror solitário que eu via nele agora. Eu o lambi da forma mais confortadora que conhecia — estávamos juntos, como podia haver algo de errado?

Na manhã seguinte, acordamos tarde e depois tomamos um café fantástico. Comi cascas de torrada e lambi ovos mexidos, terminando de tomar o leite que Ethan não quis. Que dia maravilhoso! Ethan pôs mais comida numa sacola junto com uma garrafa que encheu de água e acomodou tudo em sua mochila. Será que íamos passear? Às vezes, Ethan e eu saíamos para um passeio e ele levava sanduíches para dividirmos. Ultimamente, essas excursões sempre pareciam nos levar a passar por onde a garota morava. Dava para eu sentir o cheiro dela na caixa de correio. Ethan parava e ficava olhando a casa. Depois voltávamos.

O medo da noite anterior sumira por completo. Assoviando, o menino foi lá fora cuidar de Flare, que se aproximou do balde de sementes secas e insossas, ou do que quer que fosse que ele mascava quando não estava tentando ficar enjoado comendo grama.

Me surpreendi, porém, quando o menino pegou um cobertor e uma sela de couro lustroso no celeiro e pôs os dois sobre o lombo do cavalo. Já tínhamos feito isso algumas vezes, e Ethan montava no cavalo e se sentava lá no alto, mas sempre com o Vovô presente e sempre com o portão que dá acesso ao pátio de Flare muito bem fechado. Agora, porém, o menino abriu o portão, montando no animal com um sorriso.

— Vamos, Bailey! — chamou.

Fui em frente, de mau humor. Não me agradava o fato de Flare atrair toda a atenção e de me ver tão distante do menino, obrigado a andar ao lado daquela criatura enorme, que eu já concluíra ser mais burra que os patos. Fiquei particularmente aborrecido quando, com um abanar do rabo, Flare deixou cair uma pilha fedorenta de cocô na estrada, não me atingindo por pouco. Levantei a perna sobre a porcaria, porque agora, afinal, ela me pertencia, mas tive quase certeza de que a intenção do cavalo havia sido me ofender.

Logo saímos da estrada e entramos no mato, seguindo uma trilha. Persegui um coelho, e o teria apanhado se ele não tivesse me roubado no jogo mudando de rumo repentinamente. Farejei mais de um gambá e com desdém me recusei a dar sequer um passo nessa direção. Paramos junto a uma pequena poça, e Flare e eu bebemos água. Mais tarde o menino comeu seu sanduíche, jogando para mim as cascas de pão.

— Isto não é o máximo, Bailey? Você está se divertindo?

Observei suas mãos, imaginando se esse tom questionador indicava que ele fosse me oferecer mais pão.

Afora o fato de termos a companhia de Flare, eu estava realmente me divertindo. Claro que só ficar longe daquele flip idiota já era motivo suficiente para comemorar, mas passadas várias horas a distância de casa era tamanha que eu não farejava mais qualquer sinal dela.

Pude ver que Flare estava ficando cansado, mas pela atitude do menino entendi que ainda faltava um bocado para chegarmos a nosso destino. A certa altura, Ethan perguntou:

— Será que vamos por aqui ou por ali? Você se lembra, Bailey? Sabe onde estamos?

Olhei para ele, ansioso, e passado um momento continuamos em frente, tomando uma trilha onde havia muitíssimos odores animais.

Eu tinha marcado território tantas vezes que a minha perna doía. Flare parou para se aliviar com um jato gigantesco de urina, o que me pareceu um comportamento totalmente impróprio, já que esse odor apagaria o meu e o cachorro era eu. Saí andando na frente para livrar meu focinho desse cheiro.

Subi uma pequena elevação e foi então que vi a cobra. Estava enroscada num trecho ensolarado, pondo a língua para fora ritmicamente, e eu congelei, fascinado. Nunca tinha visto uma cobra.

Lati, o que não provocou qualquer reação. Voltei até onde estava o menino, que recomeçara a andar com Flare.

— O que foi, Bailey? O que você viu?

Resolvi que o que quer que ele tivesse dito, não era *vá morder aquela cobra*. Voltei a caminhar ao lado de Flare, que seguia adiante sem expressão alguma, e me perguntei qual seria a sua reação ao ver a cobra enroscada à sua frente.

A princípio, ele *não* a viu, mas quando se aproximou, a cobra recuou, levantando a cabeça, e Flare relinchou agudamente. Suas patas dianteiras se ergueram do solo e ele empinou. O menino voou de cima da sela. Corri imediatamente até ele, é claro, mas estava tudo bem. Ele se levantou de um salto e gritou:

— Flare!

Observei contrariado o cavalo bater em retirada a galope, os cascos batendo na terra. Quando o menino saiu correndo, percebi o que precisava ser feito e corri a toda a velocidade atrás do cavalo, mas não adiantou e logo a distância entre mim e o menino aumentou demais e voltei para junto dele.

— Ah, não! — exclamou Ethan, mas o "não" não era para mim. — Ai, meu Deus! O que vamos fazer, Bailey?

Para meu desânimo total, o menino começou a chorar, uma coisa que ele fazia cada vez menos, à medida que crescia, fato que só contribuía para tornar a situação mais aflitiva. Dava para sentir seu desespero, e enfiei a cara em suas mãos, tentando consolá-lo. A melhor coisa, concluí, seria voltar para casa e comer mais galinha.

O menino acabou parando de chorar e olhou com indiferença à sua volta.

— Estamos perdidos, Bailey — disse ele, tomando um gole de água. — Muito bem. Venha.

Aparentemente, o passeio não havia acabado, porque tomamos um rumo totalmente novo, de forma alguma aquele que nos levara até ali.

Entramos bem fundo no mato, a certa altura cruzando o nosso próprio odor, mas o menino continuou andando. Meu cansaço era tamanho, que quando um esquilo surgiu bem na minha frente nem me dei ao trabalho de persegui-lo. Simplesmente segui o menino, que, dava para notar, também ia ficando cansado. Quando o céu começou a escurecer, nós nos sentamos num tronco caído e ele comeu o último sanduíche, tendo o cuidado de me dar um naco.

— Sinto muito, Bailey.

Pouco antes de cair a noite, o menino demonstrou interesse por gravetos. Começou a arrastá-los até uma árvore que havia sido derrubada, amontoando-os contra uma parede de lama e raízes retorcidas. Empilhou cedrinhos na terra debaixo desse caramanchão e pôs mais gravetos em cima. Observei curioso, disposto, apesar do cansaço, a correr e buscar um graveto se ele o atirasse, mas o menino continuou concentrado em sua tarefa.

Quando ficou demasiado escuro para enxergar, ele subiu no monte de cedrinhos.

— Vem, Bailey! Para cá!

Deitei a seu lado. Me veio à lembrança a casa de cachorro. Com pesar me lembrei da cadeira do Vovô, imaginando por que não podíamos simplesmente voltar para casa e dormir lá. Mas logo o menino começou a tremer e botei a cabeça em cima dele, encostando a barriga nas suas costas, do jeito que costumava me deitar junto aos meus irmãos quando eles sentiam frio.

— Você é um cachorro bonzinho, Bailey — me disse ele.

Em pouco tempo, sua respiração ficou mais profunda e ele parou de tremer. Embora eu não me sentisse lá muito confortável, mantive-me deitado numa posição capaz de aquecê-lo o máximo possível ao longo da noite.

Acordamos quando os pássaros começaram a cantar e antes que clareasse totalmente já estávamos novamente a caminho. Farejei, esperançoso, a mochila, iludido pelos odores, mas quando o menino me deixou enfiar a cabeça lá dentro não achei coisa alguma para comer.

— Vamos guardá-los para o caso de precisarmos de uma fogueira — me disse ele. Concluí que a tradução era "precisamos de mais sanduíches" e abanei o rabo concordando.

A natureza da nossa aventura mudou naquele dia. Minha fome transformou-se numa dor aguda e o menino chorou de novo, fungando durante mais ou menos uma hora. Pude sentir a ansiedade pulsando em seu corpo, seguida de uma apatia soturna, letárgica, que me pareceu igualmente alarmante. Quando ele se sentou e me encarou com olhos vidrados, lambi seu rosto todo.

Eu estava preocupado com o meu menino. Precisávamos voltar para casa. Já.

Chegamos a um regato e o menino se deitou de bruços e, sedento, bebeu água. A água lhe deu, ao mesmo tempo, energia e disposição. Quando partimos novamente, seguimos o regato, que serpenteava em meio às árvores e, a certa altura, atravessava uma campina cheia de insetos cantores. O menino virou o rosto para o sol e aumentou o ritmo da caminhada, tomado por uma onda de esperança, mas seus ombros se encolheram depois de uma hora e pouco, quando o regato voltou a penetrar na mata escura.

Passamos aquela noite abraçados um ao outro como antes. Farejei uma carcaça nas redondezas, algo velho, mas provavelmente aproveitável, mas não quis deixar o menino sozinho. Ele precisava mais que nunca do calor. Estava perdendo as forças. Eu podia senti-las se esvaindo.

Nunca tive tanto medo.

No dia seguinte, o menino tropeçou algumas vezes enquanto andava. Senti cheiro de sangue. Seu rosto havia sido atingido por um galho. Farejei o ferimento.

— Sai, Bailey! — gritou comigo.

Senti raiva, medo e dor nele, mas não recuei, continuei bem ali e vi que havia feito o que era certo quando ele enterrou o rosto no meu pescoço e chorou mais um pouco.

— Estamos perdidos, Bailey. Sinto muito — sussurrou o menino. Abanei o rabo ao ouvir meu nome.

O regato penetrou numa área pantanosa, perdendo a forma e tornando lamacenta a caminhada. O menino afundou até os tornozelos, os pés fazendo um barulho de sucção quando ele andava. Fomos atacados por insetos, que aterrissavam em nossos olhos e ouvidos.

No meio do pântano, o menino simplesmente parou. Seus ombros baixaram e o queixo se afundou no peito. O ar lhe saía dos pulmões em um suspiro profundo e comprido. Nervoso, encontrei o caminho em meio àquela sujeira o mais rápido possível, pondo uma pata em sua perna.

Ele estava desistindo. Uma sensação acachapante de derrota lhe crescia por dentro e Ethan começava a se entregar, começava a perder a vontade de viver. Era como meu irmão Faminto, deitado pela última vez no interior da manilha para jamais se levantar de novo.

Lati, assustando tanto a ele quanto a mim. Seus olhos sem brilho piscaram para mim. Lati novamente.

— Está bem — resmungou ele. Letargicamente, retirando o pé da lama, tornou a enfiá-lo nela, relutante, afundando mais uma vez.

Levamos mais de meio dia para atravessar aquele pântano. Quando re encontramos o regato do outro lado do charco, suas águas se mexiam com mais disposição, mais fundas e mais rápidas. Logo, um outro braço de água se juntou a ele, e mais outros, obrigando o menino a tomar impulso para saltá-lo quando uma árvore caída bloqueou o caminho de um lado e do outro. Cada salto parecia exauri-lo, e acabamos tirando um cochilo de algumas horas. Deitei a seu lado, apavorado com a hipótese de ele não acordar, mas ele acordou, despertando lentamente.

— Você é um cachorro bonzinho, Bailey — disse ele com voz rouca.

A tarde já chegava ao fim quando vimos o regato juntar-se a um rio. O menino olhou sem ver para a água escura durante um bom tempo, depois resolveu descer o rio comigo, seguindo através do mato e da vegetação fechada.

A noite começava a cair quando farejei gente. A essa altura, Ethan aparentemente andava sem propósito, arrastando automaticamente os pés na terra. Toda vez que caía, levava mais e mais tempo para tornar a ficar de pé, e não deu por isso quando saí correndo, o focinho colado no chão.

— Venha, Bailey — resmungou. — Aonde você vai?

Acho que sequer reparou quando cruzamos a vereda. Seus olhos estavam entrefechados contra a luz mortiça, tentando impedir novos tropeções, e não senti nada nele durante vários segundos quando a grama sob nossos pés virou uma trilha de terra bastante usada. Eu podia sentir o cheiro de vários homens diferentes — odores antigos, mas tão evidentes para mim quanto o rastro das crianças para baixo e para cima nas ruas perto de casa. Então, de repente, o menino se empertigou, respirando fundo.

— Ei! — exclamou baixinho, concentrando o olhar na trilha.

Agora que eu tinha uma sensação clara da nossa direção, saí a passo largo na frente, meu cansaço desaparecendo diante da crescente animação do menino. Tanto a trilha como o rio inclinavam-se, paralelamente, para a direita, e mantive meu focinho abaixado, notando que o cheiro de homem se tornava, ao mesmo tempo, mais forte e mais recente. Alguém andara por aqui não muito tempo antes.

Ethan parou. Voltei até ele, que estava imóvel, de olhos arregalados e com a boca aberta.

— Uau! — exclamou.

Me dei conta, então, de que havia uma ponte atravessando o rio, e, quando olhei, vi surgir das sombras uma figura que caminhou junto ao parapeito, examinando a água. O coração de Ethan disparou. Eu podia ouvi-lo. Sua animação, porém, transformou-se em medo, e ele se encolheu, me fazendo lembrar da reação da minha primeira mãe quando esbarrávamos em gente quando caçávamos.

— Bailey, fique quieto — sussurrou Ethan.

Eu não sabia o que estava acontecendo, mas reconheci seu humor — era o mesmo daquela noite em casa, da noite em que ele pegou o rifle e examinou todos os armários. Olhei, alerta, para o menino.

— Ei! — chamou o homem na ponte. Senti o menino ficar tenso e se preparar para fugir correndo.

— Ei! — gritou novamente o homem. — Seu nome é Ethan?

Capítulo 12

O homem da ponte nos deu carona em seu carro.

— Procuramos por você em todo o estado de Michigan, filho — disse ele.

Ethan baixou os olhos, e senti nele tristeza, vergonha e um pouquinho de medo. Fomos até um prédio grande e, assim que paramos, o Pai abriu a porta do carro e a Mãe abraçou Ethan. O Vovô e a Vovó estavam lá e todos se mostravam felizes, embora não houvesse qualquer guloseima canina à vista. O menino sentou-se numa cadeira com rodinhas e um homem empurrou-o para dentro do prédio. Antes de entrar, o menino se virou e acenou para mim. Achei que provavelmente tudo daria certo, embora me causasse bastante ansiedade ficar afastado dele. O Vovô, porém, segurou firme a minha coleira, não me deixando qualquer escolha quanto a isso.

O Vovô me levou para uma volta de carro, como cão de banco dianteiro. Fomos a um lugar onde deram a ele, através da janela, um saco um com cheiro delicioso e ele deu meu jantar ali mesmo no carro, desembrulhando sanduíches quentes e os entregando a mim, um de cada vez. Ele também comeu.

— Não conte isso para a Vovó — recomendou. Quando chegamos em casa, fiquei pasmo ao ver Flare em seu lugar habitual no cercado, me olhando com uma expressão indolente. Lati para ele pela janela do carro até o Vovô me mandar parar.

O menino passou apenas uma noite fora, mas era a primeira vez desde que nos conhecíamos que eu dormia sem ele, e andei para baixo e para cima no corredor até o Pai gritar "Deitado, Bailey!". Enrosquei-me na cama de Ethan e adormeci com a cabeça no travesseiro, onde seu cheiro era mais forte.

Quando a Mãe trouxe Ethan para casa no dia seguinte, reagi com euforia, mas o ânimo do garoto estava sombrio. O Pai o chamou de menino mau. O Vovô conversou com ele na frente do armário de armas. Todos se mostravam tensos, mas ninguém sequer mencionou o nome Flare, e Flare era o responsável pela coisa toda! Concluí que, como ninguém mais estivera lá, ninguém sabia o que acontecera e descontavam toda a raiva no garoto em vez de culparem o cavalo.

Minha raiva me fazia ter vontade de ir lá fora e morder aquele cavalo, mas não fiz isso, é claro, porque a criatura era enorme.

A garota foi visitar o menino, e os dois se sentaram na varanda e não falaram muito, apenas resmungaram e desviaram o olhar um do outro.

— Você teve medo? — indagou a garota.

— Não — respondeu o menino.

— Eu teria tido.

— Bem, eu não tive.

— Fazia frio à noite? — insistiu ela.

— Um bocado.

— Ah!

— É.

Acompanhei atentamente a conversa, alerta à menção de palavras como "Bailey", "volta de carro" e "guloseimas".

Como não ouvi nenhuma delas, baixei a cabeça e soltei um suspiro. A garota se inclinou e me afagou, por isso virei de barriga para cima para ganhar um cafuné.

Concluí que gostava da garota e que adoraria que ela nos visitasse com mais frequência e trouxesse mais daqueles biscoitos e me presenteasse com alguns.

Então, antes que eu estivesse pronto, a Mãe empacotou tudo e partimos na longa viagem de carro, o que significava que as aulas se aproximavam. Quando estacionamos na entrada da casa, várias crianças surgiram correndo, e Marshmallow e eu nos reencontramos na grama, imediatamente dando início à nossa luta livre constante.

Havia outros cães na vizinhança, mas o meu preferido era Marshmallow, provavelmente por vê-la quase todo dia, quando o menino ficava com a mãe de Chelsea ao chegar da escola. Muitas vezes, quando eu saía para uma aventura passando pelo portão aberto, encontrava Marshmallow e ela me acompanhava para explorarmos as possibilidades das lixeiras alheias.

Por isso, levei um susto ao ouvir Chelsea, debruçada na janela do carro da mãe, chamar:

— Marshmallow! Marshy! Aqui, Marshmallow!

Para mim era óbvio que Marshmallow havia sido uma cadela malvada e partira para se aventurar por conta própria.

Seu odor parecia mais recente em torno do riacho, mas havia tantas crianças e tantos cães que não rastreei a direção tomada por ela. Chelsea estava triste e chorosa, e me senti mal ao vê-la assim. Pus a cabeça em seu colo e ela me abraçou.

Todd era um dos que ajudavam a procurar Marshmallow, e curiosamente o cheiro do animal estava em sua calça. Farejei atentamente e ele franziu a testa, afastando minha cabeça. Seu sapato enlameado também cheirava forte a Marshmallow, além de exalar outros odores que não pude identificar.

— Venha, Bailey — chamou Ethan ao ver a reação de Todd ao meu exame.

Marshmallow jamais voltou para casa. Me lembrei da minha primeira mãe, fugindo pelo portão para entrar no mundo sem olhar para trás. Alguns cachorros querem ser livres para vagar, porque não têm um menino que os ame.

Com o passar do tempo, o cheiro de Marshmallow no ar feneceu, mas eu não conseguia parar de farejar à sua procura. Quando me lembrava das nossas brincadeiras, me via pensando em Coco, lá no Pátio. Eu adoraria ver Coco e Marshmallow de novo, mas começava a entender que a vida é bem mais complicada do que parecia ser no Pátio e que é controlada por gente, não por cachorros. O que importava não era o que eu queria, mas o fato de ter estado no mato com Ethan quando o menino sentia frio e fome, mantendo-o aquecido à noite, sendo seu companheiro.

Naquele inverno, por volta da época em que o Pai punha uma árvore na sala para o Feliz Natal, Chelsea ganhou uma cachorrinha nova, batizada de Duquesa. Ela brincava incansavelmente, a ponto de me deixar cansado dos seus dentinhos afiados nas minhas orelhas e ser obrigado a rosnar de leve para fazê-la parar. Duquesa então piscava inocentemente e recuava apenas uns poucos segundos, até concluir que eu não falava sério e voltar para cima de mim. Que coisa irritante!

Na primavera, a palavra "carrinho de rolimã" se espalhou pela vizinhança, e na rua inteira as crianças serravam e martelavam madeira, ignorando por completo seus cachorros. O Pai, toda noite, ia até a garagem e conversava com o filho enquanto este continuava a mexer com o que quer que estivesse se mexendo. Quanto a mim, cheguei mesmo a entrar no armário do menino para buscar o abominável flip na esperança de poder seduzi-lo com aquilo. Ethan, porém, permaneceu totalmente concentrado em brincar com os pedaços de madeira, jamais jogando um sequer para eu pegar e levar de volta.

— Está vendo o meu carrinho de rolimã, Bailey? Vai andar a toda a velocidade!

Finalmente, o menino abriu a porta da garagem, sentou-se no carrinho de rolimã e desceu o pequeno trecho até a entrada de carros da casa, dirigindo-o como se fosse um trenó. Caminhei ao seu lado, imaginando que ambos já havíamos nos esforçado um bocado para chegar a um final tão sem sentido, mas quando o carrinho de rolimã alcançou o fim do caminho, o menino pegou-o e voltou com ele para a garagem a fim de brincar de novo!

Ao menos o flip era algo que se podia morder.

Num dia ensolarado em que não havia escola, todas as crianças da vizinhança levaram seus carrinhos de rolimã para uma rua comprida e íngreme, alguns quarteirões adiante. A Duquesa era jovem demais para aderir à procissão, mas eu acompanhei o meu menino, embora sem grande entusiasmo pela ideia original, que consistia em ele se sentar no carrinho de rolimã e ser puxado por mim, por meio de uma coleira amarrada no brinquedo, rua abaixo.

Todd e o irmão mais velho, Drake, estavam entre as crianças e disseram coisas sobre o carrinho de rolimã de Chelsea, que, pude perceber, a deixaram magoada. Quando os carrinhos foram enfileirados no alto da ladeira, o de Todd estava ao lado do de Ethan.

Eu não me achava preparado para o que aconteceu em seguida: alguém gritou "Já!" e os carrinhos partiram, descendo a ladeira, ganhando velocidade. Drake corria atrás de Todd e deu um bom impulso no carrinho do irmão, fazendo-o disparar.

— Isso é roubo! — gritou Chelsea.

Seu carrinho de rolimã andava muito devagar, mas o de Ethan ganhava velocidade, e logo precisei correr para acompanhá-lo. Os outros tombaram e, passado um tempo, sobrou apenas o de Ethan, consistentemente se aproximando do de Todd.

Corri com naturalidade, numa liberdade esfuziante, galopando ladeira abaixo atrás do meu menino. No sopé da ladeira, um garoto chamado Billy empunhava uma bandeira presa a uma vara, e percebi que, de alguma forma, ele fazia parte do que estava acontecendo. Ethan, debruçado sobre si mesmo, mantinha a cabeça baixa, e tudo era tão divertido que resolvi viajar no carrinho de rolimã com ele. Num impulso extra de velocidade, saltei no ar, aterrissando na traseira do veículo e quase sendo jogado dele.

A força do impacto nos lançou à frente, e lá estávamos nós ultrapassando Todd! Billy agitou sua vara e pude ouvir os gritos e aplausos às nossas costas enquanto os carrinhos, agora na parte plana da rua, deslizavam até parar.

— Cachorro bonzinho, Bailey! — me disse o menino, rindo.

Todos os outros carrinhos corriam atrás de nós, seguidos pelo restante das crianças, que gritavam e riam. Billy se aproximou e ergueu no ar a mão de Ethan, largando a vara com a bandeira. Peguei a vara e desfilei com ela, desafiando qualquer um que se dispusesse a tomá-la de mim para se divertir de verdade.

— Não é justo, não é justo — gritou Todd.

A multidão de crianças se calou. Uma verdadeira fúria emanava de Todd, de pé, encarando Ethan.

— O maldito cachorro pulou no carrinho. Por isso você venceu. Está desclassificado — disse Drake, postando-se ao lado do irmão.

— Ora, você empurrou o seu irmão! — gritou Chelsea.

— E daí?

— Eu teria alcançado você, de qualquer jeito — disse Ethan.

— Quem acha que Todd tem razão, diga "Eu!" — comandou Billy.

Todd e o irmão gritaram "Eu!".

— Quem acha que Ethan venceu, diga "Eu!".

— Eu! — todas as outras crianças gritaram. Fiquei tão apalermado com esse alvoroço, que larguei minha vara.

Todd deu um passo à frente e desferiu um soco em Ethan, que se desviou e acertou Todd. Ambos caíram no chão.

— Briga! — gritou Billy. Comecei a me adiantar para proteger o meu menino, mas Chelsea pôs a mão com firmeza em minha coleira.

— Não, Bailey. Quieto.

Os garotos rolaram no chão, ambos enlaçados em um nó cego de raiva. Remexi-me, tentando me soltar da coleira, mas Chelsea não relaxou. Frustrado, lati.

Em pouco tempo, Ethan estava sentado em cima de Todd. Ambos arfavam.

— Você desiste? — perguntou Ethan.

Todd desviou o olhar, apertando bem os olhos. Humilhação e ódio emanavam dele em quantidades iguais. Finalmente, anuiu com a cabeça. Os meninos se puseram de pé, desconfiados, espanando a poeira das calças.

Senti uma súbita raiva eclodir em Drake no exato momento em que ele investiu, empurrando Ethan com as duas mãos. Ethan balançou, mas não caiu.

— Venha, Ethan, venha cá — rosnou Drake.

Fez-se uma longa pausa, enquanto Ethan encarava o garoto mais velho. Billy, então, deu um passo à frente.

— Não — disse Billy.

— Não — entoaram algumas outras crianças. — Não.

Drake olhou para nós um minuto, cuspiu no chão e pegou o carrinho de rolimã. Sem dizer uma palavra, os dois irmãos se foram.

— Muito bem, Bailey. Mostramos a todo mundo quem somos, não foi? — me disse Ethan.

Todos carregaram seus carrinhos até o alto da ladeira e desceram neles, vez após vez, ao longo de todo o dia. Ethan deixou Chelsea usar o seu, pois o dela perdera uma roda. Ela me levou junto todas as vezes.

Naquela noite, Ethan mostrou-se animado no jantar, conversando atropeladamente com o Pai e a Mãe, que sorriam enquanto ouviam o filho. Levou um bocado de tempo para o menino pegar no sono, e depois que adormeceu sua inquietude me obrigou a descer da cama e me deitar no chão. Por causa disso, eu ainda não dormia profundamente quando ouvi um enorme estrondo lá embaixo.

— O que foi isso? — indagou o menino, sentando-se na cama. Pulou para o chão quando as luzes se acenderam no corredor.

— Ethan, fique em seu quarto — instruiu o Pai, que estava tenso, zangado e com medo. — Venha, Bailey.

Obedientemente desci a escada com o Pai, que pisava com cuidado e acendeu a luz da sala.

— Quem está aí? — perguntou em voz alta.

O vento balançou as cortinas da janela da frente — janela que de hábito não ficava aberta.

— Não desçam descalços! — gritou o Pai.

— O que foi? — indagou a Mãe.

— Alguém jogou uma pedra na janela. Para trás, Bailey.

Senti a preocupação do Pai e farejei todo o vidro espalhado pela sala. Havia uma pedra no chão, com pequenos caquinhos grudados nela. Quando encostei o focinho nela, imediatamente reconheci o cheiro.

Todd.

Capítulo 13

Um ano e pouco mais tarde, na primavera, Smokey, o gato, caiu doente. Passava o tempo todo deitado e gemendo e não protestava quando eu punha o focinho em sua cara para investigar esse novo comportamento. A Mãe foi ficando muito aflita e levou Smokey para uma volta de carro. Quando chegaram, ela estava triste, provavelmente porque gatos não são divertidos num carro.

Mais ou menos uma semana depois, Smokey morreu. Terminado o jantar, a família foi ao quintal, onde Ethan cavou um buraco grande e eles enrolaram o corpo de Smokey num cobertor, puseram no buraco e cobriram com terra. Ethan martelou um pedaço de madeira no solo ao lado do montinho de terra molhada e, junto com a Mãe, chorou um pouco. Cutuquei ambos para lembrar-lhes de que não havia realmente motivo para lamentar, já que eu estava bem e com certeza era um animal de estimação melhor do que Smokey jamais fora.

No dia seguinte, depois que a Mãe e o menino partiram para a escola, fui até o quintal e desenterrei Smokey, imaginando que eles não deviam ter tido a intenção de enterrar um gato morto em tão bom estado.

Naquele verão, não fomos para a Fazenda. Ethan e alguns amigos da vizinhança todo dia de manhã cortavam a grama na casa dos vizinhos com máquinas barulhentas.

O menino me levava com ele, mas sempre me amarrava a uma árvore. Eu adorava o cheiro da grama recém-cortada, mas não achava muita graça em cortar grama e me parecia que essa atividade, de alguma forma, tinha a ver com o fato de não visitarmos a Fazenda. O Vovô e a Vovó se hospedaram lá em casa durante uma semana, mas, em termos de diversão, não foi grande coisa, principalmente porque o Pai e o Vovô trocaram palavras duras quando estavam sozinhos no quintal debulhando milho. Senti a raiva de ambos e me perguntei se seria uma reação ao fato de as espigas não estarem boas, algo que eu comprovara, tanto cheirando quanto mastigando as ditas-cujas. Depois daquele dia, o Pai e o Vovô ficavam muito constrangidos na presença um do outro.

Quando as aulas recomeçaram, várias coisas mudaram. O menino não ia mais para a casa de Chelsea ao chegar em casa — na verdade, ele costumava ser o último a chegar, cheirando a terra, grama e suor quando subia correndo a entrada da casa, depois de descer de um carro na rua. E havia noites em que saíamos de carro para o que acabei descobrindo ser um jogo de futebol americano, ocasião em que eu ficava preso a uma guia na extremidade de um longo pátio, ao lado da Mãe, e as pessoas gritavam sem qualquer motivo. Os meninos lutavam e atiravam um para o outro uma bola, às vezes correndo até bem próximo de onde eu estava, e outras jogando no extremo oposto do pátio enorme.

Eu podia, de vez em quando, farejar Ethan no grupo. Era meio frustrante ficar ali sentado e não participar do jogo — em casa, tinha aprendido a abocanhar uma bola de futebol. Certa vez, jogava com o menino e mordi forte demais. A bola murchou até virar um pedaço flácido de couro, meio parecido com o flip. Depois disso, Ethan não me deixou mais morder bolas de futebol, mas eu podia continuar brincando com elas desde que fosse cuidadoso. A Mãe não sabia disso e segurava com firmeza a minha guia. Eu não tinha dúvidas de que se ela me deixasse ir pegar a bola, os meninos se divertiriam muito mais correndo atrás de mim do que uns dos outros, porque eu era mais rápido do que todos eles.

A cachorrinha de Chelsea, Duquesa, cresceu e nos tornamos bons amigos, depois que lhe mostrei como se comportar na minha presença. Um dia, quando o portão estava aberto, me aproximei para vê-la e ela usava um cone de plástico em volta do pescoço e dava a impressão de estar muito adoentada. Abanou o rabo de leve ao me ver do lado de fora da sua gaiola, mas não se deu ao trabalho de levantar. Fiquei meio nervoso, torcendo para que ninguém pretendesse botar um desses troços em mim outra vez.

Quando nevava, Ethan e eu brincávamos com trenós, e quando a neve derretia, com bolas de tênis. De vez em quando, o menino tirava o flip do armário e olhava para ele, enquanto eu desviava o olhar, temeroso. Ethan erguia o brinquedo e o examinava, sentindo seu peso, e depois o guardava com um suspiro.

Aquele foi um outro verão sem estada na Fazenda, e novamente o menino cortou grama com os amigos — pensei que ele já tivesse se cansado disso, mas aparentemente continuava a gostar. Naquele ano, o Pai viajou durante vários dias, e enquanto ele estava fora o Vovô e a Vovó apareceram de visita. O carro deles cheirava a Flare e a feno e ao lago, e fiquei ali farejando um tempão, além de fazer xixi nos pneus.

— Minha nossa, como você cresceu — disse a Vovó a Ethan.

Houve mais futebol quando o tempo esfriou, além de uma surpresa maravilhosa: Ethan passou a dar voltas de carro sozinho! Isso mudou tudo, porque agora eu ia praticamente a todos os lugares com ele, o focinho para fora da janela, esparramado no banco da frente, ajudando o meu menino a dirigir. Na verdade, o motivo para que ele ficasse fora até tão tarde é que toda noite havia futebol depois da escola, e ele me amarrava à cerca junto a uma tigela de água. Era chato, mas ao menos eu estava com ele.

Às vezes, quando saía de carro, Ethan me esquecia, por isso eu me sentava no quintal e gania para ver se ele voltava. Em geral, quando isso acontecia, a Mãe vinha me ver.

— Quer dar uma volta, Bailey? — repetia ela, várias vezes, até eu ficar animado a ponto de dançar em círculos.

Ela prendia a guia à minha coleira e patrulhávamos as ruas, parando de vez em quando para eu marcar território. Quase sempre encontrávamos grupos de crianças brincando e eu me perguntava por que Ethan já não fazia isso tanto quanto antes. A Mãe às vezes desprendia a guia e me deixava correr um pouco com as crianças.

Eu gostava um bocado da Mãe. Minha única queixa é que quando ela saía do banheiro costumava fechar a tampa do meu balde de água. Ethan sempre deixava a tampa aberta para mim.

Quando as aulas terminaram naquele verão, Ethan e a Mãe me levaram de carro até a Fazenda. Fiquei eufórico por voltar lá. Flare fingiu não me reconhecer e eu não soube ao certo se aqueles patos eram os mesmos ou outros, mas tudo parecia exatamente igual.

Quase diariamente, Ethan trabalhava com o Vovô e alguns outros homens, martelando e serrando tábuas. Supus, a princípio, que o menino estivesse construindo outro carrinho de rolimã, mas passado um mês e pouco ficou claro que eles estavam erguendo um novo celeiro, bem ao lado do velho, que tinha um enorme buraco no telhado.

Fui o primeiro a reparar na mulher que subia pela entrada de carros e corri para prover a segurança necessária. Quando cheguei suficientemente perto para cheirá-la, percebi que era a garota, bem crescida agora. Ela se lembrou de mim, e me contorci de prazer quando ela me afagou atrás das orelhas.

— Oi, Bailey. Sentiu saudades minhas? Que cachorro bonzinho!

Quando notaram a presença da moça, os homens pararam de trabalhar. Ethan vinha saindo do celeiro velho e parou, surpreso.

— Hannah! Como vai?

— Oi, Ethan.

O Vovô e os outros sorriram entre si. Ethan olhou para eles de relance e corou. Depois foi até onde Hannah e eu estávamos parados.

— Oi — disse ele.

— Oi.

Ambos desviaram o olhar. Hannah parou de me afagar e eu lhe dei um leve cutucão para que se lembrasse de continuar.

— Vamos entrar — convidou Ethan.

No restante do verão, sempre que eu saía para uma volta de carro, o cheiro ali impregnado indicava que a garota havia sentado no meu banco. Às vezes ela jantava conosco em casa, e depois os dois se sentavam na varanda e conversavam, enquanto eu ficava deitado aos pés deles para lhes fornecer um assunto interessante.

Certa vez, acordei de um merecido cochilo devido a um certo alarme que senti emanar de ambos. Os dois estavam sentados no sofá, com os rostos realmente próximos. Seus corações batiam rápido e pude sentir medo e excitação num e noutro. Dava a impressão de que estavam comendo, mas não farejei comida alguma. Sem saber ao certo do que se tratava, subi no sofá e enfiei meu focinho no lugar onde suas cabeças se tocavam, provocando uma gargalhada em uníssono.

No dia em que a Mãe e Ethan voltaram para o reinício das aulas, o cheiro de tinta do novo celeiro pairava no ar, e a garota apareceu. Ela e Ethan foram até o cais e se sentaram com os pés na água para conversar. A garota chorou e eles se abraçaram um bocado e não atiraram gravetos nem fizeram qualquer uma das coisas que normalmente as pessoas fazem à beira de um lago, o que me deixou sem saber direito o que estava acontecendo. Houve mais abraços junto ao carro e depois fomos embora, com Ethan buzinando.

As coisas haviam mudado em casa. Para começar, o Pai tinha agora seu próprio quarto, com uma cama nova. Dividia o banheiro com Ethan e, francamente, não me agradava entrar lá depois que ele saía. A outra diferença é que quando não estava jogando futebol com os amigos, Ethan passava um tempão no quarto falando ao telefone e repetindo o nome Hannah.

As folhas começaram a cair das árvores no dia que Ethan me levou de carro a um lugar com grandes ônibus escolares prateados cheios de gente. Ali, saindo de um destes, surgiu a garota! Não sei se ela ficou mais feliz de ver o menino ou a mim — eu queria brincar com ela, mas tudo que Ethan queria era abraçá-la. Fiquei tão animado com a novidade que não me importei de virar, automaticamente, um cão de banco traseiro na viagem de volta.

— O treinador disse que vêm olheiros da Universidade de Michigan para me ver esta noite, Hannah — disse o menino.

Entendi a palavra Hannah, é claro, mas também percebi uma onda de medo e excitação no garoto. Em Hannah havia felicidade e orgulho. Olhei pela janela para tentar descobrir o que se passava, mas não vi nada de especial.

Naquela noite, fiquei orgulhoso de acompanhar Hannah enquanto Ethan jogava futebol com os amigos. Eu estava praticamente certo de que ela jamais havia visto um lugar tão maravilhoso quanto aquele pátio enorme, e levei-a até onde a Mãe costumava ficar, bem como lhe mostrei onde sentar.

Mal tínhamos chegado, quando Todd se aproximou. Ultimamente eu o via pouco, embora a irmã, Linda, continuasse a pedalar sua bicicleta para cima e para baixo na rua o tempo todo.

— Oi, Bailey — me cumprimentou ele, realmente amistoso. Havia, porém, alguma coisa muito errada ali e eu apenas cheirei sua mão quando ele a estendeu.

— Você conhece o Bailey? — indagou a garota. Abanei o rabo à menção do meu nome.

— Somos velhos amigos, não é, garoto? Que cachorro bonzinho.

Não me fazia falta alguma ser chamado de cachorro bonzinho por alguém como Todd.

— Você não frequenta a escola aqui. É de fora? — perguntou Todd.

— Estou visitando a família de Ethan.

— É parente deles?

— Não. Sou só... uma amiga.

— Quer se divertir? — perguntou Todd.

— Como?

— Quer se divertir? Um pessoal aí vai se reunir. Este jogo não vai lá bem das pernas.

— Não, é melhor eu esperar por Ethan. — Olhei, curioso, para a garota. Por algum motivo, ela me pareceu ansiosa e eu também pude sentir a raiva de Todd crescer dentro dele, como sempre acontecia.

— Ethan! — exclamou Todd, e cuspiu na grama. — Quer dizer que vocês dois são um casal?

— Bem...

— Porque, para seu conhecimento, ele está saindo com Michele Underwood.

— O quê?

— É. Todo mundo sabe disso.

— Ah!

— É isso aí. Se você está achando, sabe, que vocês dois... Quer saber? Não vai acontecer.

Todd se aproximou mais da garota, e, quando ela se retesou, vi a mão dele pousada em seu ombro. A tensão que crescia em Hannah me fez ficar em pé. Todd olhou para mim e nos encaramos. Senti meu pelo se eriçar atrás do pescoço. Quase involuntariamente, um rosnado grave escapou do fundo da minha garganta.

— Bailey! — exclamou a garota, ficando de pé num salto. — O que houve?

— Qual é, Bailey? Sou *eu*, seu amigão. — Virando-se para a garota, Todd prosseguiu: — A propósito, meu nome é Todd.

— O meu é Hannah.

— Por que não amarra o cachorro e vem comigo? Vai ser divertido.

— Hã... Não posso.

— Por quê? Vamos!

— Não, preciso cuidar do Bailey.

Todd deu de ombros e a encarou:

— Você é que sabe.

A intensidade da raiva dele era tamanha que rosnei de novo, e dessa vez a garota nada disse.

— Tudo bem — disse Todd. — Pergunte a Ethan sobre a Michele, certo?

— Está bem.

— Não se esqueça de perguntar. — Todd enfiou as mãos nos bolsos e se afastou.

Ethan estava muito feliz e animado quando surgiu correndo mais ou menos uma hora mais tarde.

— A Universidade de Michigan que nos aguarde. Spartans! — gritou. Abanei o rabo e lati, mas, então, vi sua felicidade desaparecer.

— Qual é o problema, Hannah?

— Quem é Michele?

Pus minha pata na perna de Ethan para que ele soubesse que eu estava pronto para brincar com a bola.

— Michele? Que Michele?

Ethan riu, mas seu riso estancou após um segundo, como se ele tivesse ficado sem fôlego.

— O que houve?

Os dois andaram em círculos ao redor daquele pátio enorme, conversando, tão envolvidos na conversa que não me viram comer meio cachorro-quente, algumas pipocas e pedaços de um sanduíche de atum. Logo, praticamente todos haviam ido embora, mas os dois continuaram dando voltas e mais voltas.

— Não conheço essa garota — repetia Ethan. — Com quem você andou falando?

— Não me lembro do nome dele. Mas ele conhece Bailey.

Congelei ao ouvir meu nome, imaginando se me meteria em apuros por causa do papel de bala que estava mastigando.

Engoli rapidamente, mas aparentemente não haveria problema. Após mais um circuito em volta do pátio, bem desinteressante, visto que eu praticamente já havia devorado tudo de bom à vista, o menino e a garota pararam e se abraçaram. Faziam isso um bocado.

— Você está todo suado — disse a garota rindo e empurrando o garoto.

— Quer dar uma volta de carro, Bailey? — indagou o menino.

Claro que eu queria! Voltamos para casa e houve mais conversa em voz baixa. Os dois me deram de comer e me contentei em adormecer no chão da sala, onde o menino e a garota brincaram de luta, em silêncio, em cima do sofá.

Tínhamos, agora, uma nova porta de cachorro, uma passagem da porta dos fundos diretamente para o quintal, e ninguém sequer sugeriu que eu dormisse novamente na garagem. Ainda bem que demovi a família *desse* hábito. Fui lá fora me aliviar e fiquei pasmo de encontrar um pedaço de carne na grama, junto à cerca.

O engraçado é que a coisa não cheirava bem. Havia algo acre ali, um odor estranho, azedo. Mais estranho ainda era a presença do cheiro de Todd.

Peguei o pedaço de carne e levei para o quintal, onde deixei-o cair, o gosto azedo fazendo brotar espuma na minha boca. Depois me sentei e olhei para ele. O sabor era bem ruim, mas, por outro lado, tratava-se de um belo naco de carne. Se eu mastigasse suficientemente rápido, talvez conseguisse engolir sem sentir o gosto.

Empurrei a carne com o focinho. Por que, me perguntei, ela cheirava tanto a Todd?

Capítulo 14

Quando a Mãe foi lá fora no dia seguinte e me viu, baixei a cabeça e bati no chão apenas com a pontinha do meu rabo. Por algum motivo, embora eu nada tivesse feito de errado, me senti realmente culpado.

— Bom dia, Bailey — disse ela.

Foi, então, que notou a carne.

— O que é isso?

Quando se inclinou para olhar mais de perto a coisa, me deitei de barriga para cima para ganhar um cafuné. Tinha passado a noite toda de olho naquele pedaço de carne, o que me deixara exausto, e precisava me assegurar de ter feito a coisa certa, ainda que não entendesse por quê. Havia algo de errado com ele, fato que me impedira de aproveitar a refeição gratuita.

— De onde veio isso, Bailey? — indagou a Mãe, afagando de leve a minha barriga. Em seguida estendeu o braço e pegou a carne. — Eca! — exclamou.

Sentei-me, atento. Se ela me desse aquilo para comer era sinal de que estava bom. Mas, ao invés, a Mãe me virou as costas para levar a carne para dentro de casa. Eu me equilibrei nas patas traseiras, meio ansioso — agora que a carne não estava mais ali, mudei de ideia. Eu queria comê-la!

— Eca, Bailey, você não quer isto, seja lá o que for — disse a Mãe, jogando a carne na lata de lixo.

Hannah sentou-se no meu lugar na viagem até os gigantescos ônibus escolares prateados, e eu fiquei um bom tempo sozinho no carro enquanto Ethan e ela se abraçavam do lado de fora. Quando voltou para o carro, o menino estava triste e sozinho. Pus minha cabeça em seu colo em vez de botar o focinho na janela.

A garota nos visitou novamente no dia seguinte àquele em que a família se sentou em torno da árvore posta na sala e rasgou papéis de Feliz Natal. Eu estava de mau humor porque Ethan tinha dado à Mãe um novo gatinho, preto e branco, chamado Felix, que não era nadinha educado e atacava meu rabo quando eu me sentava e quase sempre voava em cima de mim, vindo de detrás do sofá, e me batia com suas patinhas minúsculas. Quando eu tentava brincar, ele enroscava as pernas em volta do meu focinho e me mordia com dentes bem afiados. Hannah dava demasiada atenção ao bichano nos primeiros dias de sua estada, embora eu a conhecesse há mais tempo e fosse, obviamente, seu animal de estimação favorito. Os cães têm funções importantes, como latir quando a campainha toca, mas os gatos não servem para nada numa casa.

Uma coisa que o gatinho não podia fazer era ir lá fora. O chão estava coberto por uma grossa camada de neve, e a única vez que se aventurou a pisar naquilo, Felix deu meia-volta e voltou para casa correndo, como se tivesse queimado a pata. Por isso, quando Hannah e Ethan juntaram uma grande pilha de neve no pátio da frente e puseram um chapéu em cima, eu estava com eles. O menino gostava de me agarrar e me arrastar naquele troço branco, e eu me deixava pegar simplesmente pelo prazer de sentir seus braços à minha volta, como acontecia diariamente quando ele era menor.

Sempre que íamos andar de trenó, Hannah se sentava atrás e eu corria ao lado, latindo e tentando arrancar as luvas das mãos do menino.

Uma tarde, o sol brilhava, e o ar, de tão frio e cristalino, chegava a ter gosto quando me descia garganta abaixo. Todas as crianças do bairro estavam na ladeira andando de trenó, e Hannah e Ethan levaram, para empurrar as crianças, o mesmo tempo que gastaram aproveitando o programa. Logo me cansei de correr para cima e para baixo da ladeira, razão pela qual me encontrava lá embaixo quando Todd chegou de carro.

Ele me olhou quando desceu, mas não me disse nada nem estendeu a mão. Não me aproximei.

— Linda! Vamos, está na hora de voltar para casa! — gritou ele, seu bafo escapando da boca como uma nuvem de fumaça.

Linda estava na rampa com três amiguinhas, descendo num trenó em forma de pires a uma velocidade de quase dois quilômetros por hora. Ethan e Hannah passaram pelos menores no próprio veículo, rindo.

— Não quero ir embora — gritou Linda de volta.

— Agora! A mamãe mandou!

Ethan e Hannah pararam no sopé da ladeira e caíram do trenó. Ficaram um em cima do outro, às gargalhadas. Todd ficou simplesmente observando.

Foi quando alguma coisa em Todd aflorou. Não se tratava, propriamente, de raiva, mas de coisa pior, uma emoção sombria que eu jamais sentira emanar de outra pessoa. Estava presente na maneira como ele contemplava Ethan e Hannah, sem qualquer expressão no rosto.

Ethan e a garota se levantaram, limpando a neve um do outro, e se dirigiram, de braços dados, até onde estava Todd. Irradiavam tanto amor e felicidade que não enxergaram a torrente de ódio que fluía de Todd.

— Oi, Todd.

— Oi.

— Essa é a Hannah. Hannah, Todd. Ele mora na minha rua.

Hannah estendeu a mão, sorrindo:

— Prazer — disse ela.

Todd se retesou:

— Na verdade, já nos conhecemos.

Hannah fez uma expressão indagadora e afastou o cabelo dos olhos.

— Sério?

— Quando foi isso? — perguntou Ethan.

— No jogo de futebol — disse Todd. Depois deu uma gargalhada, ou melhor, um curto latido.

Ethan balançou a cabeça, indiferente, mas Hannah piscou.

— Ah! É mesmo — confirmou, repentinamente sem graça.

— O que foi? — indagou Ethan.

— Preciso levar minha irmã para casa. Linda! — gritou Todd, pondo as mãos em concha próximo à boca. — Venha já!

Linda se afastou do grupo de amigas e caminhou, emburrada, sobre a neve.

— Ele é... ele é o sujeito com quem falei — disse Hannah a Ethan.

Uma sombra de preocupação passou pelo rosto de Hannah e eu a olhei com curiosidade. Em seguida desviei o olhar para Ethan, ao sentir a raiva despertar nele.

— Espere aí, como é? Você? Foi você que disse a Hannah que eu namorava a Michele? Eu nem *conheço* a Michele!

— Preciso ir — resmungou Todd. — Entre no carro, Linda — ordenou à irmã.

— Não, espere — interveio Ethan, estendendo a mão. Todd, porém, esquivou-se dela.

— Ethan — murmurou Hannah, encostando a luva no braço do rapaz.

— Por quê, Todd? Por que mentir? O que há de errado com você, cara?

Embora os conflitos e as emoções que fervilhavam dentro de Todd fossem combustível suficiente para derreter a neve sob nossos pés, ele apenas ficou parado encarando Ethan, sem dizer palavra.

— É por isso que você não tem amigos, Todd. Por que não age como uma pessoa normal? Está sempre fazendo asneiras desse tipo — disse Ethan. — É doentio.

A raiva estava passando, mas pude sentir que o nervosismo, não.

— Ethan — atalhou Hannah, mais incisiva.

Em silêncio, Todd entrou no carro, batendo a porta. Seu rosto, quando ele se virou para olhar Hannah e Ethan, não tinha expressão alguma.

— Isso foi cruel — disse Hannah.

— Você não conhece Todd.

— Não faz diferença — argumentou Hannah. — Você não devia ter dito que ele não tem nenhum amigo.

— Ora, ele não tem mesmo. Está sempre aprontando, como na ocasião em que disse que um outro cara roubou seu rádio portátil. Foi tudo mentira.

— Ele não... Existe alguma coisa diferente nele, não é? Tipo algum atraso mental...

— Nada disso, ele é muito inteligente. Não é esse o caso. Ele é o Todd, só isso. Sempre foi *torto*, sabe? Nós éramos amigos quando crianças, mas ele tinha umas ideias estranhas sobre o que era divertido, como jogar ovos nas crianças da creche enquanto a van para a colônia de férias não chegava. Eu avisei que não queria fazer isso. A própria irmã dele estava no grupo, minha nossa! E ele pisou na caixa de ovos que tinha levado. Fez uma sujeira na entrada da minha casa, que fui obrigado a lavar com a mangueira antes que o meu pai chegasse. Bailey adorou essa parte.

Abanei o rabo ao ouvir meu nome, satisfeito por ver que falavam de mim.

— Aposto que sim — riu Hannah, afagando meu lombo.

Alguns dias depois da partida de Hannah, nevou um bocado e o vento era tão forte que passamos o dia trancados em casa, em frente ao aquecedor (ao menos, foi isso que eu fiz). Naquela noite, dormi *debaixo* das cobertas na cama de Ethan e continuei ali, mesmo quando comecei a ofegar de calor, só porque era bom demais ficar grudadinho nele, como na época em que era um filhote.

Na manhã seguinte, finalmente parou de nevar e Ethan e eu saímos e passamos horas cavando na entrada de casa. Correr naquela neve alta e pesada era difícil, e depois de um metro ou dois, eu precisava parar para descansar.

A lua nasceu logo após o jantar, tão brilhante que pude vê-la com a maior clareza, e o ar cheirava a fumaça de lareira. Ethan, cansado, foi se deitar cedo, mas eu saí pela porta de cachorro e fiquei no quintal, meu focinho virado para a brisa leve, enfeitiçado pela noite exótica e gelada.

Quando descobri que a neve se amontoara numa pilha enorme ao lado da cerca, subi, eufórico, até o alto dela e escorreguei para o outro lado. Era uma noite perfeita para uma aventura. Fui até a casa de Chelsea ver se a Duquesa se encontrava disponível, mas não havia sinal da cadelinha, salvo um trecho de neve recém-molhado de urina. Atenciosamente, ergui a pata ali para fazê-la saber que eu pensava nela.

Em geral, quando saía para uma expedição noturna, meu destino era o riacho, que me trazia lembranças de quando eu caçava com Mana e Veloz na infância e os cheiros eram sempre estimulantes. Agora, porém, fui forçado a me limitar às ruas desobstruídas de neve, me aproximando das casas cujas entradas estavam limpas para meter o focinho no espaço entre as portas de garagem e a calçada. Algumas pessoas já haviam removido para o jardim as árvores da sala, embora na casa de Ethan ela continuasse junto à janela da frente, cheia de objetos e luzes à espera das investidas de Felix. Toda vez que encontrava uma árvore de sala numa entrada sem neve, eu a marcava com meu cheiro, e foi isso — a sucessão aparentemente interminável de árvores para rotular — que me manteve fora de casa até tão tarde. Se não fosse pelo aroma de mais uma árvore deslocada a me atrair, eu teria voltado e talvez chegasse em casa a tempo de impedir o que aconteceu.

Finalmente, fui atingido em cheio pelos faróis de um carro que passava, e ele diminuiu por um instante a velocidade. O cheiro vindo dele me fez lembrar o carro da Mãe toda vez que ela e Ethan saíam atrás de mim quando eu demorava demais a voltar de uma aventura, e senti uma pontada de culpa. Baixei a cabeça e tomei o rumo de casa.

Ao virar a esquina, várias coisas chamaram a minha atenção ao mesmo tempo, todas erradas.

A porta da frente estava aberta e o aroma de casa saía em grandes baforadas, empurrado para a noite gélida pela força das chamas. Na corrente desse ar havia o cheiro de uma substância química que era, ao mesmo tempo, forte e conhecido — eu sentia esse cheiro toda vez que saíamos para uma volta de carro e parávamos no lugar em que Ethan gostava de ficar em pé atrás do carro segurando uma mangueira grossa e preta. Afastando-se da casa, vi também uma figura que a princípio pensei ser o menino. Só quando essa pessoa se virou para jogar mais líquido de cheiro forte nos arbustos da entrada, consegui identificar seu cheiro: era Todd.

Ele deu três passos para trás e puxou do bolso alguns jornais, que incendiou, o fogo tremulando sob o rosto com expressão de pedra. Quando atirou os jornais nos arbustos, uma chama azul se ergueu com um ruído.

Todd não me viu. Ele contemplava o fogo. E eu não lati. Sequer rosnei. Simplesmente segui em frente numa raiva silenciosa. Investi contra ele como se tivesse passado a vida derrubando homens, e uma sensação de poder surgiu em minhas entranhas, como se eu fosse o líder de um bando.

Qualquer relutância que eu pudesse ter em atacar um ser humano foi superada pela noção de que o que quer que Todd estivesse fazendo causaria prejuízo ao menino e à família que me cabia proteger. Não havia propósito mais forte que esse.

Todd gritou, caiu e chutou minha cara. Abocanhei o pé que o chute me ofereceu, dei uma baita mordida e o prendi enquanto Todd gritava. A calça dele se rasgou, o sapato saiu e senti gosto de sangue. Ele me atacou com os punhos, mas não soltei seu tornozelo, balançando a cabeça e sentindo a carne se rasgar mais um pouco. Eu estava dominado pela fúria, totalmente alheio ao fato de que na minha boca imperava o sabor exótico de pele e sangue humanos.

Um barulho súbito e penetrante me distraiu, e Todd conseguiu soltar o pé, quando me virei para olhar a casa. A árvore na sala pegava fogo e uma fumaça densa e acre saía pela porta da frente. O ruído eletrônico era dolorosamente agudo e alto, e instintivamente me afastei dele.

Todd ficou de pé e saiu mancando o mais rapidamente que pôde. Registrei sua retirada com o canto do olho, mas já não me importava mais. Acionei meu próprio alarme, latindo, tentando chamar atenção para as chamas que se espalhavam rapidamente pela casa e começavam a subir em direção do quarto do menino.

Corri para os fundos da casa, mas descobri, frustrado, que a pilha de neve que me ajudara a escapar estava do lado errado da cerca. Enquanto fiquei ali latindo, a porta de vidro se abriu e o Pai e a Mãe apareceram. A mãe tossia.

— Ethan! — gritou ela.

Uma fumaça negra saía pela porta de vidro. A Mãe e o Pai correram para o portão e me juntei a eles ali. Passaram por mim correndo pela neve até a frente da casa, com a intenção de olhar para a janela escura do quarto de Ethan.

— Ethan! — gritaram ambos.

Soltei-me deles e corri na direção do portão dos fundos, agora aberto. Passei correndo por ele. Felix estava lá fora no quintal, enroscado sob um banco de piquenique, e miou para mim, mas não parei. Espremi-me para passar pela porta de vidro, com os olhos e o focinho ardendo devido à fumaça. Incapaz de enxergar, cambaleei até a escada.

O som das chamas parecia tão alto quanto o do vento, quando saíamos de carro com as janelas abertas. A fumaça sufocava, mas foi o calor que me fez recuar. A intensidade do fogo me queimou o focinho e as orelhas, e, frustrado, baixei a cabeça e corri para a porta dos fundos, o ar frio instantaneamente aliviando a minha dor.

A Mãe e o Pai continuavam a gritar. Luzes foram acesas em toda a rua e na casa vizinha pude ver um dos moradores olhando pela janela e falando ao telefone.

Não havia, ainda, sinal algum do menino.

— Ethan! — gritaram a Mãe e o Pai. — Ethan!

Capítulo 15

Nunca antes eu sentira um medo do tamanho daquele que fluía do Pai e da Mãe enquanto os dois gritavam para a janela do menino. A Mãe soluçava e a voz do Pai era estrangulada. Quando comecei a latir de novo, histericamente, ninguém fez qualquer movimento para me calar.

Meus ouvidos identificaram o gemido fino de uma sirene, mas o que eu mais ouvia eram meus latidos, a Mãe e o Pai gritando o nome de Ethan e, acima de tudo, o troar do fogo, tão alto que uma vibração percorreu meu corpo inteiro. Os arbustos à nossa frente continuavam a arder, nuvens de fumaça subindo deles, enquanto a neve derretia com um chiado.

— Ethan! Por favor! — gritou o Pai, com a voz entrecortada.

Nesse instante, algo saiu voando pela janela de Ethan, provocando uma chuva de cacos de vidro sobre a neve. Era o flip!

Frenético, eu o apanhei do chão para mostrar a Ethan que sim, ele estava comigo. Sua cabeça apareceu no buraco que o flip abrira na janela, a fumaça negra emoldurando-lhe o rosto.

— Mãe! — gritou ele, tossindo.

— Você tem que sair daí, Ethan — trovejou o Pai.

— Não consigo abrir a janela, está emperrada!

— Então pule — respondeu o Pai.

A cabeça do menino sumiu lá dentro.

— A fumaça vai matá-lo. O que ele foi fazer? — perguntou o Pai.

— Ethan! — gritou a mãe.

A cadeira da escrivaninha do menino voou pela janela, estraçalhando-a, e um segundo depois o menino saltou. Deu a impressão de ficar preso aos pedaços remanescentes de madeira e vidro, porém, e assim, que em lugar de passar ao largo dos arbustos em chamas, acabou caindo em cheio sobre eles.

— Ethan! — gritou a Mãe, descontrolada.

Lati histericamente, esquecido do flip. O Pai estendeu o braço, agarrou Ethan dentro do fogo e o puxou para fora, jogando-o na neve e rolando-o para lá e para cá.

— Meu Deus, meu Deus! — soluçava a Mãe. Ethan estava deitado de costas na neve, com os olhos fechados.

— Você está bem, filho? Você está bem? — perguntou o Pai.

— Minha perna — disse o menino, tossindo.

Pude sentir o cheiro da pele queimada. O rosto estava preto e ferido. Me aproximei, com o flip na boca, sentindo a dor lancinante dele e querendo ajudar.

— Sai daqui, Bailey — disse o Pai.

O menino abriu os olhos e sorriu debilmente para mim.

— Não, tudo bem. Cachorro bonzinho. Bailey, você pegou o flip. Você é um cachorro bonzinho.

Abanei o rabo. Ele estendeu uma das mãos e afagou-me a cabeça. Cuspi o flip, que, para falar francamente, não tinha um gosto muito bom. A outra mão dele segurava o peito, de onde escorria sangue.

Carros e caminhões começaram a chegar, com as luzes piscando. Homens correram até a casa e começaram a lavá-la com enormes mangueiras. Outros homens trouxeram uma cama, deitaram o menino nela, tornaram a levantá-la e a puseram na traseira de um caminhão. Tentei subir atrás dele, mas o homem que cuidava das portas me empurrou:

— Lamento — disse ele.

— Quieto, Bailey. Está tudo bem — acrescentou o menino.

Eu sabia direitinho o que era Quieto: o comando que eu mais odiava. O menino ainda estava com dor e eu queria ficar com ele.

— Posso ir? — indagou a Mãe.

— Claro. Eu ajudo a senhora — respondeu o homem.

A Mãe subiu na traseira do caminhão.

— Tudo bem, Bailey — disse ela também.

A mãe de Chelsea se aproximou e a Mãe ergueu os olhos para ela.

— Laura? Você pode olhar o Bailey para mim?

— Claro.

A mãe de Chelsea me pegou pela coleira. Suas mãos tinham o cheiro da Duquesa. A mão do Pai, porém, cheirava a fogo, e eu vi que ele sentia dor. Ele também entrou no caminhão para fazer companhia à Mãe e ao menino.

Quase todos os vizinhos estavam na rua, mas não havia nenhum cachorro. O caminhão partiu e dei um único latido pesaroso. Como saber se o menino ficaria seguro? Ele precisava de mim!

A mãe de Chelsea ficou meio afastada, me segurando. Dava para ver que ela estava um tanto insegura sobre o que fazer. A maioria dos vizinhos se encontrava na rua, mas ela era a mais próxima da casa e agora todos agiam como se esperassem que ela permanecesse ali em lugar de se juntar aos amigos.

— Não há dúvida de que o incêndio foi criminoso — disse um dos homens a uma mulher que tinha uma arma na cintura. Eu aprendera que gente que se veste assim é chamada de polícia. — Os arbustos, a árvore, tudo pegou fogo ao mesmo tempo. Vários pontos de ignição, montes de catalisadores. A família tem sorte de estar viva.

— Tenente, veja isto! — gritou outro homem. Esse também tinha uma arma. Os de casaco de borracha não carregavam armas e continuavam a lavar a casa com mangueiras.

A mãe de Chelsea relutantemente se esticou para ver o que todos pareciam olhar. Era o sapato de Todd. Virei a cabeça, culpado, torcendo para que ninguém reparasse em mim.

— Achei este tênis, ao que parece sujo de sangue — observou o homem, iluminando a neve com uma lanterna.

— O menino se cortou bastante na queda da janela — outro comentou.

— Foi. Daquele lado, não deste. Tudo que existe aqui são pegadas de cachorro e este sapato.

Me encolhi ao ouvir a palavra "cachorro". A mulher da arma pegou uma lanterna e a apontou para a neve. — Adivinhem... — disse ela.

— É sangue — disse outra pessoa.

— Certo. Vocês dois, vejam aonde levam as pegadas, sim? Vamos lacrar isto aqui. Sargento?

— Sim, senhora — respondeu um homem, aproximando-se do grupo.

— Temos uma trilha de sangue. Quero que isolem essa área, fechem a rua ao tráfego e façam essas pessoas recuarem.

A mãe de Chelsea se abaixou, repentinamente prestando atenção a mim.

— Tudo bem com você, Bailey? — indagou, me afagando.

Abanei o rabo.

Subitamente, ela parou de me afagar e olhou para a própria mão.

— Por favor, a senhora mora aqui? — perguntou a mulher da arma à mãe de Chelsea.

— Não, mas o cachorro, sim.

— Posso lhe pedir... Espere. A senhora é vizinha deles?

— Moro duas casas abaixo.

— Viu alguém por aqui hoje à noite?

— Não. Eu estava dormindo.

— Certo. A senhora se importa de juntar-se aos outros ali? Se estiver com frio, pode ir para casa, mas deixe um número para contato.

— Está bem, mas... — começou a mãe de Chelsea.

— Pois não?

— Alguém pode dar uma olhada em Bailey? Acho que ele está sangrando.

Abanei o rabo.

— Claro — respondeu a mulher. — Ele é amistoso?

— Muito.

A mulher se abaixou.

— Você está ferido, rapaz? Como se machucou? — indagou com carinho. Pegou a lanterna e examinou com cuidado o meu pescoço. Timidamente lambi seu rosto e ela riu.

— Muito bem, é amistoso, sim. Mas acho que o sangue não é dele. Vamos pegá-lo emprestado, tudo bem?

— Posso esperar, se for preciso.

— Não é necessário — disse a mulher.

Fui levado para um dos carros, onde um homem muito gentil pegou uma tesoura e cortou um pedaço do meu pelo, que guardou num saco plástico.

— Quer apostar que é o mesmo tipo de sangue que está no tênis? Eu diria que o nosso amigo quadrúpede aqui estava de serviço esta noite e sapecou uma baita mordida no responsável pelo incêndio. Temos um suspeito e o sangue vai nos ajudar a prendê-lo — disse a mulher ao meu barbeiro.

— Tenente — interveio um homem, aproximando-se de nós. — Posso lhe dizer onde mora o nosso suspeito.

— Então diga — atalhou a mulher.

— Vi a trilha ensanguentada do idiota traçando uma linha reta até a quarta casa, contando daqui. Dá para ver o sangue na neve da calçada. Chega até uma porta lateral.

— Eu diria que já temos o bastante para um mandado de busca — respondeu a mulher. — E aposto que algum morador dessa casa tem uma bela marca de dentes na perna.

Ao longo de vários dias morei na casa de Chelsea. A Duquesa aparentemente achou que eu lá estava para lhe servir de companhia vinte e quatro horas por dia, mas era difícil esquecer a tensão que me obrigava a andar para lá e para cá à espera de que Ethan voltasse para casa.

A Mãe apareceu no segundo dia. Ela me elogiou, me chamando de cachorro bonzinho, e pude sentir o cheiro do menino em sua roupa, razão pela qual me animei um pouco e concordei em aderir à brincadeira favorita de Duquesa — "quem fica com a meia?" — durante mais ou menos uma hora, enquanto a mãe de Chelsea servia um café de aroma forte.

— Que diabos aquele garoto fez? Por que pôs fogo na sua casa? Podia ter matado todos vocês.

— Não sei. Todd e Ethan já foram amigos.

Virei a cabeça ao ouvir o nome de Ethan, e a Duquesa escolheu esse momento para arrancar a meia da minha boca.

— Eles têm certeza de que foi o Todd? Achei que a polícia havia dito que o teste do sangue levaria mais tempo.

— Ele confessou quando foi levado para o interrogatório — disse a Mãe.

— Explicou por que fez isso?

A Duquesa empurrou a meia para mim, me desafiando a agarrá-la. Fiz questão de desviar o olhar.

— Ele disse que não sabe por quê.

— Ah, pelo amor de Deus! Olha, sempre achei aquele garoto estranho. Lembra de quando ele empurrou Chelsea no mato sem nenhum motivo? Meu marido teve um ataque. Foi falar com o pai de Todd e achei que os dois fossem se atracar.

— Eu nunca soube disso. Ele empurrou Chelsea?

— Foi. E Sandy Hurst diz que o pegou tentando espiá-la pela janela do quarto.

— Pensei que ela não soubesse direito quem tinha sido.

— Bom, agora ela disse que foi o Todd.

Com um mergulho repentino, agarrei a meia. Duquesa travou a boca e rosnou. Puxei-a pela sala, mas ela não largou a meia.

— Bailey agora é um herói. Todd levou oito pontos na perna.

À menção do meu nome, Duquesa e eu congelamos. Biscoitos caninos, talvez? Paramos de disputar a meia.

— Querem fotografá-lo para o jornal — disse a Mãe.

— Ainda bem que dei um banho nele — falou a mãe de Chelsea.

Como assim? Outro banho? Eu tinha acabado de tomar um! Cuspi a meia, deixando a Duquesa balançá-la satisfeita e desfilar pela sala em triunfo.

— Como está indo o Ethan?

A Mãe descansou a xícara de café. O nome do menino e a onda de preocupação e dor que vi tomar conta dela fizeram com que eu me aproximasse e pusesse a cabeça em seu colo. Ela estendeu o braço e me afagou.

— Tiveram que pôr um pino na perna dele, e ele vai ficar... Vai ficar com cicatrizes.

A Mãe fez um gesto indicando o rosto e cobriu os olhos com as mãos.

— Sinto muito. Nossa, como sinto! — disse a mãe de Chelsea.

A Mãe agora chorava. Pus uma pata na perna dela para consolá-la.

— Que cachorro bonzinho você é, Bailey — disse a Mãe.

Duquesa pôs a cara idiota bem na minha frente, a meia frouxamente pendurada na boca. Soltei um rosnado grave e ela recuou, parecendo confusa.

— Sejam bonzinhos, por favor — pediu a mãe de Chelsea.

Um pouco depois, a mãe de Chelsea deu um pedaço de torta à Mãe, mas não aos cachorros. Duquesa estava deitada de costas, segurando a meia acima da boca com as patas, exatamente como eu costumava fazer com Coco no Pátio toda uma vida atrás.

Algumas pessoas chegaram e eu me sentei com a Mãe na sala, piscando quando relampejava, mas eram relâmpagos sem trovoadas. Depois fomos até a nossa casa, agora coberta com uma camada de plástico que tremulava ao vento, e vieram mais relâmpagos.

Uma semana depois, a Mãe me levou para uma volta de carro e nos mudamos para o "apartamento". Era uma casa pequena construída num prédio grande cheio de casas, e havia cachorros por todo lado, a maioria deles de tamanho bem pequeno. À tarde, a Mãe me levava para vê-los num grande pátio cimentado, sentava-se em um banco e conversava com outras pessoas, enquanto eu corria, fazia amigos e marcava território.

Não gostei do apartamento. O Pai também não. Ele gritava com a Mãe muito mais do que na casa. O lugar era pequeno e, pior ainda, faltava o menino. Tanto o Pai quanto a Mãe frequentemente cheiravam a Ethan, mas ele não morava mais conosco, e meu coração doía. À noite eu andava para lá e para cá, obrigado a vagar, inquieto, até que o Pai gritava comigo, me mandando deitar. O jantar, ponto alto do meu dia, não me parecia tão interessante servido pela Mãe. Eu simplesmente não sentia fome, e às vezes nem comia tudo.

Por onde andaria o meu menino?

Capítulo 16

Continuávamos morando no apartamento quando o menino voltou para casa. Eu estava enroscado no chão, com Felix, o bichano, dormindo encostado em mim. Já havia desistido de empurrá-lo para longe e tinha a impressão de que Felix pensava que eu fosse sua mãe, fato esse ofensivo, mas, se tratando de um gato, justificável, por ele ser totalmente desprovido de cérebro.

Eu aprendera a identificar os nossos carros pelo ruído de seus motores quando eles entravam no estacionamento, por isso que quando a Mãe chegou me pus de pé num salto. Felix piscou, confuso, enquanto eu corria para a janela e dava um pulo, encostando as patas contra a moldura para poder ver a Mãe subir os degraus.

O que vi ali no estacionamento fez meu coração disparar: era o menino, lutando para sair do carro. A mãe se abaixara para ajudá-lo e foram precisos vários segundos para que ele se empertigasse.

Não pude evitar: comecei a latir e a correr da janela para a porta, para que me deixassem sair, e de volta para a janela para acompanhar tudo. Felix entrou em pânico e se refugiou debaixo do sofá, de onde continuou a me observar.

Quando a chave foi inserida na fechadura, eu já estava grudado à porta, tremendo. A Mãe entreabriu-a e o odor do menino penetrou na casa em correntes de ar.

— Para trás, Bailey. Sentado, Bailey. Quieto.

Ora, não dava para eu fazer *isso*. Meu traseiro mal tocou o chão e já me pus de pé novamente num salto. A Mãe me puxou pela coleira, me obrigando a recuar quando a porta se escancarou.

— Oi, Bailey, oi, rapaz — saudou Ethan.

A Mãe me afastou do menino enquanto ele entrava mancando, apoiado no que eu logo aprenderia chamar-se muleta. Ele foi até o sofá e se sentou, enquanto eu me contorcia, tentando escapar da coleira, e gania. Quando, finalmente, a Mãe me soltou, disparei pela sala num único salto, aterrissando no colo do menino e lambendo-lhe o rosto.

— Bailey! — exclamou a Mãe, severa.

— Tudo bem. Ah, Bailey, você é um cachorro muito boboca — me elogiou o menino. — Como você vai, hein? Também senti saudades suas.

Toda vez que eu o ouvia dizer meu nome, um arrepio de prazer me eriçava todo. Não me cansava de sentir suas mãos acariciando meu pelo.

O menino estava de volta.

Aos poucos, ao longo dos dias que se seguiram, descobri que as coisas não iam bem com o menino. Ele sentia dores que jamais lhe haviam incomodado antes, e andar era algo difícil e sem jeito. Uma tristeza pungente emanava dele, misturada a uma raiva sombria que surgia às vezes quando ele estava sentado olhando pela janela sem nada para fazer.

Naquelas primeiras semanas, o menino saía diariamente para uma volta de carro com a Mãe e voltava cansado e suado. Quase sempre tirava, então, um cochilo. O tempo esquentou e as folhas caíram. A Mãe teve que ir trabalhar, e o menino e eu ficamos sozinhos no apartamento com Felix, que passava o tempo todo planejando escapar pela porta da frente. Não faço ideia do que ele imaginava poder fazer lá fora, mas o menino tinha uma regra que o proibia de sair, e ponto final. O problema é que Felix não obedecia a regra alguma, o que para mim era de enlouquecer. Vira e mexe, ele arranhava um poste na sala, mas a *única vez* em que ergui minha perna contra o troço todo mundo gritou. Ele jamais terminava seu jantar, embora ninguém me agradecesse por limpar seu prato — na verdade, essa era uma outra ocasião em que gritavam comigo. Uma parte de mim desejava vê-lo ser bem-sucedido em seu plano de fuga, só para não precisar mais aturá-lo. Por outro lado, Felix se mostrava sempre disposto a brincar de luta, desde que eu não abusasse da força. Chegava até a transformar em jogo a perseguição a uma bola que Ethan deixava rolar pelo corredor, em geral se desviando para me deixar pegá-la e levá-la de volta, o que me parecia sinal de grande espírito esportivo por parte dele. Na verdade, porém, não lhe restava muita opção, já que, afinal, era eu o cachorro comandante.

Nunca foi tão divertido quanto na Fazenda, nem mesmo quanto na casa, mas eu me sentia feliz no apartamento porque o menino passava quase o tempo todo ali.

— Acho que chegou a hora de você voltar para a escola — disse a Mãe um dia no jantar. Ouvi a palavra "escola" e olhei para o menino, que cruzou os braços. Senti uma raiva tristonha crescer dentro dele.

— Não estou pronto — disse o menino. Erguendo o dedo tocou uma cicatriz profunda e roxa na bochecha. — Só quando eu puder andar melhor.

Sentei-me. Andar? Íamos sair para andar?

— Ethan, não há motivo...

— Não quero falar sobre isso, Mãe! — gritou Ethan.

Ethan jamais gritava com a Mãe, e pude sentir imediatamente seu arrependimento, mas nenhum dos dois falou coisa alguma depois disso.

Alguns dias mais tarde, porém, bateram na porta, e quando Ethan atendeu o apartamento se encheu de garotos. Reconheci alguns pelo cheiro. Eram os meninos que jogavam futebol nos pátios grandões, e a maioria me chamava pelo nome. Dei uma olhada para ver como Felix estaria encarando meu status especial, mas ele fingiu não sentir inveja alguma.

Os meninos riram, gritaram e lá ficaram durante mais ou menos uma hora, e pude sentir o coração de Ethan se animar. Sua alegria me deixou alegre, por isso fui pegar uma bola e desfilei pela sala com ela na boca. Um dos meninos agarrou-a e a fez rolar pelo corredor. Jogamos durante vários minutos. Alguns dias depois da visita, Ethan acordou cedo e saiu com a Mãe.

A escola.

O menino andava com a ajuda de uma vara lustrosa chamada bengala quando nos mudamos do apartamento. A bengala era um bocado especial: o menino jamais a atirava e, instintivamente, entendi que não devia mordê-la, nem mesmo de leve.

Eu não sabia aonde estávamos indo quando entramos todos no carro, mas fiquei animado assim mesmo. Viagens de carro são sempre excitantes, não importa aonde se vá.

Fiquei um bocado eufórico quando os odores conhecidos do riacho e da rua penetraram pela janela e passei em disparada pela porta da frente assim que me deixaram sair do carro. Embora ainda desse para farejar fumaça, o ar também cheirava a madeira nova e carpete, e as janelas da sala eram mais amplas. Felix parecia bastante desconfiado quanto ao ambiente, mas eu desembestei pela porta de cachorro direto para a relativa liberdade do quintal, poucos segundos após a chegada. Quando lati de alegria, Duquesa me respondeu lá da rua. De volta ao lar!

Mal havíamos nos acomodado quando pegamos o carro a fim de viajar para a Fazenda. A vida voltara, finalmente, ao normal, embora o menino estivesse menos interessado em correr do que em andar apoiado na bengala.

Um dos primeiros lugares que visitamos foi a casa de Hannah. Eu conhecia muito bem o caminho e saí galopando na frente, motivo pelo qual a vi primeiro.

— Bailey! Oi, Bailey! — exclamou ela. Corri para ganhar aquele cafuné bem-feito e o menino foi atrás, levemente ofegante. Hannah desceu a escada e ficou ali sob o sol, à sua espera.

— Oi — disse o menino, parecendo meio inseguro.

— Oi — disse a garota.

Bocejei e cocei uma comichão no queixo.

— E aí, você vai me beijar ou não? — indagou a menina. Ethan se aproximou e lhe deu um longo abraço, largando a bengala.

Algumas coisas mudaram naquele verão. Ethan passou a acordar bem antes do nascer do sol e dirigir o caminhão do Vovô pela estrada, enfiando jornais nas caixas de correio dos outros. Eram os mesmos jornais que um dia ele havia aberto em cima do tapete lá em casa, mas, sei lá por quê, achei que não gostariam muito se eu urinasse em cima deles, embora tivesse havido uma época, quando eu era um filhote, em que molhar jornais me granjeava um monte de elogios.

Hannah e o menino passavam várias horas juntos, sentados e tranquilos, às vezes sem se falar, apenas brincando de luta. Às vezes, ela chegava a sair conosco nos passeios de carro de manhãzinha, embora normalmente fôssemos só o menino e eu, Bailey, o cachorro do banco dianteiro.

— Preciso ganhar dinheiro, Bailey — dizia Ethan de vez em quando. Eu abanava o rabo ao ouvir meu nome. —

Não vou mais ter bolsa esportiva, pode crer. Jamais seria capaz de voltar a praticar esportes.

A tristeza em sua voz me levava sempre a enfiar o focinho sob sua mão.

— O sonho de toda a minha vida. Tudo acabado agora por causa do Todd.

Por algum motivo, Ethan levara o flip com ele para a Fazenda, e às vezes ele o cortava e tornava a costurar, em geral tornando-o ainda mais desengonçado que antes. Meus momentos favoritos eram os que passávamos nadando juntos no lago. Aparentemente, só nessas ocasiões a perna do menino não doía. Também brincávamos de afogamento, como fazíamos há anos. Agora, porém, ele estava bem mais pesado, mais difícil de ser tirado da água. Quando mergulhava atrás dele, eu me sentia tão feliz que não queria que isso acabasse nunca.

Sabia, contudo, que acabaria. As noites iam ficando mais longas, o que significava que em breve voltaríamos para casa.

Eu estava deitado debaixo da mesa uma noite enquanto a Mãe e a Vovó conversavam. Ethan saíra de carro com Hannah sem me levar junto, o que me fez concluir que os dois precisavam fazer algo não muito divertido.

— Quero conversar com você sobre uma coisa — disse a Vovó à Mãe.

— Ah, mãe!

— Não, escute. Esse menino mudou totalmente desde que veio para cá. Está feliz, saudável, tem uma namorada... Por que levá-lo para a cidade? Ele pode terminar os estudos aqui.

— Você fala como se morássemos num gueto — queixou-se a Mãe, rindo.

— Você não me respondeu porque... Ora, nós duas sabemos por quê. Eu sei que o seu marido vai ser contra. Mas

Gary viaja praticamente o tempo todo agora, e você disse que o expediente na escola anda exaustivo. O menino precisa de uma família à sua volta enquanto se recupera.

— É. Gary viaja, mas continua a querer ver Ethan quando está em casa. E eu não posso largar o emprego.

— Não estou dizendo para largar o emprego. Você sabe que será bem-vinda sempre que quiser e por que Gary não pode pegar um avião e descer no aeroportinho daqui para passar um fim de semana? Será que, sem querer me intrometer, porque só quero o melhor para você, não faria bem a vocês dois ficarem sozinhos neste momento? Se você e Gary vão resolver os problemas que têm, é preciso que façam isso longe da vista de Ethan.

Agucei os ouvidos ao ouvir o nome do menino. Ele estava em casa? Inclinei a cabeça, mas não ouvi o barulho do seu carro.

Quando as noites ficaram mais frias e os patos filhotes já estavam do tamanho da mãe, a Mãe arrumou as coisas no carro. Eu não conseguia parar quieto, de tão nervoso, com medo de ser deixado para trás. No momento certo, pulei adequadamente no banco traseiro. Por algum motivo, todos riram. Sentei no carro e observei a Mãe abraçar a Vovó e o Vovô e depois, curiosamente, Ethan, que então veio abrir a porta do carro.

— E aí, Bailey? Você quer ir com a Mãe ou ficar aqui comigo?

Nada havia na pergunta que eu entendesse, por isso apenas fiquei encarando o menino.

— Venha, cachorro boboca. Bailey! Venha!

Relutantemente, saltei do carro. Não haveria passeio?

A Mãe partiu dirigindo, e Ethan, a Vovó e o Vovô ficaram acenando. Embora não fizesse sentido, o menino e eu íamos continuar na Fazenda!

Por mim, estava ótimo. Quase todos os dias começavam com um longo passeio de carro ainda no escuro, indo de casa em casa distribuir jornais. Quando chegávamos de volta, a Vovó estava preparando o café e o Vovô sempre deixava cair algo para mim debaixo da mesa — bacon, presunto, um pedaço de torrada. Aprendi a mastigar em silêncio para que a Vovó não perguntasse "Você está dando comida ao cachorro de novo?". O tom em sua voz, quando eu percebia a palavra "cachorro", sugeria que o Vovô e eu tínhamos que manter segredo sobre toda a operação.

A palavra "escola" voltou à cena, mas não havia ônibus. Ethan partia de carro, embora às vezes a garota viesse de visita e os dois fossem dar uma volta no carro dela. Descobri que não havia motivo para alarme, que Ethan estaria de volta no fim do dia e Hannah jantaria conosco, como acontecia quase sempre.

A Mãe aparecia um bocado, e tanto ela quanto o Pai passaram na Fazenda o Feliz Natal. As mãos da Mãe cheiravam a Felix, o gato, quando ela se abaixou para me afagar, mas não me importei.

Achei que o menino e eu havíamos decidido ficar para sempre na Fazenda, mas perto do final daquele verão senti que se aproximava mais uma mudança. O menino começou a guardar as coisas em caixas, um sinal infalível de que logo estaríamos voltando para casa. Hannah passava quase o tempo todo conosco e parecia meio triste e amedrontada. Quando abraçava o menino, havia tanto amor entre os dois que eu era obrigado a me meter entre eles, o que sempre provocava risadas.

Numa certa manhã, senti que estava na hora. O Vovô acomodou as caixas no carro. A Vovó e a Mãe conversaram, e Ethan e Hannah se abraçaram. Eu andei de um lado para outro, aguardando uma brecha, mas o Vovô agora era perito em bloquear o meu caminho e eu não conseguia entrar no carro.

O menino se aproximou de mim e se ajoelhou ao meu lado. Pude sentir uma certa tristeza nele.

— Seja um cachorro bonzinho, Bailey — me disse.

Abanei o rabo para lhe mostrar que havia entendido que eu era um cachorro bonzinho e estava na hora de entrar no carro para a longa viagem de volta para casa.

— Eu volto no feriado de Ação de Graças, certo? Vou sentir saudades suas, cachorro boboca.

Ele me deu um abraço comprido e amoroso. Entrefechei os olhos — não havia no mundo nenhuma sensação melhor do que ser abraçado pelo meu menino.

— É melhor você segurá-lo, ele não vai entender — avisou Ethan.

A garota deu um passo à frente e agarrou minha coleira. A tristeza fluía dela em ondas, e havia lágrimas. Fiquei dividido entre o desejo de consolá-la e a necessidade de entrar no carro. Relutantemente, me sentei aos pés dela, esperando o desfecho desse estranho drama para poder ocupar meu lugar no carro com o focinho para o lado de fora da janela.

— Escreva para mim todos os dias — pediu Hannah.

— Pode deixar! — respondeu Ethan.

Observei, descrente, enquanto ele e a Mãe entravam no carro e batiam as portas. Tentei me soltar de Hannah, que não havia entendido que eu precisava partir com eles! Ela não deixou.

— Não, Bailey, está tudo bem. Você fica.

Fica? *Fica*? O carro buzinou e se foi. O Vovô e a Vovó acenavam — será que ninguém via que eu ainda estava ali?

— Vai dar tudo certo. A Ferris é uma ótima escola — disse o Vovô. — Big Rapids é uma bela cidade.

Todos se afastaram da entrada de carros, e Hannah diminuiu a força com que segurava a minha guia o suficiente para eu escapar.

— Bailey! — gritou ela.

Embora o carro tivesse sumido, a trilha de poeira continuava a pairar, fácil de ser seguida por mim, que disparei atrás do meu menino.

Capítulo 17

Os carros são rápidos.

Eu não sabia disso. Em casa, antes de ir embora, Marshmallow costumava correr rua abaixo, latindo para os carros, que em geral paravam, ou pelo menos diminuíam a velocidade o suficiente para que ela os alcançasse, embora a essa altura tudo que a minha amiga fazia era se desviar e fingir nunca ter pensado em atacá-los.

Enquanto eu corria atrás do carro do menino, tive a sensação de que ele se distanciava cada vez mais. O cheiro de poeira e fumaça foi ficando tênue, mas percebi um sinal claro de uma curva à direita quando começou a estrada asfaltada, embora não tivesse certeza de ainda sentir o odor do carro. Mas não dava para desistir. Cedi ao pânico insensato e continuei a correr.

À minha frente ouvi o trovejar sonoro de um trem, sacudindo e tilintando, e quando subi uma ladeira e pude vê-lo, finalmente senti uma bafejada do aroma do menino. O carro, com as janelas abertas, estava parado na estrada num cruzamento ferroviário.

Eu me sentia exausto. Nunca correra tanto e tão rápido na vida, mas corri mais ainda quando a porta se abriu e o menino saltou.

— Bailey! — exclamou ele.

Embora cada milímetro de mim desejasse agarrá-lo e ser amado, eu não iria perder a minha oportunidade, por isso desviei-me dele no último segundo e me aboletei dentro do carro.

— Bailey! — exclamou a Mãe, rindo.

Lambi os dois, perdoando-os por terem me esquecido. Depois que o trem passou, a Mãe deu partida no carro e fez meia-volta, mas acabou parando, porque o Vovô surgiu em seu caminhão — quem sabe dessa vez ele fosse voltar para casa conosco!

— Qual um foguete — disse o vovô. — Mal dá para acreditar que tenha chegado tão longe.

— Até onde você teria ido, hein, Bailey? Seu cachorro boboca — me disse Ethan com afeto.

Foi com grande desconfiança que pulei no caminhão do Vovô, porém — desconfiança que se revelou justificada, porque enquanto Ethan e a Mãe seguiam seu caminho, o Vovô deu meia-volta e me levou para a Fazenda.

Na maior parte do tempo eu gostava do Vovô. De vez em quando ele realizava "tarefas", o que significava dizer que íamos para o novo celeiro, na parte dos fundos, onde empilhavam feno macio, e tirávamos uma soneca. Nos dias frios, o Vovô levava alguns cobertores pesados nos quais nos enrolava. Mas nos primeiros dias após a partida do menino, eu ficava emburrado na presença dele, punindo-o por me levar de volta à Fazenda. Quando isso não funcionava, só me restava roer um par de sapatos da Vovó, o que apesar de tudo não trazia o menino para casa.

Eu simplesmente não conseguia superar a genuína traição sofrida. Sabia que em algum lugar, provavelmente em casa, o menino precisava de mim, desconhecia meu paradeiro.

Todos se mostravam irritantemente calmos, aparentemente indiferentes à mudança catastrófica que se abatera sobre o nosso lar. Perdi de tal maneira as estribeiras, que cheguei a fuçar no armário do menino e de lá extrair o flip para em seguida correr com ele e o jogar no colo da Vovó.

— Que diabos é isto? — exclamou ela.

— É a grande invenção de Ethan — respondeu o Vovô.

Lati. *Isso! Ethan!*

— Quer ir lá fora brincar, Bailey? — perguntou a Vovó. — Por que não dá um passeio com ele?

Passeio? Passeio para encontrar o menino?

— Pensei em assistir daqui a um pedaço do jogo — retrucou o Vovô.

— Pelo amor de Deus! — disse a Vovó, que foi até a porta e atirou o flip no pátio, mal conseguindo que a coisa percorresse cinco metros. Saí correndo, agarrei o brinquedo e depois fiquei olhando, sem entender absolutamente nada quando ela fechou a porta, me deixando do lado de fora.

Ora, tudo bem. Cuspi o flip e passei por Flare, a caminho do portão. Fui até a casa da garota, excursão que já fizera várias vezes depois da partida de Ethan. Dava para sentir o cheiro dela por todo lado, mas o do menino aos poucos fenecia. Um carro parou na entrada e Hannah desceu.

— Tchau! — disse ela, olhando depois para mim. — Ora, Bailey! Tudo bem?

Corri até ela, abanando o rabo. Podia sentir o odor de várias outras pessoas em suas roupas, mas nem sinal de Ethan. Hannah caminhou comigo até em casa, e quando bateu na porta, a Vovó deixou-a entrar e lhe deu um pedaço de torta, mas não para mim.

Vira e mexe eu sonhava com o menino. Sonhava com ele pulando no lago, enquanto eu mergulhava fundo para brincar de resgate. Sonhava com ele no carrinho de rolimã, feliz e animado. E às vezes sonhava com ele pulando pela janela, a fissura aguda da dor escapando em forma de grito de seus lábios durante a queda nos arbustos em chamas. Eu odiava esses sonhos e acabava de acordar de um deles, certa noite, quando vi o menino de pé à minha frente.

— Oi, Bailey! — sussurrou ele, seu aroma chegando a mim. Estava de volta à Fazenda! Fiquei de pé num salto, pus as patas em seu peito e lambi seu rosto. — Psssiu — disse ele. — Já é tarde. Acabei de chegar. Estão todos dormindo.

Era a época do Feliz Dia de Graças, e a vida voltou ao normal. A Mãe veio, mas o Pai não. Hannah nos visitava quase todos os dias.

O menino parecia feliz, mas pude sentir também uma certa dispersão nele. Passava um bocado de tempo olhando para os jornais em lugar de brincar comigo, mesmo quando eu lhe trouxe o flip idiota para tentar acordá-lo desse estupor.

Não me surpreendi quando ele partiu de novo. Essa era a minha nova vida, percebi. Eu morava na Fazenda com o Vovô e a Vovó, e Ethan só aparecia de visita. Não era o que eu queria, mas desde que ele voltasse sempre, era mais fácil para mim vê-lo ir embora.

Foi numa dessas visitas, quando o tempo estava mais quente e as folhas acabavam de nascer, que Ethan e eu fomos ver Hannah correr num pátio enorme. Pude sentir seu cheiro, assim como o de outros rapazes e garotas, porque o vento soprava contra o pátio e eles suavam enquanto corriam. Me pareceu divertido, mas permaneci ao lado de Ethan, porque tive a sensação de que enquanto estávamos ali de pé a dor na sua perna piorou, espalhando-se pelo corpo todo. Emoções estranhas e sombrias fervilhavam em seu interior, enquanto ele assistia à corrida.

— Oi! — disse Hannah, se aproximando de nós. Lambi sua perna, que tinha o gosto salgado de suor. — Que bela surpresa! Oi, Bailey!

— Oi.

— O meu tempo está baixando de verdade — comentou ela.

— Quem era aquele cara? — indagou Ethan.

— Que cara? Como assim?

— O cara que estava falando com você. Tive a impressão de que vocês são muito amigos, com tanto chamego — disse Ethan numa voz tensa. Dei uma olhada à volta, mas não vi perigo algum.

— Ele é só um amigo, Ethan — atalhou Hannah, incisiva. O jeito como ela disse o nome do menino sugeria que ele havia sido malvado.

— É o tal de... Como é mesmo o nome, Brett? Sem dúvida, ele é rápido no gatilho. — Ethan golpeou o chão com a bengala e eu cheirei o tufo de terra revirada.

— Aonde você pretende chegar? — perguntou Hannah com as mãos nos quadris.

— Volta lá. Seu treinador está olhando para cá — disse Ethan.

Hannah olhou por cima do ombro e depois tornou a encarar Ethan.

— É. Preciso voltar... — disse ela, hesitante.

— Ótimo — resmungou Ethan, que se afastou mancando.

— Ethan! — chamou Hannah. Olhei para ela, mas o menino simplesmente continuou a andar. A mistura sombria e confusa de tristeza e raiva permanecia nele. Algo com relação ao lugar aparentemente fazia com que Ethan se sentisse mal, porque nunca mais voltamos.

O verão trouxe grandes mudanças. A Mãe chegou à Fazenda, dessa vez com um caminhão atrás dela, do qual alguns homens descarregaram algumas caixas, que levaram para o seu quarto. A Vovó e a Mãe passavam um bocado de tempo conversando baixinho, e às vezes a Mãe chorava, o que deixava o Vovô constrangido e o obrigava a ir tratar de suas tarefas.

Ethan tinha que sair a toda hora para ir "trabalhar", o que equivalia à escola, já que não me permitiam ir com ele, mas chegava em casa com um delicioso cheiro de carne e gordura, o que me fazia lembrar da vez, depois de Flare nos abandonar no mato, em que o Vovô me deu uma comida que tirou de um saco, no banco dianteiro do caminhão.

A maior mudança em nossas vidas, porém, foi que a garota não nos visitava mais. Às vezes, o menino me levava para uma volta de carro, e quando passávamos pela casa dela eu farejava Hannah, o que me fazia saber que ela continuava por ali, mas o menino jamais parava ou entrava pelo portão. Eu sentia saudade. Ela me amava e tinha um cheiro maravilhoso.

O menino também tinha saudade. Quando passávamos de carro pela casa de Hannah, ele sempre olhava pela janela, sempre diminuía a velocidade e dava para ver a falta que sentia dela. Nunca pude entender por que simplesmente não entrar e ver se ela nos dava alguns biscoitos, mas nunca fizemos isso.

Naquele verão, a Mãe costumava ir até o lago, sentar-se no ancoradouro e ficar muito triste. Eu tentava fazê-la sentir-se melhor latindo para os patos, mas nada a alegrava. Finalmente, ela tirou alguma coisa do dedo — não era comida, mas algo feito de metal, uma coisinha redonda que ela jogou na água, onde sumiu sob a superfície com um microbarulhinho.

Fiquei sem saber se ela queria que eu fosse atrás do objeto e a encarei, pronto para fazer uma tentativa, embora achasse que seria em vão, mas ela só me disse "venha", e nós dois voltamos para casa.

Depois daquele verão, a vida assumiu um padrão confortável. A Mãe passou a trabalhar, também, e voltava cheirando a óleos doces e fragrantes. Às vezes eu passava com ela pelo rancho das cabras e pela ponte barulhenta e gastávamos o dia numa sala grande cheia de roupas e velas de cera malcheirosas, além de objetos de metal nada interessantes. Volta e meia entrava alguém para me ver e às vezes saía com sacolas cheias de objetos. O menino chegava e partiu na época do Feliz Dia de Graças e do Feliz Natal e, depois, nas férias compridas.

Até certo ponto eu superara meu ressentimento com Flare, que já não fazia nada senão olhar para o vento o dia todo. Foi então que o Vovô apareceu com uma criatura que se mexia como um cavalo bebê e cujo cheiro era diferente de tudo que eu já encontrara. Seu nome era Jasper, o jumento. O Vovô gostava de dar risada enquanto apreciávamos Jasper saltitar no pátio, e a Vovó dizia:

— Não sei por que você acha que precisa de um jumento.

Jasper não tinha medo algum de mim, a despeito do meu posto de predador-mor na Fazenda. Eu brincava um pouco com ele, mas me cansava com facilidade e não valia a pena investir minha energia numa criatura que não sabia pegar uma bola.

Um dia, um homem chamado Rick apareceu para jantar. A Mãe mostrou-se feliz e envergonhada, enquanto o Vovô aparentava constrangimento e a Vovó, euforia. Rick e a Mãe sentaram-se na varanda exatamente como Hannah e Ethan costumavam fazer, mas não brincaram de luta. Depois disso, porém, comecei a encontrar Rick cada vez mais, um homem grandalhão, cujas mãos cheiravam a madeira. Ele jogava a bola para mim mais que qualquer outra pessoa, por isso eu gostava um bocado dele, embora não tanto quanto do menino.

A minha hora favorita do dia era quando o Vovô fazia as tarefas. Às vezes, mesmo assim quando ele não as fazia, eu ia tirar um cochilo no celeiro. Eu vivia tirando cochilos e já não me interessavam as aventuras compridas. Quando a Mãe e Rick me levavam para caminhar, eu sempre voltava exausto.

A única coisa que me animava eram as visitas do menino à Fazenda. Eu ainda dançava e abanava o rabo e latia, brincava no lago e caminhava no mato ou qualquer outra coisa que ele quisesse, inclusive correr atrás do flip, embora felizmente o menino parecesse ter esquecido onde o tinha guardado. Às vezes íamos à cidade, ao parque dos cachorros, e embora me desse prazer observar os outros cães, eu achava os mais novos meio infantis, incansáveis em suas brincadeiras e lutas.

Então, uma noite, uma coisa estranha aconteceu: o Vovô pôs o jantar diante de mim e não senti vontade de comer. Minha boca se encheu de saliva, bebi um pouco de água e voltei a me deitar. Logo uma dor pesada e forte atravessou meu corpo e me deixou quase sem ar.

Fiquei ali deitado a noite toda ao lado da minha tigela de comida. Na manhã seguinte, a Vovó me viu e chamou o Vovô.

— Tem alguma coisa errada com o Bailey! — exclamou ela. Pude ouvir aflição em sua voz quando ela disse o meu nome e abanei o rabo para mostrar que eu estava bem.

O Vovô se aproximou e me tocou:

— Tudo bem, Bailey? O que foi?

Depois de conversarem, a Mãe e o Vovô me levaram até o caminhão e partimos para a sala limpa e gelada do moço bonzinho, o mesmo moço bonzinho que visitávamos cada vez mais nos últimos anos. Ele me apalpou e eu abanei de leve o rabo, mas não me sentia muito bem e não tentei me sentar.

A Mãe entrou, chorando, e a Vovó e o Vovô estavam com ela. Até Rick apareceu. Tentei lhes mostrar como eu era grato por toda essa atenção, mas a dor piorou, e só me restou revirar os olhos na direção dos três.

Então, o moço bonzinho pegou uma agulha. Senti o cheiro forte e conhecido e uma picadinha. Passados alguns minutos, minha dor melhorou à beça, mas agora eu estava sonolento, só queria ficar deitado e executar tarefas. Meu último pensamento, antes de adormecer, foi, como sempre, sobre o menino.

Quando acordei, vi que estava morrendo. Havia dentro de mim a sensação de uma escuridão crescente, e eu já passara por isso antes, quando meu nome era Toby e me puseram num quarto pequeno e quente com Spike e outros cachorros barulhentos.

Eu nunca havia pensado nisso, embora provavelmente soubesse, no fundo, que um dia acabaria acontecendo comigo o mesmo que aconteceu com Smokey, o gato. Eu me lembrava do menino chorando no dia em que enterraram Smokey no quintal e esperava que ele não chorasse a minha morte. Meu propósito, toda a minha vida, tinha sido amá-lo e ficar com ele, fazê-lo feliz. Eu não queria lhe trazer nenhuma infelicidade — assim, concluí que provavelmente seria melhor que ele não estivesse ali para assistir, embora sentisse tanta falta sua que essa dor fosse tão grande quanto aquela, estranha, que sentia na barriga.

O moço bonzinho entrou na sala.

— Você está acordado, Bailey? Está acordado, companheiro? Pobrezinho.

Meu nome, eu quis dizer, *não é Companheiro*.

O moço bonzinho se inclinou para falar comigo.

— Você pode se entregar, Bailey. Você fez um ótimo trabalho, cuidou do menino. Essa era a sua função, Bailey, e você se saiu muito bem. Você é um bom cachorro, um cachorro muito bom.

Tive a sensação de que o moço bonzinho falava da morte. Emanava dele uma espécie de paz. Então a Mãe, a Vovó, o Vovô e Rick entraram. Me abraçaram e disseram que me amavam e que eu era um cachorro bonzinho.

No entanto, senti uma certa tensão na Mãe, a certeza de alguma coisa — não propriamente de perigo, mas de algo contra o que eu precisava protegê-la. Dei uma leve lambida em sua mão e, conforme a escuridão se apossava de mim, eu lutava contra ela. Tinha que me manter alerta: a Mãe precisava de mim.

A tensão cresceu passada mais uma hora, primeiro a do Vovô, e depois a da Vovó, se juntando à da Mãe. Até Rick parecia ansioso, fazendo com que justo quando eu comecei a esmorecer, uma nova resolução de proteger minha família dessa ameaça desconhecida renovou minhas forças.

Foi quando ouvi o menino.

— Bailey!

Ele irrompeu porta adentro e a tensão de todos desapareceu — era isso, me dei conta, que todos estavam esperando. Sabe-se lá como, eles sabiam que o menino chegaria.

O menino enterrou o rosto no meu pescoço e soluçou. Usei toda a energia que ainda tinha para erguer a cabeça e lambê-lo, para que ele soubesse que estava tudo bem, que eu não tinha medo.

Minha respiração tornou-se áspera, e todos ficaram ali comigo, me abraçando. Foi maravilhoso receber tanta atenção, mas aí um espasmo violento de dor no meu estômago me obrigou a gritar de verdade. O moço bonzinho entrou, então, trazendo uma outra agulha.

— Temos de fazer isso agora. Bailey não precisa sofrer.

— Está bem — disse o menino, chorando. Tentei abanar o rabo quando ouvi meu nome, mas descobri que não era capaz. Senti outra picada no pescoço.

— Bailey, Bailey, Bailey. Vou sentir saudades suas, cachorro boboca — sussurrou Ethan em meu ouvido. Seu hálito era cálido e delicioso. Fechei os olhos de prazer, o puro prazer do amor que vinha do menino, do amor dele por mim.

Então, sem mais nem menos, a dor sumiu — com efeito, senti-me novamente um filhote, cheio de vida e alegria. Lembrei-me de que me sentira assim da primeira vez que vi o menino, saindo da casa e correndo na minha direção com os braços abertos. Isso me levou a pensar em quando eu mergulhava atrás dele durante o resgate, na luz esmorecendo quanto mais fundo eu mergulhava, no jeito como a água empurrava meu corpo, exatamente como agora. Eu já não sentia mais as mãos do menino me tocando. Sentia apenas a água, de todos os lados: quente, suave e escura.

Capítulo 18

A percepção se instalou bem depois que reconheci o cheiro de minha mãe e aprendi como alcançar suas tetas para me alimentar. Meus olhos estavam abertos e minha visão começava a se aguçar o suficiente para que eu visse sua cara marrom-escura no dia em que entendi, pasmo, que voltara a ser um filhote.

Não, não foi bem assim. Na verdade, eu era um filhote que de repente me lembrei de que era, novamente, *eu*. Tive a sensação de adormecer, ciente apenas da longa passagem de tempo, sem sonhar, nem mesmo pensar, para então, num piscar de olhos, enxergar o mundo pelos olhos de um cãozinho muito jovem, tentando, atabalhoadamente, tomar o leite da minha mãe sem qualquer consciência das minhas vidas anteriores.

Agora que me lembrava de tudo que acontecera antes, me vi realmente confuso. Eu me sentira tão completo que simplesmente não havia motivo para seguir em frente — como seria possível que me coubesse uma missão mais importante do que amar o menino?

A falta que Ethan me fazia era tamanha que às vezes eu gania, o que meus irmãos sempre interpretavam como fraqueza, pulando em cima de mim com a intenção de dominar. Eles eram sete, todos marrons-escuros com manchas pretas, e me causava impaciência a ideia de não registrarem quem assumiria o comando ali.

Uma mulher cuidava de nós durante boa parte do tempo, embora houvesse um homem que descia ao porão com frequência para nos alimentar. Foi ele que nos levou numa caixa até o quintal quando tínhamos algumas semanas. Um cão macho numa gaiola nos cheirou quando corremos até ele, e entendi instintivamente que se tratava do nosso pai. Eu nunca conhecera um pai antes, e fiquei curioso para saber o que ele estaria fazendo ali.

— Ele parece se dar bem com os filhotes — disse o homem à mulher.

— Vai ficar tudo bem, Bernie? Quer sair daí? — A mulher abriu a gaiola do Pai, cujo nome, obviamente, era Bernie, e o macho saiu correndo, cheirou-nos e depois foi urinar numa cerca.

Corremos atrás dele, caindo de cara no chão, porque nossas pernas de filhotes mal conseguiam andar. Bernie baixou a cara e um dos meus irmãos deu um pulo e desrespeitosamente mordeu suas orelhas, mas Bernie não se importou, chegando mesmo a brincar um pouco conosco, derrubando-nos aqui e ali até dirigir-se à porta dos fundos para que o deixassem entrar.

Poucas semanas depois, eu estava no pátio, mostrando a um de meus irmãos quem era o chefe, quando parei e me agachei para em seguida me dar conta de que era uma fêmea! Cheirei, espantado, a minha urina, rosnando em alerta quando meu irmão aproveitou a chance para investir contra mim. O que pensaria Ethan disso?

Como eu, Bailey, podia ser uma cadela?

Só que eu não era Bailey. Um dia, apareceu um homem que brincou conosco de um jeito estranho. Bateu palmas e os filhotes que não se acovardaram com o barulho (como eu) foram postos numa caixa. Então, um por um, ele pegou os cachorros da caixa e levou para o pátio — quando chegou a minha vez, ele se virou e se afastou de mim como se tivesse se esquecido de que eu estava ali, motivo pelo qual o segui. Ele me disse que eu era um cachorro bonzinho, apenas por ter feito isso — o cara não passava de um babaquara. Tinha mais ou menos a idade da Mãe no dia em que ela quebrou a janela do carro e me deu água: a primeira vez em que vi o menino.

O homem me pôs dentro de uma camiseta e depois falou comigo.

— Oi, mocinha, você é capaz de descobrir a saída?

Imaginei que ele tivesse mudado de ideia quanto a me manter dentro da camiseta, por isso pulei fora e corri na sua direção para receber mais elogios.

A mulher viera até o pátio para assistir.

— A maioria leva um minuto para entender, mas esta é um bocado inteligente — observou o homem. Ele me virou de barriga para cima, e eu me contorci, pensando comigo mesmo que isso era injusto, dado o seu tamanho, muito maior que o meu.

— Ela não gosta disso, Jakob — comentou a mulher.

— Nenhum deles gosta. A questão é saber se ela vai parar de lutar e me deixar ser quem manda ou vai continuar lutando. Preciso de um cachorro que saiba quem dá as ordens — disse o homem.

Ouvi a palavra "cachorro" e não me pareceu que o tom fosse de zanga — eu não estava sendo punido, mas *estava* sendo imobilizado. Concluí que não sabia que tipo de jogo era esse e relaxei sem luta.

— Menina boazinha! — disse ele.

Então, pegando uma bola de papel, que mostrou a mim, ele acenou com ela até me deixar totalmente fascinado. Senti-me idiota e sem coordenação, tentando dar uma mordida na coisa com minha boquinha de filhote. O troço estava bem ali na minha frente, mas eu não conseguia mexer a cabeça com rapidez suficiente. Então, ele atirou a bola a uma pequena distância e eu corri e me atirei em cima dela. Ah-ha! Que tal tirá-la de mim?

Foi quando me lembrei de Ethan e do flip idiota, de como eu o deixava feliz quando lhe levava de volta o brinquedo. Dei meia-volta e me aproximei do homem, largando a bola a seus pés e me sentando, à espera de que ele a atirasse de novo.

— É este — disse o homem à mulher. — Vou levar este.

Gani quando vi o tipo de passeio de carro que me esperava — na traseira de um caminhão, trancado numa gaiola muito parecida com aquela em que fui levado ao quarto quente e barulhento com Spike. Eu era um cão de banco dianteiro, todos sabiam disso!

Meu novo lar me fez recordar o apartamento onde fomos morar depois do incêndio — pequeno, com uma varanda dando para um estacionamento —, mas ficava perto de um belo parque aonde o homem me levava várias vezes ao dia.

Eu sabia, pelo cheiro das árvores e dos arbustos, que me encontrava muito longe de Ethan — esse não era um lugar úmido como a Fazenda, com chuvas frequentes, embora fosse exuberante, com flores e vegetação. No ar pairava o odor forte dos automóveis, que eu podia ouvir a grande e a pequena distância, a qualquer momento do dia. Às vezes soprava um vento seco e quente, que me fazia lembrar do Pátio, mas havia dias em que o ar era denso de umidade, o que jamais acontecia quando eu me chamava Toby.

O nome do homem era Jakob e ele me batizou de Elleya.

— Significa "alce", em sueco. Você não é mais um pastor-alemão, agora é um pastor *sueco*. — Abanei o rabo sem entender patavina. — Elleya, Elleya. Venha, Ellie, aqui.

Suas mãos cheiravam a óleo e seu carro, a jornais e gente. Jakob usava roupas escuras e objetos de metal no cinto, inclusive um revólver, o que me fez concluir que era policial. Quando se ausentava durante o dia, uma mulher chamada Georgia aparecia de tantas em tantas horas para brincar comigo e me levar para passear — ela me lembrava Chelsea, a menina que morava na mesma rua que Ethan e teve uma cadela chamada Marshmallow e, depois, outra chamada Duquesa. Georgia me chamava de um monte de nomes, alguns realmente ridículos, como Ellie-lelly-lu. Equivalia a ser chamado de cachorro boboca — era o meu nome, mas diferente, dito com uma dose extra de afeto.

Eu me virava como podia para me adaptar a essa nova vida como Ellie, tão diferente da vida que levei como Bailey. Jakob me deu uma cama de cachorro muito parecida com a que eu tinha na garagem, mas dessa vez esperava-se que eu dormisse nela — Jakob me empurrava quando eu tentava entrar debaixo das cobertas com ele, ainda que eu visse que espaço não faltava.

Descobri que o que se esperava de mim era que eu vivesse de acordo com as novas regras, do jeito que eu aprendera a viver quando Ethan foi fazer faculdade. A dor aguda que eu sentia quando pensava em quanta falta me fazia o menino era algo a que eu teria que me habituar: a função de um cachorro é fazer o que as pessoas querem.

Havia, porém, uma diferença entre obedecer a comandos e ter um propósito, uma razão para existir. Achei que o meu propósito era ficar com Ethan e que já havia cumprido tal propósito, estar a seu lado enquanto ele crescia. Se era esse o caso, por que eu tinha virado Ellie agora? Seria possível que um cachorro tivesse mais de um propósito?

Jakob me tratava com uma paciência tranquila — quando a minha pequenina bexiga dava um sinal repentino e deixava rolar ao mesmo tempo, ele jamais gritava e me punha porta afora como o menino costumava fazer. Em compensação, me elogiava tanto quando eu ia lá fora que decidi controlar meu corpo assim que foi possível. Jakob, porém, não extravasava afeto como o menino, me dava atenção da mesma forma burocrática com que Ethan dava atenção a Flare, o cavalo, e, até certo ponto, me agradava o senso de direção derivado daí, embora houvesse momentos em que eu ansiava pelo calor das mãos do menino e mal podia esperar a chegada de Georgia para me chamar de Ellie-lelly-lu.

Havia, acabei por concluir, algo partido dentro de Jakob. Eu não sabia o quê, mas podia sentir alguma coisa drenar energia de suas emoções, uma amargura sombria que me parecia muito semelhante ao que percebi dentro de Ethan quando ele voltou para casa depois do incêndio. Fosse o que fosse, isso reprimia os sentimentos de Jakob por mim. Sempre que ele e eu fazíamos algo juntos, eu sentia que ele me avaliava com olhos frios.

— Vamos trabalhar — dizia Jakob, antes de me pôr no caminhão e partirmos para brincar no parque.

Aprendi "Deitar", que significava me esticar no chão, e aprendi que, para Jakob, "Quieto" queria dizer "Fica", e supostamente eu devia permanecer no mesmo lugar até que ele me dissesse "Venha".

O treinamento me ajudava a tirar Ethan da cabeça. À noite, contudo, quase sempre eu adormecia pensando no menino. Imaginava as mãos dele no meu pelo, o cheiro dele dormindo, a sua risada e a sua voz. Onde quer que ele estivesse, o que quer que fizesse, eu torcia para que fosse feliz. Eu sabia que nunca o veria novamente.

Georgia começou a aparecer mais raramente à medida que eu crescia, mas descobri que ela não me fazia falta, conforme eu me envolvia mais e mais no nosso trabalho. Um dia, fomos a um bosque e encontramos um homem chamado Wally, que me afagou e depois fugiu correndo.

— O que ele está fazendo, Ellie? Aonde ele vai? — perguntou Jakob.

Observei Wally, que olhava para mim por cima do ombro, acenando animado.

— Vá atrás dele! Atrás dele! — comandou Jakob.

Hesitando, me pus a correr atrás de Wally. O que era isso? Wally me viu em seu encalço e se ajoelhou, batendo palmas, e quando o alcancei me mostrou um graveto e brincamos com ele durante alguns minutos. Então, Wally se pôs de pé.

— Veja, Ellie! O que ele está fazendo? Vá atrás dele! — comandou Wally.

Jakob estava se afastando, e corri atrás dele.

— Menina boazinha! — elogiou Jakob.

Em termos de jogos inteligentes, eu provavelmente poria esse na mesma categoria do flip, mas Wally e Jakob aparentemente o apreciavam, o que me levou a entrar na brincadeira, sobretudo porque depois passamos a brincar de puxar o graveto, que, na minha opinião, ganhava de lavada de "Encontrar Wally".

Mais ou menos na mesma época em que comecei a aprender a jogar Encontrar Wally, uma estranha sensação se apossou de mim, uma ansiedade constante acompanhada de um odor constrangedor que vinha do meu traseiro. A Mãe e a Vovó costumavam reclamar toda vez que eu emitia gases cheirosos por baixo do rabo, por isso, quando passei a exalar esse cheiro, vi logo que era um cachorro malvado (o Vovô ficava tão enojado com fedores, que dizia "Bailey!" mesmo quando o cheiro vinha dele).

Jakob não percebeu o odor, mas ficou alarmado ao ver montes de cachorros erguendo suas patas de encontro aos arbustos em volta do apartamento, cachorros que, instintivamente, eu soube que andavam por ali por minha causa.

A reação de Jakob foi extremamente curiosa: ele me vestiu um short como o que usava debaixo da calça, com meu rabo saindo por um buraco na parte de trás. Sempre tive pena dos cachorros que usavam suéteres e outras roupas, e cá estava eu, brincando de figurino diante de todos aqueles cachorros machos. Era altamente constrangedor, ainda por cima porque havia alguma coisa muito sedutora na atenção demonstrada pelo grupo heterogêneo de machos que passavam tanto tempo molhando as folhagens do lado de fora da minha casa.

— Está na hora de uma consulta com o veterinário — disse Jakob, antes de me levar para uma volta de carro até um lugar muito conhecido meu: a sala gelada com luzes brilhantes e uma mesa de metal. Adormeci e, previsivelmente, acordei em casa usando uma gola idiota em forma de cone.

Assim que a gola foi retirada, Jakob e eu voltamos a frequentar o parque quase diariamente ao longo dos meses seguintes. Os dias encurtaram, embora jamais tenha esfriado ou nevado, e encontrar Wally foi ficando cada vez mais difícil porque as regras viviam sendo mudadas. Às vezes, Wally sequer estava lá quando chegávamos, e eu precisava ir atrás dele no lugar para onde se mandara. Eu o encontrava deitado como o Vovô quando realizava tarefas, e aprendi mais um comando: "Mostre!", que significava levar Jakob até o lugar onde eu descobrira o corpo preguiçoso de Wally esparramado sob uma árvore. Sabe-se lá como, Jakob era capaz de saber quando eu havia encontrado algo, ainda que se tratasse apenas das meias de Wally largadas na grama — o homem era um desastre, sempre largando suas roupas para que as achássemos e recolhêssemos. Jakob interpretava minha expressão quando eu voltava correndo até ele. "Mostre!", dizia, mas só quando eu tinha algo a Mostrar.

Trabalhávamos em outras coisas, também. Jakob me ensinou a escalar um escorrega e sair por uma escada do outro lado, fazendo com que eu descesse degrau por degrau, em lugar de simplesmente pular do topo, como eu preferia. Ele me ensinou a rastejar para dentro de tubos apertados e a pular sobre uma pilha de toras. Aprendi em outro dia a me sentar enquanto ele sacava o revólver do coldre e atirava, provocando explosões que, no início, me assustaram.

— Menina boazinha, Ellie. Isto é um revólver, viu? Não há motivo para ter medo. Ele faz um barulhão, mas você não tem medo, não é, garota?

Cheirei a arma quando ele a estendeu para mim e fiquei muito feliz porque ele não tentou me fazer pegá-la. A coisa cheirava mal e parecia voar ainda pior do que o flip.

Às vezes, Jakob se sentava a uma mesa do lado de fora com outras pessoas armadas e, juntos, bebiam diretamente de garrafas. Nessas ocasiões seu tumulto interior ficava mais evidente para mim: o pessoal à mesa ria, e às vezes Jakob também, mas em outras ele se voltava para si mesmo, sombrio, triste e sozinho.

— Não está certo, Jakob — disse, certa vez, um dos homens. Ouvi o nome, mas Jakob contemplava o espaço, sem prestar atenção. Me empertiguei e passei o focinho em sua mão, mas quando ele me afagou, percebi que não registrara, de fato, a minha presença.

— Eu disse que não está certo, Jakob.

Jakob virou-se e olhou para todos que o observavam, e notei que ficou envergonhado.

— O quê?

— Se o Y2K vai ser tão ruim quanto estão dizendo, vamos precisar de todas as K-9 que pudermos conseguir. Um repeteco de Rodney King.

— Ellie não é esse tipo de cachorro — argumentou com frieza Jakob.

Retesei-me ao ouvir meu nome, consciente, ao fazê-lo, de que todos os homens à mesa me olhavam. Senti-me constrangido por algum motivo, do mesmo jeito como alguns homens pareciam desconfortáveis com o olhar de Jakob. Quando recomeçaram a falar, foi entre eles, ignorando Jakob. Passei novamente o focinho em sua mão, e dessa vez ele reagiu coçando minhas orelhas.

— Cadela boazinha, Ellie — disse ele.

Encontrar Wally evoluiu para simplesmente Encontrar. Jakob e eu íamos a algum lugar e às vezes ele me dava algo para cheirar, um casaco velho, um sapato ou uma luva. Eu precisava, então, Encontrar o dono daquilo. Outras vezes, não havia nada para cheirar e eu percorria uma área enorme de um lado a outro, me pondo alerta toda vez que farejava algo interessante. Encontrei um monte de gente que não era Wally, e às vezes, obviamente, os encontrados não haviam sido informados do jogo e diziam "Vem cá, rapaz!" ou de alguma forma reagiam ao me ver. Eu sempre Mostrava a Jakob essas pessoas, e ele sempre me elogiava, mesmo quando aqueles que eu Encontrava não eram espertos o bastante para descobrir o que estava acontecendo. A ideia, concluí, era Encontrar pessoas e levar Jakob até elas para que, então, ele decidisse se eram as pessoas certas ou não. Essa era a minha função.

Eu já morava com Jakob há cerca de um ano quando ele começou a me levar diariamente para o seu trabalho. Várias pessoas vestidas como Jakob andavam sempre por lá e a maioria era amistosa comigo, embora quase todas tenham recuado respeitosamente quando Jakob me mandou segui-lo. Ele me levou a um canil nos fundos, onde havia dois outros cães, Cammie e Gypsy. Cammie era negro-azeviche e Gypsy, marrom.

A despeito de estarmos engaiolados juntos, meu relacionamento com Cammie e Gypsy se distinguia de todos os que eu já tivera com outros caninos. Éramos cães trabalhadores e não nos sentíamos livres para brincar à vontade, pois precisávamos estar sempre preparados para servir a nossos donos — na maior parte do tempo, simplesmente nos sentávamos, atentos, junto à cerca.

Gypsy trabalhava com um policial chamado Paul e saía um bocado. Às vezes eu assistia a Paul e Gypsy trabalharem no pátio. Faziam tudo errado. Gypsy simplesmente farejava em meio a caixas e pilhas de roupas e ficava alerta sem qualquer motivo, embora Paul a elogiasse assim mesmo, tirando do meio daquilo tudo um pacote e lhe dizendo que ela era uma cadela boazinha.

Cammie era mais velho e não se dava ao trabalho de observar Gypsy, provavelmente porque se envergonhava da pobre cadela. Cammie trabalhava com uma policial chamada Amy e não se ausentava muito. Quando saía, porém, era de repente — Amy vinha pegá-lo e ambos partiam a toda. Eu nunca soube que trabalho Cammie fazia, mas desconfio que não fosse tão importante quanto Encontrar.

— Onde você está trabalhando esta semana? — perguntou Amy, certa vez, a Paul.

— Lá no aeroporto, até Garcia voltar da licença para tratamento de saúde — respondeu Paul. — Como vão as coisas no esquadrão antibombas?

— Tranquilas. Só estou preocupada com Cammie. Seus resultados andam meio irregulares. Fico me perguntando se o faro estará falhando.

Ao ouvir seu nome, Cammie ergueu a cabeça e olhei para ele.

— Cammie tem o quê, dez anos? — indagou Paul.

— Mais ou menos — respondeu Amy.

Fiquei de pé e me sacudi porque senti que Jakob se aproximava. Alguns segundos depois, ele virou a esquina. Ele e os amigos ficaram de pé conversando, enquanto nós, os cachorros, os observávamos, imaginando por que não nos soltavam para lhes fazer companhia no pátio.

De repente, percebi uma certa excitação em Jakob. Ele falou com o próprio ombro:

— 10-4, unidade 8K6 respondendo — disse ele, enquanto Amy corria para o portão. Cammie deu um pulo.

— Ellie! — comandou Amy. — Venha!

Em questão de segundos, saímos do pátio e entramos no caminhão. Me peguei ofegando, contagiado pela excitação de Jakob.

Algo me disse que o que quer que estivesse acontecendo era bem mais importante do que Encontrar Wally.

Capítulo 19

Jakob nos levou até um prédio grande e plano, onde várias pessoas se achavam reunidas em círculo. Dava para sentir a tensão nelas quando estacionamos. Jakob deu a volta e me afagou, mas não me tirou do caminhão.

— Menina boazinha, Ellie — disse ele, alheio.

Sentei-me e observei com ansiedade enquanto ele se aproximava do grupo. Várias pessoas falavam ao mesmo tempo.

— Não percebemos que ela sumira até a hora do almoço, mas não temos ideia de quanto tempo faz.

— Marilyn tem Alzheimer.

— Não entendo como ela fugiu sem ser vista.

Enquanto eu permanecia ali sentado, um esquilo desceu pelo tronco de uma árvore e se ocupou buscando comida na grama. Fiquei olhando, embasbacado diante da sua indiferença audaciosa ante o fato de que eu, um perigoso predador, estava apenas a meros três metros de distância!

Jakob veio até a gaiola e abriu a porta.

— Venha comigo! — comandou ele, sem me dar sequer uma chance de pegar o esquilo.

Reagi prontamente: hora de trabalhar. Jakob me afastou das pessoas, me levando até o pátio frontal do prédio. Segurou duas camisas, cujo odor me lembrou levemente o de Vovó. Enfiei meu focinho no tecido macio, inspirando profundamente.

— Ellie, Encontrar!

Passei, correndo, pelo amontoado de gente.

— Não creio que ela tenha ido por ali — disse alguém.

— Deixem Ellie trabalhar — retrucou Jakob.

Trabalhar. Eu levava comigo a lembrança sensorial da roupa conforme erguia o focinho para farejar o ar, andando para a frente e para trás como tinha sido treinado. Havia um bocado de cheiros, de gente, de cães, de carros, mas não consegui Encontrar. Frustrado, voltei até Jakob.

Ele percebeu meu desapontamento.

— Tudo bem, Ellie. Encontrar.

Começou a descer a rua, e eu me adiantei à sua frente, percorrendo os pátios. Virei a esquina e reduzi o passo: lá estava o cheiro, sedutor, vindo até mim... Concentrei-me nele e corri em frente. Dez metros adiante, caído junto a alguns arbustos, o cheiro era inconfundível. Virei-me e corri até Jakob, que agora estava cercado de vários policiais.

— Mostre, Ellie!

Levei-o até os arbustos. Ele se inclinou cutucando algo com uma vara.

— O que é isso? — indagou um dos policiais, chegando por trás de Jakob.

— Um lenço. Menina boazinha, Ellie, muito boazinha!

Ele me agarrou e por um instante brincou de luta comigo, mas senti que haveria mais trabalho.

— Como vamos saber que é dela? Pode ter sido jogado por qualquer um — discordou um dos policiais.

Jakob se abaixou, ignorando os homens às suas costas.

— Muito bem, Ellie. Encontrar!

Eu podia seguir o aroma agora, suave porém rastreável. Ele prosseguia ao longo de dois quarteirões, virava à direita, ficando mais forte. Numa determinada casa, dobrou ab-ruptamente à direita, e atravessei um portão aberto. Lá estava ela sentada num balanço, embalando-se levemente.

Uma genuína sensação de felicidade derramou-se dela, que pareceu satisfeita de me ver.

— Oi, cachorrinho — falou.

Corri até Jakob e pude constatar pela sua excitação que ele sabia que eu a encontrara antes mesmo de eu alcançá-lo, embora tenha esperado eu chegar para reagir.

— Muito bem, Mostre! — insistiu.

Levei-o até a senhora no balanço. Senti o alívio de Jakob ao vê-la.

— A senhora se chama Marilyn? — indagou baixinho.

Ela inclinou a cabeça, curiosa:

— Você é o Warner?

Jakob falou no microfone em seu ombro e logo estávamos cercados de policiais. Jakob me puxou de lado.

— Menina boazinha, Ellie!

Puxou do bolso uma argola de borracha e atirou-a na grama. Dei um salto, peguei a argola e a levei de volta, segurando o brinquedo com força para que Jakob tentasse tomá-lo de mim. Brincamos durante uns cinco minutos, enquanto meu rabo se agitava no ar.

Quando Jakob me fechou dentro da gaiola na traseira do caminhão, pude sentir seu orgulho.

— Menina boazinha, Ellie. Você é muito boazinha mesmo.

Aquilo, refleti, era o mais próximo que Jakob podia chegar da adoração incondicional que um dia senti em Ethan. Deduzi daí que hoje eu realmente compreendia meu propósito como Ellie: não só Encontrar pessoas, mas também salvá-las. A preocupação que emanava do grupo em frente ao prédio não podia ter sido mais evidente, assim como foi evidente o alívio quando voltamos. A senhora havia corrido algum tipo de perigo e ao Encontrá-la Jakob e eu a salvamos. Era isso que fazíamos juntos, esse era o nosso trabalho, o que ele considerava mais importante na vida. Como o jogo que eu fazia com Ethan: Resgate.

No dia seguinte, Jakob me levou a uma loja e comprou umas flores cheirosas, que deixou no caminhão enquanto trabalhávamos um pouco (Wally se escondera no alto de uma lixeira de cheiro forte, mas não me enganou). Depois, Jakob e eu fomos dar uma longa volta de carro — tão longa que me cansei de ficar com o focinho encostado na lateral da gaiola e me deitei no chão.

Quando Jakob veio me soltar, havia um peso nele — o que quer que o estivesse machucando por dentro nunca fora tão forte. Estávamos num grande pátio cheio de pedras. Preocupado, sem saber ao certo do que se tratava, fiquei ao lado de Jakob enquanto ele percorria algumas dezenas de metros, carregando suas flores. Ele se ajoelhou e pôs as flores junto a uma das pedras, o sofrimento latejando tão profundamente que as lágrimas escorriam, silenciosas, pelo seu rosto. Afaguei-lhe a mão com o focinho, alarmado.

— Tudo bem, Ellie, você é uma menina boazinha. Senta.

Sentei-me, unido a Jakob no sofrimento.

Ele pigarreou.

— Sinto tanta saudade sua, meu bem. Eu... às vezes acho que não vou chegar ao fim do dia, sabendo que você não vai estar em casa quando eu voltar — sussurrou com voz rouca.

Ergui minhas orelhas ao ouvir a palavra "casa". *Isso mesmo, vamos embora deste lugar triste.*

— Estou na patrulha K-9 no momento, busca e salvamento. Eles não me querem numa patrulha regular porque ainda estou tomando antidepressivos. Arrumei um cachorro, o nome dela é Ellie, um pastor-alemão fêmea, de um ano.

Abanei o rabo.

— Acabamos de passar no credenciamento, e agora vamos para a rua. Vai ser bom largar o trabalho burocrático. Engordei uns cinco quilos depois de passar tanto tempo sentado.

Jakob riu, e o som dessa risada foi tão peculiar, tão triste e amargurado, que não havia nela um pingo de alegria.

Continuamos ali, quase imóveis, durante uns dez minutos, e, aos poucos, o ânimo de Jakob se alterou, tornou-se menos agudamente sofrido e mais como era o de Ethan e Hannah quando se despediam no final do verão — meio parecido com medo.

— Eu te amo — murmurou Jakob, antes de virar-se para ir embora.

Daquele dia em diante, passávamos muito mais tempo longe do canil. Às vezes viajávamos de avião ou de helicóptero, e, em ambos, tamanha era a vibração que eu ficava sonolento apesar do barulho.

— Você é um cachorro de helicóptero, Ellie! — me dizia Jakob sempre que viajávamos num deles.

Um dia, chegamos mesmo a ir ao maior lago que eu já vira, uma enorme extensão de água, cheia de cheiros exóticos. Corri pela areia atrás de uma menininha até um playground cheio de crianças que me chamaram, todas, quando nos aproximamos.

— Quer brincar no mar, Ellie? — perguntou-me Jakob depois que lhe Mostrei a menininha, e seus pais a levaram para uma volta de carro.

Chegamos até o lago e eu corri e me esbaldei na água, que era um bocado salgada quando entrava no meu focinho.

— Este é o mar, Ellie, o mar! — exclamou Jakob, rindo. Brincar no mar, notei, fazia a coisa que apertava tanto seu coração afrouxar um pouco.

Correr na água rasa me recordou a época em que eu perseguia Ethan em seu trenó — eu precisava me lançar com vontade a fim de progredir, exatamente o mesmo processo que eu costumava usar na neve. Isso me levou a perceber que embora os ciclos do Sol sugerissem que uns dois anos haviam se passado, ali jamais nevava. Não incomodei as crianças, porém — elas tinham trenós que andavam sobre as ondas. Apenas observei-as brincar, sabendo que Jakob não gostaria que eu as perseguisse. Um menino se parecia um pouco com Ethan quando mais novo, e, maravilhado, reparei que eu era capaz de me lembrar do meu menino quando pequeno, e também depois de homem. Uma dor se apossou de mim, então, acompanhada de uma pontada aguda de tristeza que só passou quando Jakob assoviou me chamando.

Quando eu ia ao canil, Cammie quase sempre estava lá, mas Gypsy, quase nunca. Num dia desses, eu tentava interessar Cammie no fantástico jogo Peguei a Bola, quando Jakob foi me apanhar.

— Ellie!

Eu nunca ouvira tamanha urgência em sua voz.

Saímos a toda a velocidade, os pneus do carro guinchando de tal forma quando virávamos esquinas que eu conseguia ouvi-los acima do ruído da sirene. Deitei-me no chão da gaiola para não deslizar de um lado para outro.

Como sempre, quando chegamos ao nosso destino, havia um monte de gente reunida. Uma dessas pessoas, uma mulher, estava com tamanho medo que não conseguia ficar em pé, e duas outras a seguravam. A ansiedade demonstrada por Jakob ao passar por mim correndo para ir falar com o grupo era tão forte que senti meu pelo se arrepiar.

Tratava-se de um estacionamento, e no prédio havia grandes portas de vidro que se abriam sozinhas para as pessoas passarem carregando pequenas sacolas. A mulher que desabara remexeu na bolsa e puxou um brinquedo.

— Mandamos fechar o shopping — avisou alguém.

Jakob se aproximou da gaiola e abriu a porta, me entregando o brinquedo para que eu cheirasse.

— Certo, Ellie? Pegou? Preciso que você Encontre, Ellie!

Saltei do caminhão e tentei identificar os cheiros, Encontrar um que fosse igual ao do brinquedo. De tão concentrado, não reparei que estava na frente de um carro em movimento, que balançou quando o motorista pisou no freio.

Muito bem, achei. Era um odor estranhamente casado com outro, um cheiro masculino forte. Rastreei ambos, muito seguro.

O odor desaparecia num carro, ou melhor, junto ao carro, o que me disse que as pessoas que eram nosso alvo haviam partido em um veículo diferente, e aquele ali estacionara em sua vaga. Alertei Jakob, chateado ao ver sua sensação de frustração e desapontamento.

— Certo, garota. Ellie é uma menina boazinha.

Seus agrados foram meramente de praxe, porém, e me senti um cachorro malvado.

— Nós a rastreamos até aqui. Parece que ela entrou em um veículo e se foi. Vocês têm câmera de vigilância no estacionamento?

— Estamos verificando. Se ele é quem pensamos, porém, o carro foi roubado — disse a Jakob um homem de terno.

— Aonde ele a levaria? Se é ele, aonde iria? — indagou Jakob.

O homem de terno virou a cabeça olhando os morros verdejantes atrás de nós.

— Os últimos dois corpos que encontramos estavam lá em cima, no cânion Topanga. Achamos o primeiro no Parque Estadual Will Rogers.

— Vamos tomar essa direção — disse Jakob. — Vamos ver se conseguimos farejar algo.

Fiquei pasmo quando Jakob me sentou a seu lado. Ele nunca me deixara ser um cão de banco dianteiro até então! Mas estava tenso, por isso continuei concentrado e não lati quando cruzamos com alguns cachorros que ladraram para mim com uma inveja evidente. Jakob e eu saímos do estacionamento e ele me estendeu o mesmo brinquedo, que cheirei obedientemente.

— Certo, garota. Sei que vai parecer estranho, mas quero que você Encontre.

Ao ouvir o comando, virei-me e o encarei confuso. Encontrar? No caminhão?

Os cheiros que entravam pela janela atraíram meu focinho naquela direção.

— Isso, garota! — elogiou Jakob. — Encontre! Encontre a menina!

Meu focinho ainda retinha o odor do brinquedo, razão pela qual fiquei atento quando uma brisa perdida me trouxe o mesmo cheiro, ainda mesclado com o do homem.

— Menina boazinha! — exclamou Jakob, parando o carro e me observando atentamente. Atrás de nós, os carros buzinavam.

— Pegou, garota?

Eu não sentia mais o cheiro dela.

— Tudo bem, tudo bem, Ellie — disse Jakob.

Agora eu entendia — estávamos trabalhando de dentro do caminhão. Ele dirigia e eu mantinha o focinho para fora da janela, alerta, rejeitando tudo que não fosse o cheiro do brinquedo.

Senti a inclinação do caminhão quando subimos o morro e com ele uma crescente sensação de desapontamento vinda de Jakob.

— Acho que a perdemos — resmungou ele. — Nada, Ellie?

Ao ouvir meu nome, eu me virei e depois voltei ao trabalho.

— Unidade 8K6, qual é a sua localização? — cacarejou o rádio.

— 8K6 na escuta, estamos subindo para Amalfi.

— Alguma novidade?

— Havia alguma coisa na Sunset. Depois, mais nada.

— Câmbio, desligo.

Lati.

Normalmente eu não latia quando farejava algo, mas quando esse cheiro surgiu era tão forte e constante, levado pela corrente de ar, que encheu a cabine do caminhão.

— 8K6 chamando, pegamos alguma coisa na divisa de Amalfi e Umeo.

O caminhão reduziu a marcha e continuei atento. Ainda podia sentir o cheiro dela e o do homem, mais forte que nunca. Jakob parou.

— Muito bem, para que lado, Ellie? — indagou ele.

Passei para o outro lado do banco, enfiando a cara pela janela do motorista.

— Virando à esquerda em Capri — gritou Jakob. Alguns minutos depois o caminhão começou a sacudir. — Esta é uma trilha corta-fogo!

— 10-4, estamos a caminho — falou o rádio.

Atento, eu me concentrava adiante, enquanto Jakob lutava para manter o caminhão na estradinha estreita. De supetão, paramos diante de um portão amarelo.

— Fiquem de sobreaviso, precisamos dos bombeiros aqui em cima. Tem um portão.

— 10-4.

Saltamos, então. Um carro vermelho estava parado no acostamento, e corri direto para ele, alerta. Jakob empunhava sua arma.

— Temos aqui um Toyota Camry vermelho e vazio. Segundo Ellie, ele pertence ao nosso homem.

Jakob me levou até a traseira do veículo, me observando atentamente.

— Nada indica que haja alguém na mala do carro — afirmou Jakob.

— Câmbio.

O cheiro que vinha do carro não era tão forte quanto o que as correntes de ar que se erguiam do cânion, lá embaixo, traziam. Uma estrada íngreme cheirava ao homem à medida que descia, enquanto o aroma da menina ficava mais suave. Ele a carregara.

— O suspeito pegou a trilha que desce até o acampamento. Está a pé.

— 8K6, aguarde reforços.

— Ellie — disse Jakob, tornando a pôr o revólver no coldre. — Vamos encontrar a menina.

Capítulo 20

Eu sentia um medo intenso em Jakob conforme descíamos o cânion, um medo tamanho que volta e meia recuava até ele para ser tranquilizado. Então, o odor da menina me impeliu à frente e saí correndo na direção de um conjunto de pequenos prédios.

Vi a menininha sentada quietinha nuns degraus que levavam a uma varandona, enquanto um homem forçava a porta da frente da casa com uma espécie de ferramenta. Ela aparentava tristeza e medo, mas ergueu os olhos ao me ver, estendendo uma de suas mãozinhas.

O homem de repente se virou e me encarou. Meu pelo se criçou quando nossos olhares se encontraram — percebi nele a mesma doença sombria que costumava sentir em Todd, só que mais forte, mais viciosa. Ele ergueu a cabeça, olhando para o trecho da estrada de onde eu viera.

Corri de volta até Jakob, ouvindo a voz da menina gritar "Cãozinho!" enquanto me afastava.

— Você a encontrou — disse Jakob. — Muito bem, Ellie. Agora, me Mostre!

Levei-o até o prédio. A menininha continuava sentada na varanda, mas o homem sumira.

— Aqui é 8K6. A vítima está em segurança e ilesa. O suspeito fugiu a pé — disse Jakob.

— Permaneça com a vítima, 8K6.

— Entendido. Câmbio.

Dava para ouvir a distância o barulho da hélice de um helicóptero batendo contra o ar, bem como o ruído de passos na estrada às nossas costas. Dois policiais surgiram, suados.

— Você está bem, Emily? Está machucada? — indagou um deles.

— Não — respondeu a menina, mexendo numa flor em seu vestido.

— Meu Deus, ela está bem? Você está bem, neném? — indagou um terceiro policial, ofegando enquanto corria e pondo as mãos nos joelhos. Ele era maior que os outros, tanto em altura quanto em peso. Senti cheiro de sorvete em seu hálito.

— O nome dela é Emily.

— Posso fazer festinha no cachorro? — indagou, timidamente, a menina.

— Claro. Depois precisamos voltar ao trabalho — disse Jakob com doçura.

Ergui as orelhas à menção da palavra “trabalho”.

— Muito bem, eu... Eu vou com vocês — disse o policial grandalhão. — Johnson, vocês fiquem aqui com a menina. Vigiem para que ele não contorne por trás.

— Se ele estiver por perto, a Ellie nos dirá — garantiu Jakob. Olhei para ele. Estávamos prontos para trabalhar?

— Encontre! — comandou Jakob.

A vegetação era densa em alguns lugares, o solo por baixo dela, arenoso e fofo. No entanto, pude facilmente rastrear o homem, que, no momento, descia o morro. Descobri uma haste de ferro impregnada do seu cheiro e corri de volta até Jakob.

— Mostre! — comandou ele.

Quando voltamos até o local onde estava a ferramenta, precisamos aguardar mais de um minuto para que o policial grandalhão nos alcançasse.

— Eu escorreguei... umas duas vezes — arfou ele. Senti que estava envergonhado.

— Segundo a Ellie, ele levava este pé de cabra. Parece que deixou cair a arma — observou Jakob.

— Certo. E agora? — indagou o policial, ofegante.

— Encontre! — ordenou Jakob.

O cheiro do homem estava gravado em arbustos e pairava no ar, e logo eu o ouvi à frente, arrastando os pés. Encurralei-o num lugar onde a brisa era úmida devido a um microrregato e as árvores erguiam seus galhos bem alto, provendo sombra. Ele me viu e se agachou atrás de uma delas, exatamente como teria feito Wally. Corri de volta até Jakob.

— Mostre! — comandou Jakob.

Permaneci próximo a Jakob quando entramos na mata. Eu sabia que o homem estava escondido, podia farejar seu medo e seu ódio, bem como seu odor fétido. Levei Jakob diretamente até a árvore, e quando o homem saiu de trás dela ouvi Jakob gritar "Parado! Polícia!".

O homem ergueu a mão e ouviu-se um tiro. Era só uma arma. Haviam me assegurado que armas não faziam mal, mas percebi uma onda de dor emanar de Jakob e o vi cair no chão, seu sangue quente espirrando no ar. A arma de Jakob saiu rolando.

Foi quando entendi, associando informações independentes num mero segundo: as armas do Vovô, e a forma como as latinhas de Ethan foram derrubadas da cerca; os fogos de Todd, e a dor que senti quando um deles explodiu demasiado perto de mim. O homem junto à árvore estava usando sua arma para fazer mal a Jakob.

Ele continuava de pé ali, a arma apontada para nós, medo e fúria transformados em euforia.

O que me assaltou então foi exatamente o mesmo impulso selvagem que tomou posse de mim quando ataquei Todd na noite do incêndio. Não rosnei, apenas baixei a cabeça e investi. Dois tiros ruidosos soaram. Então, abocanhei o pulso do homem, que deixou cair na terra a pistola. Ele gritou comigo e eu não soltei, balançando a cabeça com violência e sentindo meus dentes se enterrarem no braço dele. O homem chutou as minhas costelas.

— Me solte! — gritou.

— Polícia! Parado! — ordenou o policial grandalhão, se aproximando.

— Tire o cachorro de cima de mim!

— Tudo bem, Ellie. Sentada, Ellie! — comandou o policial. Soltei o braço do homem, que caiu de joelhos. Farejei sangue. Seus olhos encontraram os meus e rosnei. Dava para sentir sua dor, mas também sua esperteza, a expectativa de que se safaria dessa.

— Venha, Ellie — disse o policial.

— O cachorro arrancou meu braço! — gritou o homem. Ele acenou para algo atrás e à esquerda do policial.

— Estou aqui — berrou.

Quando o policial se virou rapidamente para ver com quem o homem gritava, o bandido investiu, arrancando-lhe a arma. Eu lati. O homem atirou e depois o policial atirou, vários tiros que provocaram uma dor profunda no homem, que caiu na terra. Senti a vida esvair-se dele de chofre, a perversão negra e raivosa afrouxando seu domínio e deixando-o partir em paz.

— Não acredito que caí nessa — resmungou o policial, que continuou apontando a arma para o homem, agora morto, e avançando com cuidado para chutar longe a arma do outro.

— Tudo bem com você, Ellie? — indagou Jakob debilmente.

— Ela está bem, Jakob. Você foi atingido?

— No estômago.

Ansioso, me deitei ao lado de Jakob, passando o focinho na sua mão inerte. Pude sentir a dor perpassando seu corpo, e o cheiro de sangue era assustador, pois havia muito.

— Policial abatido, suspeito abatido. Estamos... — O tira olhou para o céu. — Estamos debaixo de algumas árvores cá embaixo no cânion. Preciso de socorro aéreo para o policial. O suspeito está 10-91.

— Confirme que o suspeito está 10-91.

O policial se aproximou e deu um chute no homem.

— Está morto, sim.

— Quem é o policial?

— O 8K6. Precisamos de ajuda aqui embaixo *agora*.

Eu não sabia o que fazer. Jakob não aparentava medo, mas eu estava tão apavorado que ofegava e tremia. Lembrei-me da noite em que Ethan ficou preso no incêndio e eu não podia chegar a ele — a mesma sensação de impotência. O policial voltou e se ajoelhou ao lado de Jakob.

— Eles estão a caminho, amigo. Aguente firme enquanto isso.

Senti preocupação na voz do policial, e quando, com cuidado, ele abriu a camisa de Jakob para dar uma olhada, o medo que o assaltou me fez ganir.

Pouco depois ouvi o barulho de várias pessoas correndo em nossa direção. Elas se ajoelharam junto a Jakob, me tirando do caminho, e começaram a jogar produtos químicos nele para depois o envolverem em ataduras.

— Como está a Emily? — indagou deles Jakob, numa vozinha débil.

— Quem?

— A menininha — explicou o policial.

— Ela está bem, Jakob. Não aconteceu nada. Você a encontrou antes que ele fosse capaz de lhe fazer mal.

Mais gente chegou e afinal levaram Jakob embora numa cama. Quando chegamos ao local onde os carros haviam sido estacionados, um helicóptero aguardava.

O policial me segurou enquanto acomodavam Jakob no helicóptero, seu braço inerte pendendo da cama. Quando a máquina barulhenta alçou voo, eu me soltei e corri sob ela, latindo. Eu era um cão de helicóptero, por que não me deixaram ir junto? Eu precisava ficar com Jakob!

Todos me observavam enquanto eu andava em círculos, impotente, erguendo as patas dianteiras.

Afinal, Amy chegou e me pôs numa gaiola num caminhão diferente, gaiola que cheirava a Cammie. Ela me levou de volta ao canil e me pôs no lugar de Cammie, que passou correndo por mim e entrou no caminhão, como se estivesse ofendido por eu ter andado nele. Não vi Gypsy.

— Alguém virá cuidar de você, e vamos descobrir onde você vai morar, Ellie. Seja boazinha. Você é boazinha — disse Amy.

Deitei na minha cama no canil, com a cabeça zonza. Não me sentia um cachorro bonzinho. Morder o homem armado não era parte do Encontrar, eu sabia. E onde estava Jakob? Lembrei-me do cheiro do seu sangue e isso me fez ganir de angústia.

Eu cumprira o meu propósito e encontrara a menina, que estava segura. Mas agora Jakob havia sido ferido, tinha desaparecido e eu dormia no canil pela primeira vez na vida. Não pude deixar de pensar que de alguma forma isso era uma punição.

Os vários dias seguintes foram confusos e perturbadores para todos. Eu morava no canil e só era solto no pátio umas duas vezes por dia, sempre por um policial totalmente sem jeito para a nova e inesperada tarefa de cuidar de um cão. Amy falava e brincava um pouco comigo, mas ela e Cammie passavam um bocado de tempo fora.

Não havia sinal de Jakob, e aos poucos seu cheiro desapareceu do ambiente, fazendo com que, mesmo quando me concentrava, eu já não conseguisse mais localizá-lo.

Um dia, Cammie e eu estávamos juntos no pátio. Tudo que Cammie queria era cochilar, mesmo quando lhe mostrei um osso de borracha que um dos policiais tinha me dado. Eu não entendia qual era o propósito de Cammie, não atinava com o motivo por que alguém haveria de querer um cão dorminhoco.

Amy levou seu almoço para uma mesa no pátio, e Cammie se dispôs a acordar para *isso*. Aproximou-se de onde estava Amy e deitou-se pesadamente a seus pés, como se lhe pesassem tantas preocupações que somente uma mordida no sanduíche de presunto pudesse aliviar. Uma mulher se juntou a Amy.

— Oi, Maya — saudou Amy.

Maya tinha cabelo e olhos escuros e era alta para uma mulher, com braços musculosos. Sua calça cheirava levemente a gatos. Ela se sentou e abriu uma caixinha de comida picante, que começou a comer.

— Oi, Amy. Oi, Ellie.

A mulher não cumprimentou Cammie, notei, com empáfia. Aproximei-me dela, e fui afagado por uma mão cheirosa. Distingui uma mistura de sabonete e tomates picantes.

— Deu entrada na papelada? — indagou Amy.

— Dei. Estou torcendo — respondeu Maya.

Deitei no chão e ataquei o osso de borracha para que Maya concluísse que eu estava me divertindo tanto que a única coisa capaz de me seduzir seria um almocinho.

— Pobrezinha da Ellie. Ela deve estar um bocado confusa — disse Amy.

Ergui os olhos. Almoço?

— Você tem certeza de que quer mesmo fazer isso? — indagou Amy.

Maya soltou um suspiro.

— Sei que o trabalho é duro, mas qual não é? Estou chegando naquele ponto em que todo dia é a mesma coisa, virou rotina. Gostaria de experimentar algo novo, de fazer algo diferente durante uns anos. Está servida de um taco? Foi minha mãe que fez, estão deliciosos.

— Não, obrigada.

Me sentei. Taco? Eu queria, sim!

Maya embrulhou o almoço como se nem me visse.

— Vocês, do K-9, estão em ótima forma. Tenho tanta dificuldade para emagrecer... Você acha que dou conta?

— O quê? Não, você está ótima! Não passou no exame médico?

— Claro — respondeu Maya.

— Ora, então pronto — disse Amy. — Quer dizer, se quiser correr comigo, em geral faço isso depois do expediente. Mas garanto que você vai se sair superbem.

Senti uma leve ansiedade da parte de Maya.

— Tomara — disse ela. — Eu odiaria decepcionar Ellie.

Concluí que, por mais que dissessem meu nome, essa conversa não resultaria em nada comível. Esparramei-me ao sol com um suspiro, imaginando quanto mais tempo levaria para Jakob voltar.

Capítulo 21

Maya estava feliz e animada no dia em que me levou para dar um passeio de carro.

— Vamos trabalhar juntas. Não é ótimo, Ellie? Você não vai ter que dormir mais no canil. Comprei uma cama, você pode dormir no meu quarto.

Tentei decodificar sua fala: "Ellie", "canil", "cama", "quarto". Nada ali fazia sentido algum para mim, mas fiquei feliz de enfiar meu focinho na janela e inspirar o odor de algo que não fosse Cammie nem Gypsy.

Maya estacionou na entrada de uma casa pequena que percebi, assim que entramos, ser a sua — seu cheiro estava impregnado em tudo, além do odor decepcionante de gatos. Examinei a moradia, que era menor do que o apartamento de Jakob, e imediatamente achei um felino cor de laranja, sentado numa das cadeiras em volta da mesa. Ele me lançou um olhar frio, e quando me aproximei, abanando o rabo, abriu a boca e soltou um silvo quase silencioso.

— Stella, seja boazinha. Essa é a Stella. Stella, essa é a Ellie, que agora vai morar aqui.

Stella bocejou, indiferente. Com o canto do olho vi um flash cinza e branco espocar no canto do cômodo.

— Sin? Essa é a Sininho. Ela é tímida.

Outro gato? Fui atrás de Maya até o quarto, de onde um terceiro felino, um macho pesado, preto e marrom, saiu despreocupado e me cheirou com hálito de peixe.

— E esse é Emmet.

Stella, Sininho e Emmet. Por que diabos uma mulher haveria de querer três gatos?

Sininho estava escondida debaixo da cama, crente que eu não a farejaria ali. Emmet me seguiu até a cozinha e olhou, curioso, o interior da tigela que Maya encheu de comida. Em seguida, levantou a cabeça e se afastou como se não lhe incomodasse o fato de eu comer e ele não. Stella me observava, sem piscar, do seu posto na cadeira.

Depois que comi, Maya me soltou em seu pátio minúsculo, que não continha uma marca canina sequer. Dei conta do meu recado com dignidade, ciente de que ao menos uma parte da população felina me observava.

— Menina boazinha, a Ellie — entoou Maya. Aparentemente era adepta da persuasão "adorei ver você urinar no pátio".

Maya preparou o próprio jantar, que tinha um cheiro ótimo e atraiu a atenção de Stella, que pulou direto na mesa e dançou uma valsa como um gato malvado! Maya nada disse a ela, aparentemente ciente de que gatos eram inúteis e impossíveis de educar.

Maya me levou para passear na coleira depois do jantar. Havia um monte de gente nos quintais, a maioria crianças, que me deixou nervoso. Eu não trabalhava havia várias semanas e meus músculos estavam tensos. Eu queria correr, Encontrar, resgatar gente.

Como se percebesse como eu me sentia, Maya começou a fazer *jogging*.

— Quer correr um pouco, garota? — perguntou. Aumentei o passo, sem me afastar do seu lado, como Jakob havia me ensinado. Logo, ela começou a arfar, e pude sentir o cheiro do suor que brotava de seus poros. A calçada irradiava um calor que me aquecia as patas, e quando passávamos por cachorros domésticos, ouvíamos latidos invejosos.

Então, Maya parou ab-ruptamente.

— Ufa! — exclamou ofegante. — Muito bem, vamos precisar de mais tempo na esteira, pode crer.

Eu não havia realmente entendido o que estava acontecendo até aquela noite. Eu estava deitado no tapete enquanto Maya tomava banho e vestia uma roupa diferente, antes de me chamar do seu quarto.

— Muito bem, deite aí, Ellie. Garota boazinha — disse ela, indicando uma cama de cachorro. Obedientemente, me enrosquei dentro dela, mas fiquei pasmo. Aparentemente, eu moraria ali durante algum tempo. Seria essa a minha casa agora? E Jakob? E o meu trabalho?

Na manhã seguinte, Maya e eu trabalhamos juntos, embora de um modo meio estranho. Wally apareceu e me cumprimentou feito um velho amigo, junto com uma mulher que às vezes brincava conosco de Encontrar. Seu nome era Belinda e estava sempre impregnada do cheiro de Wally, razão pela qual desconfiei de que quando não brincavam comigo, os dois brincavam de Encontrar um com o outro.

Wally ficou com Maya enquanto Belinda se embrenhou no mato. Ele conversou com Maya, ensinando-lhe os sinais e os comandos que usávamos durante o trabalho. Então Maya disse: "Ellie, Encontrar!", e eu saí correndo enquanto Wally e Maya me seguiam. Belinda estava sentada dentro de um carro, o que não me enganou nem por um segundo, e voltei para perto de Maya.

— Está vendo? Está vendo a cara dela? — indagou Wally. — Ela Encontrou Belinda, dá para dizer pela expressão que tem.

Aguardei, impaciente, para que Maya me mandasse Mostrar, mas ela e Wally pareciam demasiado ocupados em conversar.

— Não tenho certeza, ela não parece muito diferente do que das outras vezes em que voltou — disse Maya.

— Observe seus olhos, o jeito como aperta a boca. A língua não está para fora, viu? Ellie está alerta, tem algo para nos mostrar.

Ao ouvir a palavra "mostrar" estremeci, e já estava para sair a galope quando parei. Aquilo não havia sido, propriamente, um comando.

— Então agora eu digo a ela para Mostrar? — indagou Maya.

Dá para parar de brincar? Estamos trabalhando ou não?

— Mostre! — comandou, finalmente, Maya.

Belinda saiu do carro rindo quando a Encontramos.

— Que menina boazinha, Ellie — me disse ela.

— Agora brinque com Ellie. É importante. É a recompensa pelo trabalho difícil.

Quando Maya brincava comigo era diferente do jeito como Jakob brincava. Maya parecia gostar disso de verdade. Não era uma coisa que fazia por obrigação depois do Mostrar. Ela estava com o osso de borracha do canil e eu firmei as patas e o prendi na boca com força, enquanto ela tentava tirá-lo de mim.

Maya vivia de um jeito diferente de todo mundo que eu já conhecera. Não só ficava atolada por cuidar de tantos gatos, como quase toda noite ia a uma casa maior, cheia de gente, onde morava uma mulher dona de um cheiro delicioso que se chamava Mama. Mama era como a Vovó, sempre cozinhando, e havia crianças pequenas correndo em volta e brincando toda vez que íamos visitá-la. As crianças montavam em mim até Maya mandar que parassem. Os meninos jogavam bola comigo, coisa que eu adorava, e as meninas botavam chapéus na minha cabeça, coisa que eu tolerava.

Maya tinha um vizinho chamado Al, que gostava de aparecer em casa e perguntar a ela sobre "ajuda". "Você precisa de ajuda com essas caixas?", indagava. "Não, não", dizia ela. "Precisa de ajuda para consertar a porta?" "Não, não", dizia Maya. Maya ficava sempre ansiosa, corando e suando nas mãos, quando Al aparecia, mas não tinha medo dele. Quando Al ia embora, Maya ficava triste.

— Você arrumou um novo cachorro? — perguntou Al. Esticando a mão, ele coçou atrás da minha orelha de um jeito que fez com que eu gostasse dele de cara. Seu cheiro era de papel, tintas e café.

— Arrumei, ela é do departamento de busca e resgate.

Eu sabia que os dois falavam de mim e abanei o rabo amistosamente.

— Você precisa de ajuda para treinar seu novo cachorro? — indagou Al.

— Não, não — respondeu Maya. — Ela já foi treinada. Precisamos aprender a trabalhar em equipe.

Abanei o rabo quando ouvi "Ellie" e "trabalhar".

Al encerrou a sessão de cafuné.

— Maya, você... — começou ele, nervoso.

— Preciso ir andando — disse Maya.

— Seu cabelo está muito bonito hoje — desembuchou Al.

Os dois se encararam, ambos tão ansiosos que pareciam estar correndo o risco de um ataque iminente. Olhei em volta, mas não vi nada mais ameaçador que Emmet, nos observando da janela.

— Obrigada, Al — disse Maya. — Você quer...

— Vou deixar você em paz — retrucou Al.

— Ah... — exclamou Maya.

— A menos que...

— A menos que...? — repetiu Maya.

— A menos que você precise de alguma ajuda.

— Não, não — disse Maya.

Maya e eu trabalhávamos quase diariamente. Maya me mandava Encontrar e nos embrenhávamos no mato, às vezes perseguindo Wally ou Belinda, às vezes os meninos mais velhos da casa da Mama.

Maya era muito mais lenta que Jakob, ofegando e suando a partir do momento em que começávamos. Em geral, um sofrimento genuíno emanava dela, e aprendi a não ser impaciente quando voltava e tudo o que ela conseguia fazer era apoiar as mãos nos joelhos durante alguns minutos. Às vezes, uma onda de impotência e frustração se apossava dela e a fazia chorar, mas as lágrimas eram sempre enxugadas antes de encontrarmos Wally.

Uma tarde, ela e Wally fizeram um piquenique com bebidas refrescantes enquanto eu descansava sob a sombra de uma árvore. A preocupação de Maya era evidente para mim, mas eu tinha aprendido a conviver com isso e não deixar que interferisse no meu trabalho.

— Não temos grande chance de passar no credenciamento, temos? — indagou Maya.

— Acho que Ellie é o melhor cachorro que já vi na vida — respondeu Wally. Senti um certo alarme e alguma cautela em seu tom e o encarei, curioso.

— Eu sei que o problema sou eu, sempre fui pesada.

— O quê? Não, eu não quis dizer... — emendou Wally, com crescente alarme. Sentei-me, imaginando qual seria o perigo.

— Tudo bem. Na verdade, emagreci um pouco, uns dois quilos.

— Sério? Maravilha! Quer dizer, claro que você não era gorda... — gaguejou Wally. Senti o cheiro do suor brotando em sua testa. — Você... sei lá. Quem sabe dar uma corrida? Talvez ajude.

— Eu corro!

— Certo! Isso! — Wally irradiava agora medo puro, e bocejei ansioso. — Beleza. Agora preciso ir.

— Sei lá, não imaginei que tivesse tanta *corrida*. É bem mais duro do que pensei que seria. Talvez eu deva pedir demissão, deixar alguém em melhor forma assumir meu lugar.

— Ora, por que não conversa com Belinda sobre isso? — sugeriu Wally, desesperado.

Maya soltou um suspiro e Wally, cheio de alívio, levantou-se e partiu. Tornei a me deitar. Qualquer que fosse o perigo pavoroso que espreitava, aparentemente agora já não ameaçava mais.

No dia seguinte, Maya e eu não trabalhamos. Ela calçou uns sapatos novos macios, pegou a minha guia e me levou até uma estrada comprida que corria paralela à areia junto ao lagão, o mar. Havia cachorros por todo lado, e, embora não estivéssemos trabalhando, senti uma determinação implacável em Maya e os ignorei enquanto corríamos rua abaixo, com o sol subindo no horizonte. Foi a maior corrida já feita por nós dois, não acabava nunca, e apenas quando eu já podia sentir o corpo dela exausto e doído, Maya deu meia-volta. Parou algumas vezes para que eu bebesse água nas torneiras embutidas no concreto perto de prédios bem fedorentos, mas, de resto, o retorno foi igualmente determinado, apenas mais lento. Quando chegamos ao caminhão, Maya mancava.

— Minha nossa... — gemeu ela.

Estávamos ambos bastante ofegantes. Ela bebeu água e pôs a cabeça entre as pernas, enquanto eu a observava, tristonho, vomitar no estacionamento.

— Tudo bem com você? — perguntou uma jovem solidária. Maya acenou com a mão sem sequer levantar os olhos.

No dia seguinte trabalhamos em Encontrar Belinda. O andar de Maya estava tão retesado e dolorido que, de propósito, eu trabalhei a meia-bomba, reduzindo o passo assim que sumia de vista. Voltei para receber instruções muito mais que o necessário, apenas para saber como ela ia, e quando, finalmente, encontrei Belinda sentada debaixo de uma árvore, ela dormia.

— Você é uma menina boazinha, Ellie, muito boazinha — sussurrou Maya para mim. Acordamos Belinda, que consultou o relógio e soltou uma exclamação de surpresa.

— Estou tendo um mau dia... — disse Maya. Belinda não respondeu.

Naquela noite, Maya me chamou enquanto tomava banho de banheira. Cheirei, curioso, as bolhas de sabão e espadanei um pouquinho de água, imaginando por que alguém haveria de querer nadar num lugar tão apertado. Decerto os gatos não estavam interessados. Sininho, como de hábito, se escondera do mundo, Stella conduzia um exame não autorizado da minha cama (dava para saber pelo cheiro que ela chegara a tentar dormir ali!) e Emmet se achava no banheiro comigo, lambendo o próprio corpo e esperando que algo acontecesse para que ele pudesse ignorar.

Maya estava triste. Estendeu uma mão molhada e afagou minha cabeça.

— Desculpe, Ellie, simplesmente não sirvo para isso. Não consigo acompanhar seu passo nas missões. Você é um cachorro tão bom que merece alguém que o acompanhe.

Perguntei-me se ela ficaria mais feliz se eu entrasse na banheira também. Pus as patas na beirada da banheira, testando de leve a teoria. Emmet parou de se lamber e me olhou sem um pingo do respeito que me devia, erguendo em seguida o rabo e saindo dali valsando como se me desafiasse a persegui-lo, reduzindo a população felina da casa.

— Amanhã vou fazer uma surpresa para você, Ellie — disse Maya, ainda triste.

Certo, já cheguei até aqui, pensei... Entrei na banheira, afundando em meio às bolhas diáfanas.

— Ellie! — exclamou Maya e desatou a rir, seu deleite apagando a tristeza como se ela fosse uma vela.

Capítulo 22

Na manhã seguinte, me animei a dar uma volta de carro porque... ora, porque era uma volta de carro! Também me contagiei com a expectativa alegre de Maya, o que me fez saber que não íamos trabalhar, já que ultimamente isso não implicava grande felicidade. Mas apenas quando ela parou e abriu a porta do carro, me dei conta de onde eu estava.

No apartamento de Jakob.

Corri à frente de Maya, subindo a toda a escada e latindo em frente à porta, algo que nunca fiz quando morava com ele. Dava para farejar Jakob lá dentro e ouvi-lo aproximar-se da porta. Quando a abriu, me atirei em cima dele, pulando e me contorcendo de alegria.

— Ellie! Como vai, garota? Sentada! — comandou. Baixei meu traseiro até o chão, mas ele não quis ficar ali.

— Oi, Jakob — saudou Maya, da porta.

— Entre, Maya — convidou Jakob.

Fiquei tão eufórico de ver Jakob que sentei a seu lado quando ele se acomodou numa poltrona. Minha vontade era subir no seu colo, e se Jakob fosse Ethan, eu provavelmente teria feito isso, mas com Jakob não dava sequer para cogitar esse tipo de bobagem.

Saí cheirando o apartamento enquanto os dois conversavam. Minha cama sumira, reparei, mas meu odor ainda podia ser sentido no quarto, e eu não teria qualquer problema para dormir no tapete ou na cama de Jakob, se ele quisesse.

Então voltei para o lado de Jakob, passando por Maya, que estendeu a mão, amistosa, para afagar meu lombo. Foi aí que me ocorreu: voltar para Jakob significaria deixar Maya.

Aos cães não se permite escolher onde vão morar. Meu destino seria decidido por gente. Ainda assim, me senti dividido por dentro, em conflito.

Jakob era muito melhor no trabalho do que Maya, mas Maya não carregava aquele núcleo interior de tristeza o tempo todo. Ela sentia uma alegria genuína na casa da Mama, onde havia tanta criança para brincar. Jakob, em compensação, não tinha gatos.

Meu propósito era claro — Encontrar, Mostrar e resgatar pessoas. Eu era um bom cachorro. Tanto Maya quanto Jakob se concentravam no trabalho, o que significava que nenhum dos dois seria capaz de um dia me amar com a entrega total de Ethan. Mas Maya me abraçava com um afeto sem defesas que Jakob jamais se permitiu sentir.

Comecei a andar para cá e para lá, ansioso.

— Está precisando ir lá fora? — perguntou-me Maya. Ouvi a palavra "fora", mas dita sem grande entusiasmo, razão pela qual não reagi.

— Não, quando quer, ela senta junto à porta — disse Jakob.

— É mesmo. Já a vi fazer isso — concordou Maya. — A minha porta dos fundos fica aberta boa parte do tempo. Ela pode entrar e sair.

Os dois se calaram durante algum tempo. Saí de fininho para a cozinha, mas como sempre o chão estava imaculadamente limpo, livre de qualquer coisa comestível.

— Eu soube que você está se aposentando por invalidez — disse Maya.

— Bom, fui baleado duas vezes em cinco anos. Para qualquer um já seria suficiente — respondeu Jakob com uma risada ríspida.

— Você vai fazer falta — observou Maya.

— Não vou me mudar de cidade. Me inscrevi na UCLA, horário integral. Em um ano e meio consigo meu diploma de direito.

Fez-se mais um silêncio. Pude sentir um ínfimo sinal de nervosismo em Maya, algo que eu já reparara antes quando outras pessoas tentavam falar com Jakob e, ao invés, acabavam nada dizendo. Havia alguma coisa nele que provocava desconforto nos outros.

— E então, quando vai ser seu teste de credenciamento? — indagou ele.

Descobri um ponto neutro no chão entre os dois e me deitei com um suspiro, incapaz de deduzir o que iria acontecer.

— Daqui a duas semanas, mas... — interrompeu-se Maya.

— Mas? — pressionou Jakob.

— Estou pensando em pedir demissão — confessou Maya num rompante. — Simplesmente não consigo dar conta. Eu não imaginava... Bem, outra pessoa provavelmente há de se sair melhor.

— Você não pode fazer isso — interveio Jakob, e ergui a cabeça, olhando-o com curiosidade, perguntando a mim mesmo por que ele estaria com raiva. — Um cachorro não pode ficar mudando de dono. Ellie é o melhor cão que já se viu. Largue-a desse jeito e isso é capaz de acabar com ela. Wally me disse que vocês têm uma ligação bacana.

Bati com o rabo no assoalho ao ouvir meu nome e o de Wally mencionados por Jakob, mas seu tom continuava severo.

— Não sou fisicamente talhada para isso, Jakob — disse Maya. — Também nela era possível sentir a raiva crescer. — Não sou um ex-fuzileiro, apenas uma tira cansada que mal consegue passar no exame médico anual. Venho tentando, mas está difícil demais.

— Difícil demais — repetiu Jakob, encarando-a, até que Maya deu de ombros e desviou o olhar. Sua raiva transformou-se em vergonha, e me aproximei dela para afagar com o focinho a sua mão. — E quanto à dificuldade que Ellie terá? Isso não importa?

— Claro que importa.

— Você disse que não está disposta a trabalhar.

— Eu disse que não sou talhada para isso, Jakob! Não tenho, dentro de mim, o que é preciso.

— O que é preciso. Dentro de você.

Dava para perceber que Maya tentava controlar a maré crescente de emoção que às vezes levava a uma enchente de lágrimas. Eu quis consolá-la e enfiei novamente o focinho sob a mão dela. Quando voltou a falar, Jakob não olhou para Maya, e sua voz era mais suave.

— Da primeira vez que levei um tiro, meu ombro ficou tão ferrado que precisei reaprender a usá-lo. Fazia fisioterapia diariamente. Tinha um peso de um quilo numa polia... Como aquele troço *doía*! E a minha mulher estava na última sessão de químio. Mais de uma vez eu quis desistir. Era difícil *demais*. — Jakob virou a cabeça e piscou para Maya. — Mas Susan estava morrendo. E ela jamais desistiu, só quando chegou o fim. E se ela podia continuar, eu sabia que também precisava fazer o mesmo. Porque é importante. Porque o fracasso não é uma opção quando o sucesso é só uma questão de mais esforço. Eu sei que é difícil, Maya. Tente com mais vontade.

A mesma dor, velha e sombria, torcia as entranhas de Jakob, como uma tempestade, e a raiva o deixou como se tivesse sido levada por uma rajada de vento. Ele se encolheu na cadeira, repentinamente exausto.

Sei lá como, entendi então que não ficaria com Jakob. Ele simplesmente não estava mais interessado em Encontrar.

Maya se encheu de tristeza, mas senti crescer nela uma determinação, uma força como aquela que havia demonstrado no dia que me levou para correr à beira do mar.

— Certo. Você tem razão — disse ela a Jakob.

Jakob afagou minha cabeça quando fomos embora, despedindo-se sem arrependimento. O último vislumbre que tive dele foi quando fechou a porta, sem olhar para mim. Ele e Maya haviam decidido meu destino, e me cabia fazer o que eles queriam.

Mais tarde, Maya e eu subimos o morro de carro. Ela correu até ficar cansada a ponto de cambalear. No dia seguinte, depois do trabalho, corremos outra vez. Era fantasticamente divertido, embora Maya quase sempre terminasse o exercício cheia de desespero e dor.

Algumas noites depois, chegamos em casa e Maya estava literalmente cansada demais para sair do carro. Ficamos ali sentados, o suor lhe escorrendo pelo rosto, com as janelas abertas.

— Vou ser reprovada, Ellie, sinto muito — disse ela em tom de lamento.

Pude ver que Emmet e Stella nos observavam da janela — provavelmente nem sabiam o que era um carro. Sininho, supus, ficara assustada com o barulho da nossa chegada e se escondera debaixo de alguma coisa.

— Você está se sentindo bem, Maya? — indagou Al com delicadeza. O vento soprava contra mim, por isso meu faro não percebeu que ele se aproximara. Pus a cabeça para fora da janela para ser afagado.

— Ah... Oi, Al — disse Maya, saindo do carro. — Eu só estava... pensando.

— É, eu vi você entrar de carro.

— Foi.

— Por isso vim ver se precisava de ajuda.

— Não, não. Fui correr com o cachorro.

Deslizei para fora do banco dianteiro e me aliviei no pátio, propositadamente encarando Emmet e Stella, que desviaram o olhar, ofendidos.

— Está bem — concluiu Al com um suspiro profundo. — Você emagreceu, Maya.

— O quê?

Al se encolheu amedrontado.

— Não que você estivesse gorda, mas é que reparei que, de short, suas pernas parecem tão finas... — Uma lufada de constrangimento emanou dele, que recuou. — Preciso ir andando.

— Obrigada, Al. Você foi um amor — disse Maya.

Ele interrompeu a retirada e se empertigou.

— Na minha opinião, você não precisa mais de exercícios. Está perfeita desse jeito.

Maya riu, então, e depois Al riu. Abanei o rabo para mostrar aos gatos na janela que eu entendera a piada e eles não.

Mais ou menos uma semana depois, Maya e eu fizemos o meu programa favorito, que era ir ao parque com um monte de outros cachorros e trabalhar com os brinquedos. Sob seu comando, rastejei dentro de um cano apertado e, depois, subi e desci no escorrega. Subi devagar os degraus de uma escada e demonstrei ser capaz de me sentar pacientemente numa trave estreita a mais de meio metro do chão, o tempo todo ignorando os outros cães.

Nosso Encontrar consistiu em localizar um homem que deixara cair umas meias velhas quando se embrenhou no mato. Maya esbanjava ansiedade, por isso fui a toda, mesmo quando ela começou a bufar e suar. Eu sabia que o homem estava no alto de uma árvore, antes mesmo de encontrá-lo, porque Wally tentara esse truque comigo algumas vezes e isso sempre afetava a maneira como o odor humano era levado pelo vento. Maya ficou um pouco perplexa, porém, com o fato de eu me pôr em alerta na base da árvore, já que, nitidamente, o homem não estava ali. Sentei-me, pacientemente encarando o homem que sorria lá em cima, até que ela entendesse.

Naquela noite, houve uma baita festa na casa da Mama. Todos queriam brincar comigo e dizer meu nome.

— Agora que foi credenciada, você precisa comer — disse a Mama a Maya.

A campainha da porta soou, o que raramente acontecia naquela casa, onde as pessoas costumavam entrar sem bater. Segui a Mama até a porta, e quando ela a abriu, seu coração disparou. Era Al, que lhe entregou umas flores. Lembrei de Ethan dando flores a Hannah e fiquei confuso, porque achava que Al gostava de Maya, não da Mama, mas nunca vou conseguir entender os humanos quanto a esse tipo de coisa.

A família inteira se aquietou quando Al apareceu no quintal, onde estavam as mesas de piquinique. Maya foi ao encontro de Al, e ambos ficaram nervosos quando ele pressionou os lábios contra o rosto dela. Então Maya disse os nomes de todos, Al apertou a mão dos homens e todo mundo começou a conversar e rir novamente.

Ao longo dos vários dias que se seguiram, encontramos e resgatamos duas crianças que haviam se perdido e refizemos o percurso de um cavalo para encontrar uma mulher que fora derrubada e machucara a perna. Lembrei que Flare havia derrubado Ethan na mata e me perguntei por que as pessoas se davam ao trabalho de ter cavalos, já que obviamente eles não eram nada confiáveis. Se o dono de um ou dois cachorros não se desse por satisfeito, melhor seria, provavelmente, pensar em arrumar um jumento, como Jasper, que ao menos fazia o Vovô dar risada.

Maya e eu também encontramos no mato um velho que estava morto. Foi deprimente cheirar seu corpo frio deitado na terra, porque isso não era resgatar gente, e embora Maya tenha me elogiado, nenhum de nós demonstrou grande interesse pela brincadeira do graveto depois.

Fomos à casa de Al, e ele serviu a Maya uma galinha no jantar. Os dois riram e depois comeram uma pizza que um rapaz entregou. Cheirei os pedaços de galinha que Al pôs no chão para mim e os comi mais por educação do que qualquer outra coisa, porque incrustada neles havia alguma coisa com gosto de fuligem.

Mais tarde naquela noite, pude sentir que ela lhe contou sobre o velho morto, porque a tristeza que vi ali era a mesma. Jakob e eu também tínhamos encontrado alguns mortos, mas isso nunca o deixou triste, do mesmo jeito que encontrar e salvar gente nunca o deixava realmente alegre. Ele apenas fazia o trabalho, sem sentir muita coisa, fosse boa ou ruim.

Quando pensava em Jakob, eu me dava conta de como a sua dedicação fria a Encontrar me ajudou a superar a minha separação de Ethan — não havia tempo para lamentar, eu tinha um bocado de trabalho a fazer. Maya, porém, era mais complexa, e a maneira como me amava me deixava com saudade do meu menino. Não com a mesma pontada aguda e doída no peito, mas com uma tristeza nostálgica que, em geral, se apossava de mim quando eu me deitava para dormir à noite e invadia os meus sonhos.

Um dia, Maya e eu tomamos um avião e depois um helicóptero direto para o sul. Pensei no dia em que Jakob foi levado, e fiquei feliz de voltar a ser um cachorro de helicóptero. Ela se mostrou animada e pouco à vontade durante o voo, que não foi, francamente, nem de longe divertido como um passeio de carro, porque o barulho fez doer meus ouvidos.

Aterrissamos num lugar diferente de tudo que eu já tinha visto. Havia montes de cachorros e policiais, além do ruído de sirenes e do cheiro de fumaça. Por todo lado, os prédios pareciam prestes a desabar, os telhados de alguns deles já no chão.

Maya ficou boquiaberta e me encostei nela, bocejando com ansiedade. Um homem se aproximou de nós. Estava sujo e usava um capacete de plástico. As mãos, quando as estendeu para mim, cheiravam a cinzas, sangue e argila. Ele apertou a mão de Maya.

— Estou coordenando a operação americana neste setor. Obrigado por vir até aqui.

— Eu não fazia ideia de que a situação fosse tão ruim — disse Maya.

— Isto é só a ponta do iceberg. O governo de El Salvador está sobrecarregado. São mais de quatro mil feridos, centenas de mortos, e ainda estamos encontrando gente presa nos destroços. Foram mais de meia dúzia de pequenos tremores desde 13 de janeiro, alguns muito violentos. Cuidado ao andar por aí.

Maya prendeu uma guia à minha coleira e entrou comigo no labirinto de entulho. Quando chegávamos a uma casa, alguns dos homens que nos seguiam a examinavam e depois, às vezes, Maya me soltava e eu entrava, em outras, me mantinha preso à guia e nós jogávamos Encontrar do lado de fora.

— Esta não está firme, Ellie. Preciso manter você presa para evitar que entre — me dizia Maya.

Um dos homens se chamava Vernon e cheirava a cabras, me fazendo recordar as viagens até a cidade com Ethan e o Vovô. Foi uma das raras vezes em que pensei em Ethan enquanto trabalhava — jogar Encontrar significava me afastar disso tudo e me concentrar na tarefa.

Ao longo das várias horas seguintes, Maya e eu Encontramos quatro pessoas. Todas estavam mortas. A euforia que Encontrar me dava azedou depois da segunda. Quando trombei na quarta, por pouco deixei de alertar Maya. Ela registrou meu humor e tentou me tranquilizar, afagando meu pelo e acenando com o osso de borracha, no qual eu estava bem pouco interessado.

— Vernon, você poderia, por favor, se esconder em algum lugar? — pediu ela. Deitei-me, cansado, a seus pés.

— Me esconder? — indagou ele, reticente.

— Ela precisa encontrar alguém vivo. Você pode se esconder? Por exemplo, naquela casa que acabamos de vistoriar. E quando ela localizar você, aja com grande animação.

— Hã... Está bem.

Registrei a partida de Vernon sem muito interesse.

— Muito bem, Ellie. Está pronta? Pronta para Encontrar?

Aborrecido, me pus de pé.

— Vamos, Ellie! — comandou Maya. Sua animação pareceu falsa, mas corri para uma casa que já havíamos examinado.

— Encontre!

Entrei na casa e parei, confuso. Embora já tivéssemos todos estado lá, achei que o cheiro de Vernon, por algum motivo, era mais intenso ali dentro. Curioso, fui até os fundos da casa. Isso! Havia uma pilha de cobertores no canto, do qual vinha um forte odor de suor, calor e cabras. Vernon! Corri de volta até Maya.

— Mostre! — comandou ela.

Ela me seguiu correndo e quando levantou os cobertores Vernon deu um salto, rindo.

— Você me encontrou! Menina boazinha, a Ellie! — gritou ele, rolando nos cobertores comigo. Pulei em cima dele e lambi seu rosto. Depois, brincamos durante algum tempo com o osso de borracha.

Maya e eu trabalhamos a noite toda e encontramos mais pessoas, inclusive Vernon, que cada vez ficava mais perito em se esconder. Só que eu havia trabalhado com Wally, e por isso ninguém conseguia me enganar por muito tempo. Todos os demais que Maya e eu encontramos estavam mortos.

O sol começava a nascer quando chegamos a um prédio do qual ainda subia uma fumaça densa e acre. Eu estava novamente preso à guia, meus olhos lacrimejando com o cheiro intenso de substâncias químicas que emanava do concreto demolido.

Encontrei um homem morto deitado e esmagado sob uma parede e alertei Maya.

— Já sabíamos dele — alguém disse a Maya. — Não podemos retirá-lo ainda. A substância nesses barris, seja qual for, é tóxica. Vai ser necessária uma equipe de desinfecção.

De alguns barris de metal vazava, de forma constante, um líquido que encheu minhas narinas com um odor que ardia. Concentrei-me em ignorar o cheiro, tentando Encontrar.

— Certo, garota boazinha. Vamos para outro lugar, Ellie.

Ali! Farejei outra pessoa e me pus em alerta, enrijecendo o corpo. Era uma mulher, e seu odor era muito leve, mal conseguindo se impor sobre o das substâncias químicas que empesteavam o ar.

— Tudo bem, Ellie. Vamos deixar este aqui. Venha — disse Maya. Ela puxou com delicadeza a minha guia. — Venha, Ellie.

Fiquei novamente em alerta, agitado. Não podíamos ir embora!

Essa pessoa estava viva.

Capítulo 23

— Já vimos a vítima, Ellie. Teremos que deixá-lo aqui. Venha — insistiu Maya.

Concluí que ela queria ir embora e me perguntei se estaria achando que o meu alerta tinha a ver com o morto.

— Ela está querendo me Encontrar de novo? — indagou Vernon.

Ergui os olhos para Maya, querendo obrigá-la a entender.

Maya olhou à volta.

— Aqui? Está tudo destruído. É perigoso demais. Vamos fazer outra coisa. Será divertido se ela puder perseguir você. Vá subindo a rua e depois chame por ela. Então eu a solto da guia.

Não prestei atenção a Vernon quando ele se afastou. Meu foco estava na pessoa escondida nos destroços. Dava para farejar medo, embora o odor cáustico das substâncias químicas me assaltasse as narinas, do jeito que uma vez acontecera com o jato do gambá. Maya desprendeu a guia da minha coleira.

— Ellie? O que o Vernon está fazendo? Aonde ele foi?

— Ei, Ellie! Olha! — gritou Vernon, que apertou o passo rua acima. Olhei para ele, querendo persegui-lo e brincar, mas eu tinha trabalho a fazer. Voltei para o prédio desabado.

— Ellie! Não! — gritou Maya.

Vinda de Jakob, a palavra "não" teria me imobilizado, mas Maya não me comandava com o mesmo tom duro. Mergulhei de cabeça num espaço estreito junto ao morto, cavando a terra para ir em frente. Minhas patas encontraram um vazamento e começaram a arder, o cheiro das substâncias químicas, de tão intenso, empanava tudo o mais. Lembrei-me da brincadeira de resgate com Ethan, de como eu o encontrava nas profundezas por meio de um ínfimo aroma seu na água.

Sufocando, fui em frente por esse túnel. Um ar mais frio tocou minha cara e me espremi por um buraco, caindo num poço estreito. Uma corrente de ar ascendente permitia respirar melhor ali, embora minhas narinas continuassem em brasa por causa do ácido que espirrara no meu focinho.

Passado um momento, vi uma mulher encolhida no canto do poço, apertando um pano no rosto. Seus olhos se esbugalharam ao me ver.

Lati, incapaz de voltar até Maya para Mostrar.

— Ellie! — chamou Maya, tossindo.

— Volte, Maya — advertiu Vernon. Continuei a latir.

— Ellie! — gritou Maya de novo, parecendo mais próxima. Dessa vez a mulher a ouviu e começou a gritar também, o terror extravasando dela.

— Tem alguém ali, alguém vivo! — gritou Maya.

Sentei-me pacientemente junto à mulher, sentindo seu medo transformar-se em esperança até que um homem usando um capacete e uma máscara apontou uma lanterna para o interior do poço e dirigiu a luz para nós dois. Meus olhos lacrimejavam e meu focinho escorria, toda a minha cara ainda ardendo por causa do que quer que tivesse caído em mim. Logo, os ruídos de pás e picaretas começaram a reverberar à nossa volta e um quadrado de claridade penetrou a escuridão do poço, vindo de cima, e um homem desceu preso a uma corda.

A mulher, obviamente, nunca treinara para ser alçada por cordas e teve muito medo quando o bombeiro a amarrou e os outros a puxaram para fora, mas eu já passara por essa operação várias vezes e me posicionei, sem hesitação, no interior dos nós da corda quando chegou a minha vez. Maya estava lá no alto quando me tiraram pelo buraco aberto na parede, mas seu alívio transformou-se em susto quando ela me viu.

— Meu Deus, Ellie, seu focinho!

Corremos ambos até um caminhão dos bombeiros, onde Maya, para grande consternação da minha parte, convenceu um dos homens a me dar um banho! Bom, foi mais um enxágue, com água fria escorrendo pela minha cara e aliviando um pouco a queimadura no meu focinho.

Maya e eu tomamos outro helicóptero naquele dia, depois um avião, e então visitamos o moço da sala gelada, o veterinário, que cuidadosamente examinou meu focinho e passou nele um pouco de um creme que fedia horrores, mas que me deu uma sensação maravilhosa.

— O que foi isso, ácido? — perguntou o veterinário a Maya.

— Não sei. Ela vai ficar boa?

Senti o amor e a preocupação dela e fechei os olhos quando a senti afagar meu pescoço. Como eu queria que houvesse um jeito de fazê-la saber que a dor não era tão ruim assim.

— Vamos observar qualquer sinal de infecção, mas não vejo motivo para que ela não se recupere direitinho — disse ele a Maya.

Durante mais ou menos duas semanas, Maya passou o creme no meu focinho. Emmet e Stella aparentemente achavam isso bem divertido e assistiam a tudo empoleirados na bancada. Sininho, no entanto, *amava* o processo. Saía de onde estivesse escondida para cheirar o creme e depois esfregava sua cabeça contra a minha, ronronando. Quando eu me deitava, Sininho ficava sentada e me cheirava, o minúsculo focinho indo de cima a baixo. A certa altura chegou mesmo a se enroscar a meu lado para dormir.

Era quase mais do que a minha paciência podia suportar.

Fiquei aliviado de me afastar dos gatos e voltar ao trabalho. Quando Maya e eu chegamos ao parque, corri para Wally e Belinda, que adoraram me ver.

— Ouvi dizer que você é o cão herói, Ellie! Que garota boazinha!

Abanei o rabo, encantado com os elogios. Wally, então, se afastou correndo, enquanto Belinda e Maya permaneceram sentadas a uma mesa de piquenique.

— E aí, como você e Wally vão indo? — indagou Maya.

Sentei-me, impaciente — se fôssemos atrás dele agora, poderíamos Encontrar Wally rapidinho!

— Ele vai me levar para conhecer os pais no feriado, por isso... — respondeu Belinda.

— Que ótimo!

Gemi com toda essa conversa fiada. Os humanos são capazes de coisas um bocado bacanas, mas com demasiada frequência ficam simplesmente sentados inventando palavras e não fazendo nada.

— Quieta, Ellie — disse Maya. Com relutância me deitei, fazendo questão de olhar para a direção tomada por Wally.

Depois do que pareceu um século, Maya e eu finalmente pudemos partir para Encontrar. Dei a largada feliz, sem precisar diminuir o ritmo, porque ela foi capaz de me acompanhar.

Wally havia conseguido brilhantemente disfarçar seu cheiro! Ergui o focinho, buscando algum sinal dele. Havia poucos odores no ar para me distrair, mas não dei conta de Encontrar Wally. Andei para a frente e para trás, retornando a Maya em busca de instruções. Ela palmilhou a área, e quando viu que não farejei coisa alguma me levou para outro lugar, onde voltei a tentar.

— Qual é o problema, mocinha? Tudo bem, Ellie?

Por incrível que pareça, embora o vento soprasse às costas dele, acabei ouvindo Wally antes de sentir seu cheiro. Ele já estava nos alcançando. Disparei qual um foguete até meu focinho confirmar sua identidade e então retornei a Maya, que já começara a falar com Wally, aos gritos.

— Estamos tendo um mau dia! — berrou ela.

— É o que parece. Nunca a vi falhar. Ei, Ellie, como vai? — disse Wally. Brincamos um pouco com um graveto.

— Quer saber, Maya? Desvie a atenção dela de mim. Vou me afastar e depois torno a me aproximar um pouco. Me dê uns dez minutos — disse Wally.

— Tem certeza?

— Ela está fora de ação há umas duas semanas. Vamos facilitar.

Eu estava consciente da partida de Wally, por mais que Maya tivesse me entregado o osso de borracha e agora tentasse tirá-lo de mim. Eu podia ouvi-lo e concluí que iria se esconder de novo, o que me deixou feliz. Quando, finalmente, Maya gritou "Encontre!", disparei ansioso, tomando a direção do ponto em que ouvira a voz dele.

Subi correndo uma ladeira e parei, inseguro. Não sabia como ele havia conseguido, mas Wally apagara seu cheiro do ar. Corri até Maya atrás de instruções, e ela me mandou seguir para a direita. Andei para a frente e para trás, procurando.

Nada de Wally.

Então, Maya me direcionou para a esquerda. Novamente, nada de Wally. Dessa vez, ela me fez voltar à esquerda e caminhou comigo, obrigando-me a contornar a base da ladeira. Eu já estava praticamente em cima de Wally quando o encontrei — ele se mexeu e eu me pus em alerta. Não precisei voltar, porque Maya estava ao meu lado.

— Alguma coisa está errada, não é? — indagou Maya. — O veterinário disse que ela já deveria estar plenamente recuperada a esta altura.

— Bom... Vamos lhe dar mais uma semana e ver se ela melhora — disse Wally. Por algum motivo ele estava triste, razão pela qual afaguei com o focinho sua mão.

Maya e eu não trabalhamos muito durante os quinze dias que se seguiram, e quando voltamos ao trabalho, Wally continuou a me enganar, disfarçando tão bem o seu cheiro que eu só o farejava quando ele estava bem diante de mim.

— O que significa isso? Que Ellie foi descredenciada? Significa que você vai perder o emprego? — indagou Al, certa noite.

Não sou um grande fã de pés, mas deixei que Al tirasse os sapatos e fizesse cafuné na minha barriga com eles, pois não cheiravam tão mal como de hábito.

— Não, mas vou ser remanejada. Há várias semanas faço trabalho burocrático, mas não sou talhada para isso. Provavelmente vou requerer uma transferência para a patrulha — respondeu Maya.

Sub-repticiamente, Al deixou cair um pedacinho de carne no tapete à minha frente. Esse era o principal motivo por que eu gostava de me sentar a seus pés durante o jantar. Lambi em silêncio o meu presente enquanto Stella me lançava olhares fulminantes do sofá.

— Não me agrada a ideia de você trabalhar na patrulha. É muito perigoso.

— Albert... — suspirou Maya.

— E a Ellie?

Ergui os olhos ao ouvir meu nome, mas Al não me deu mais nada.

— Não sei. Ela não tem mais condições de trabalhar. O faro está comprometido demais. Vai ser aposentada. Vai morar comigo, não é, Ellie?

Abanei o rabo, satisfeita com o tom cheio de afeto em que ela disse meu nome.

Depois do jantar fomos de carro até a praia! O sol se punha e Maya e Al estenderam um cobertor entre duas árvores e conversaram enquanto as ondas quebravam a seus pés.

— Que lindo! — disse Maya.

Concluí que provavelmente eles quisessem brincar com um graveto, uma bola ou algo do gênero, mas eu estava preso à guia e não tinha como procurar uma dessas coisas. Fiquei chateado por eles não terem o que fazer.

Al chamou minha atenção ao ficar com medo. Seu coração começou a bater forte e pude sentir seu nervosismo, pois ele enxugava as mãos na calça a toda hora.

— Maya, quando você se mudou para cá... Passei tantos meses querendo falar com você. Como você é bonita!

Maya deu uma risada.

— Ora, Al, eu não sou bonita, tenha dó.

Alguns meninos corriam à beira d'água, atirando um disco entre eles. Observei com atenção, lembrando de Ethan e do flip idiota. Perguntei-me se Ethan algum dia havia ido à praia e, em caso afirmativo, se levara o flip e o atirara às ondas, onde, esperava eu, ele tivesse sumido para nunca mais ser encontrado.

Ethan. Lembrei que ele jamais ia a algum lugar sem me levar junto, salvo à escola. Eu adorava a sensação de propósito que me dava o trabalho, mas havia dias, como esse, em que eu pensava em Ethan e sentia falta, mais do que tudo no mundo, de ser um cachorro boboca.

Al continuava com medo e dei uma olhada nele, curioso, desviando os olhos dos meninos devido à constância desse temor. Será que havia ali algum tipo de perigo? Eu não via nenhum. Estávamos totalmente sozinhos naquele trecho da praia.

— Você é a mulher mais maravilhosa do mundo — disse ele. — Eu... Eu te amo, Maya.

Maya também começou a ficar com medo. O que estaria acontecendo? Sentei-me.

— Eu também te amo, Al.

— Sei que não sou rico. Sei que não sou bonito... — disse Al.

— Ai, meu Deus! — murmurou Maya. Seu coração também batia forte agora.

— Mas vou te amar pelo resto da vida, se você deixar.

Al se virou no cobertor, ficando de joelhos.

— Ai, meu Deus, ai, meu Deus! — disse Maya.

— Quer se casar comigo, Maya? — pediu Al.

Capítulo 24

Um dia, Maya, a Mama e todos os irmãos e irmãs, mais os parentes se reuniram num prédio enorme e se sentaram calados enquanto eu mostrava um novo truque, que consistia em caminhar bem devagar por uma trilha estreita entre bancos de madeira, subir alguns degraus acarpetados e ficar parado pacientemente enquanto Al tirava alguma coisa do pequenino pacote preso ao meu lombo. Todos, então, me admiraram enquanto Maya e Al conversavam. Maya usava uma roupa grandona e macia, o que me fez entender que não iríamos ao parque depois para brincar. Isso, porém, não fazia mal, porque todos pareciam muito satisfeitos com o meu talento para encenar o truque. A Mama chegou a chorar, de tão feliz.

Depois fomos para a casa da Mama e as crianças correram sem parar e me deram bolo para comer.

Passados alguns meses, nos mudamos para uma casa diferente, com um quintal muito melhor. A casa tinha uma garagem também, mas felizmente ninguém sugeriu que eu dormisse lá. Al e Maya dormiam juntos, e embora não se importassem quando eu pulava na cama com eles, francamente não havia ali espaço para uma boa noite de sono e, de todo jeito, os gatos insistiam em subir também, o que me levou, afinal, a aprender a me deitar no chão junto ao lado ocupado por Maya na cama, onde eu podia me levantar e segui-la, caso ela acordasse no meio da noite para ir a algum lugar.

Aos poucos me convenci de que não trabalharíamos mais. Só me restou concluir que havíamos Encontrado todo mundo que precisava ser Encontrado e que Wally e Belinda tinham perdido o interesse por todo o processo. Maya continuava a correr, porém, e Al às vezes ia junto, embora fosse difícil para ele acompanhar o nosso ritmo.

Por esse motivo fiquei surpreso quando Maya, animada, me acomodou no caminhão e me levou para dar uma volta. Parecia que estávamos indo trabalhar, só que o humor de Maya me pareceu diferente, menos ansioso.

Ela me levou até um prédio grande e me disse que se tratava de uma escola. Para mim soou estranho, pois eu tinha aprendido que escola era uma coisa que tinha a ver com o sumiço de Ethan — não era um *lugar*, mas um estado que significava ficar sem o menino. Ainda assim, permaneci ao lado de Maya quando entramos numa sala grande e barulhenta cheia de crianças, todas agitadas e rindo. Sentei-me com Maya e observei as crianças fazerem o possível para se manterem quietas. Lembrei de Ethan, de Chelsea e das crianças do nosso bairro, sempre cheias de energia.

Uma luz brilhante iluminou meus olhos. Uma mulher falou e depois as meninas e os meninos bateram palmas, me dando um susto. Abanei o rabo, sentindo uma alegria coletiva emanar das crianças.

Maya foi comigo até a frente da sala, e quando falou sua voz saiu alta, parecendo vir tanto do meu lado quanto dos fundos da sala:

— Esta é Ellie, uma cadela de busca e resgate aposentada. Como parte do nosso programa de orientação comunitária, eu quis vir falar com vocês sobre a ajuda de Ellie para encontrar crianças perdidas, e o que vocês podem fazer se um dia se perderem — disse Maya.

Eu dei um bocejo, imaginando qual a finalidade daquilo tudo.

Depois de ficarmos ali sem fazer nada durante uma meia hora, Maya desceu comigo do palco e as crianças ficaram em fila, aproximando-se em pequenos grupos para me afagar. Algumas mostravam um afeto evidente, outras se mantinham afastadas, meio medrosas. Abanei o rabo para tranquilizá-las, e uma menina estendeu uma tímida mãozinha, que lambi. Ela arrancou a mão, com um gritinho animado, já sem medo.

Embora Maya e eu não trabalhássemos mais, fazíamos um bocado de escola. Às vezes as crianças eram pequenas, outras vezes nem eram crianças, mas gente velha como o Vovô e a Vovó. Às vezes, Maya e eu íamos a lugares que cheiravam a substâncias químicas e viviam cheios de gente com dores, ou tristes e doentes, deitadas na cama. Ficávamos ali até que a tristeza deles fosse embora.

Eu sempre sabia quando era dia de fazer escola, porque Maya levava mais tempo para se vestir de manhã. Nos dias em que não fazíamos escola, ela se vestia rápido e às vezes saía correndo enquanto Al ria. Em seguida, Al também saía, e eu ficava em casa com os idiotas dos gatos.

Embora eu não usasse mais creme no focinho, Sininho insistia em ficar na minha cola e se enroscar ao meu lado quando eu cochilava. Ainda bem que Al não estava ali para ver. Ele gostava muito de mim, mas dos gatos nem tanto. Sininho se escondia de Al, enquanto Stella só se aproximava dele quando havia comida por perto. Emmet, vez por outra, se achegava e com arrogância se esfregava em Al, como se soltar pelo de gato nas suas calças fosse algum tipo de favor.

Já fazíamos escola há vários anos, quando Maya saiu da rotina. Estávamos num lugar chamado classe, menor do que algumas salas que eu já visitara e cheia de crianças que pareciam ser da mesma idade. Essas crianças eram muito pequenas e se sentavam em cobertores no chão. Senti uma certa inveja — eu cochilava a maior parte do tempo em casa e aparentemente não tinha a energia de antes, por isso concluí que se as crianças quisessem que eu me deitasse com elas num cobertor, por que não?

Maya chamou *à frente* uma delas, que se aproximou timidamente. Seu nome era Alyssa, e ela me abraçou. Quando lambi seu rosto, as crianças riram — mas Maya e eu nunca havíamos feito isso antes, chamar uma única criança, e eu não sabia ao certo qual era a ideia.

A mulher sentada à escrivaninha grande, a professora, disse:

— Alyssa nunca viu a Ellie, mas se não fosse a Ellie, Alyssa não teria nascido.

Logo, todas as crianças estavam tocando em mim, o que sempre costumava acontecer na escola. Às vezes, elas eram meio brutas e nessa escola um garoto puxou com força as minhas orelhas, mas aguentei firme.

No final da escola, as crianças correram para a porta, mas a garotinha Alyssa ficou, assim como a professora. Maya parecia animada com alguma coisa, por isso aguardei ansioso, até que um homem e uma mulher entraram na classe e Alyssa correu para eles.

O homem era Jakob.

Aproximei-me a toda. Ele se abaixou para me afagar atrás das orelhas.

— Como vai você, Ellie! Está ficando grisalha!

A mulher pegou Alyssa no colo.

— O papai costumava trabalhar com Ellie, sabia?

— Sabia — respondeu Alyssa.

Maya abraçou Jakob e a mulher, que pôs Alyssa de novo no chão para que ela pudesse me afagar um pouco mais.

Sentei-me e contemplei Jakob. Ele estava tão diferente de quando eu o vira pela última vez! A frieza que havia nele parecia ter sumido. Essa garotinha, Alyssa, percebi, era sua filha; e a mulher, a mãe da menina. Jakob agora tinha uma família e estava feliz.

Essa era a diferença. Durante todo o tempo em que o conheci ele nunca foi feliz, nem uma vez.

— Fico feliz por você promover esse programa comunitário — disse Jakob a Maya. — Um cachorro como Ellie precisa trabalhar.

Registrei meu nome e a palavra "trabalhar", mas não havia naquela sala qualquer sinal de uma necessidade urgente de Encontrar. Simplesmente esse era o jeito de Jakob, falar o tempo todo em trabalho.

Foi muito agradável estar com Jakob e sentir o amor derramar-se dele ao olhar a própria família. Relaxei o corpo no chão, tão feliz que achei que iria tirar um cochilo.

— Está na hora de levar você para casa — disse a mulher a Alyssa.

— A Ellie pode ir também? — perguntou a garotinha. Todo mundo riu.

— Ellie — falou Jakob. Eu me sentei. Ele voltou a se abaixar, segurando com as mãos a minha cabeça. — Você é uma menina boazinha, Ellie. Muito boazinha.

A sensação das suas mãos ásperas no meu pelo me levou de volta ao tempo em que eu era filhote, quando estava aprendendo a trabalhar. Abanei o rabo, cheio de amor por esse homem. Ainda assim, sem dúvida eu vivia feliz com Maya, motivo pelo qual quando todos se separaram no corredor eu a segui sem hesitar.

— Menina boazinha, a Ellie — murmurou Maya. — Não foi divertido estar com Jakob?

— Tchau, Ellie! — exclamou a pequena Alyssa, a vozinha ecoando no corredor silencioso. Maya parou e se virou, e fiz o mesmo. Meu último vislumbre de Jakob foi dele pegando a filha no colo e sorrindo para mim.

Naquele ano, tanto Emmet quanto Stella morreram. Maya chorou e ficou muito triste. Al também se entristeceu um pouco. A casa parecia vazia sem eles, e Sininho precisava ser constantemente confortada por mim, agora que era o único felino residente — várias vezes ao dia eu acordava e a encontrava encostada em mim ou, algo ainda mais desconcertante, de pé, me observando. Eu não entendia a sua ligação comigo e sabia que meu propósito na vida não era substituir a mãe de um gato, mas não me importava muito, chegando mesmo a deixar que ela me lambesse porque isso a deixava feliz.

Os melhores dias eram os de chuva, embora raros — os cheiros saltavam do solo, como acontecia quando eu era filhote. Eu podia, em geral, sentir quando as nuvens que se adensavam significavam umidade, o que me fazia lembrar que chovia com assiduidade bem maior lá na Fazenda.

Notei que vinha pensando com muito mais frequência na Fazenda ultimamente, na Fazenda e em Ethan. Embora a minha vida na companhia de Veloz e Mana e, depois, no Pátio com Coco tivesse se transformado numa lembrança distante, eu às vezes acordava sobressaltado e erguia a cabeça, achando ter ouvido a porta do carro de Ethan bater e imaginando que ele logo surgiria, chamando meu nome.

Um dia, quando não restava dúvida de que iria chover, Maya e eu fazíamos escola numa classe com crianças sentadas em cadeiras em lugar de cobertores, quando um relâmpago repentino provocou um salto nas crianças e muita risada. Em seguida, todos se viraram para observar uma enorme tempestade que escureceu o céu e caiu sobre o prédio com um barulho intenso. Inspirei, lamentando que as janelas não estivessem abertas para permitir que os aromas entrassem na sala.

— Acalmem-se, crianças — disse a professora.

A porta da sala de aula se abriu repentinamente e um casal entrou, molhado de chuva.

— Geoffrey Hicks sumiu — disse o homem. Percebi a tensão em sua voz e observei os dois com atenção. A aflição demonstrada por ambos me era familiar, uma emoção que eu já encontrara várias vezes quando trabalhava. — Ele é da primeira série — disse o homem a Maya.

Todas as crianças começaram a falar ao mesmo tempo.

— Silêncio! — repreendeu a professora.

— Eles estavam brincando de esconde-esconde quando a chuva começou — explicou a mulher. — O temporal surgiu do nada. Num minuto estava tudo bem, no outro... — Ela tapou os olhos com as mãos para esconder as lágrimas. — Quando mandei todos entrarem, Geoffrey não estava com os outros. Era a sua vez de se esconder.

— Será que o cachorro... — indagou o homem.

Maya olhou para mim e me empertiguei.

— É melhor ligar para os bombeiros — disse ela. — Ellie não trabalha com busca e resgate há sete ou oito anos.

— A chuva não vai apagar o cheiro? Está caindo um verdadeiro toró — argumentou a mulher. — Tenho medo de quando outro cachorro chegar...

Maya mordeu o lábio.

— Certamente ajudaremos a procurar, mas vocês precisam chamar o socorro. Onde acham que ele pode ter ido?

— Tem um mato atrás do playground. É separado por uma cerca, mas as crianças conseguem levantá-la — respondeu o homem.

— Esta é a mochila dele. Será que ajuda? — indagou a mulher, estendendo uma bolsa de lona.

Senti o nervosismo de Maya enquanto atravessávamos correndo o corredor. Paramos à porta da escola, e uma sensação de derrota se apossou dela.

— Olha essa chuva! — murmurou Maya. — Tudo bem, Ellie? — Ela se abaixou e me encarou:

— Você está pronta, garota? Tome, cheire isto.

Dei uma profunda cheirada na mochila. Dava para farejar manteiga de amendoim, chocolate, lápis de cor e uma pessoa.

— Geoffrey, Geoffrey — disse Maya. — Pronta, Ellie?

Maya abriu a porta e a chuva invadiu o corredor.

— Encontre!

De um salto, mergulhei na chuva. À minha frente vi uma grande extensão de cimento molhado e andei para a frente e para trás, minhas unhas arranhando o chão. Dava para sentir de leve o cheiro de muitas crianças, embora a chuva começasse a apagar os odores. Maya estava do lado de fora e se afastava, correndo, da escola.

— Aqui, Ellie, Encontre aqui!

Refizemos o percurso até a cerca: nada. Maya parecia frustrada e temerosa enquanto patinhava no solo molhado. Descobrimos um trecho da cerca que havia sido empurrado, mas nada ali sugeria um alerta.

— Muito bem, se ele estiver ali, você vai farejá-lo, garota. Certo? Geoffrey! — gritou Maya. — Geoffrey, saia daí. Está tudo bem!

Voltamos na direção da escola grudados à cerca, atentos ao outro lado do pátio. Um carro de polícia estacionou, as luzes da capota piscando, e Maya se apressou a ir falar com o motorista.

Continuei a tentar Encontrar Geoffrey. Embora não farejasse praticamente coisa alguma, eu sabia que se me concentrasse, como havia sido treinado a fazer, se me concentrasse com vontade, seria capaz de separar o cheiro da mochila de todos os outros. Bastava não desistir...

Pronto. Achei algo. Virei a cabeça, animado. Havia um pequeno vão na cerca, dois postes entre os quais nenhum adulto conseguiria passar, mas dava para farejar Geoffrey — ele se espremera para sair por ali, tinha saído do playground.

Corri de volta até Maya e a alertei. Ela falava com o policial e não notou a princípio, mas depois se virou para mim, em choque:

— Ellie? Mostre!

Corremos debaixo da chuva até os dois postes. Maya espreitou pelo buraco na cerca.

— Venha! — gritou ela, correndo ao longo da cerca até a frente da escola.

— Ele saiu do terreno da escola! Está do outro lado da cerca! — gritou para o policial, que correu atrás de nós.

Do outro lado da cerca pude farejar junto aos dois postes e dali rastrear a direção tomada por ele. Sim, ele tinha feito esse caminho!

Repentinamente, o cheiro se dissipou. Apenas dois passos dados por Geoffrey, e para mim nem sinal dele, apesar da intensidade do odor durante um segundo.

— O que foi? — indagou o policial.

— Ele pode ter entrado num carro — respondeu Maya. O policial rosnou.

Baixei o focinho e foi então que senti de novo. Mudei de direção e o cheiro se intensificou. Na rua, a água caía sem parar junto ao meio-fio, borbulhando na entrada de um bueiro. Enfiei o focinho no buraco, ignorando os cheiros carregados pela água que escorria para dentro do bueiro, concentrado. Se quisesse, eu poderia me espremer por aquela fenda e entrar no bueiro onde a chuva penetrava ruidosamente, mas não era preciso — dava para farejar Geoffrey agora. Ele estava bem diante de mim, ainda que eu não pudesse vê-lo na escuridão.

Ergui os olhos para Maya.

— Meu Deus, ele está ali dentro, dentro do bueiro! — gritou Maya.

O policial acendeu uma lanterna e virou seu facho para o interior do bueiro. Todos vimos ao mesmo tempo o rosto pálido de um menininho assustado.

Capítulo 25

— Geoffrey! Tudo bem, vamos tirar você daí! — gritou Maya para o menino. Indiferente à água, ela se ajoelhou na rua, esforçando-se para alcançar o garoto. A água o afastara da pequena abertura e ele agora se agarrava à parede oposta, o pavor emanando dele com tamanha intensidade que chegava a cegar. Logo atrás de Geoffrey, um túnel escuro sugava a água da chuva com um estrondo. Gemendo, Maya esticou-se o mais que pôde, mas não foi capaz de alcançar o menino.

— Como foi que ele entrou aí? — gritou o policial.

— É um bocado apertado. Ele deve ter se espremido para passar antes de começar a chover. Nossa, que toró! — A voz de Maya esbanjava frustração.

Havia uma chapa circular de ferro sobre o concreto, logo acima da cabeça de Geoffrey. O policial tentou removê-la com os dedos, resmungando.

— Preciso de uma chave de roda! — berrou. Entregando a lanterna a Maya, ele saiu correndo, os pés patinhando na água.

Geoffrey tremia de frio e seus olhos pareciam vidrados quando focavam o facho de luz da lanterna de Maya. O capuz da fina capinha de chuva amarela que lhe cobria a cabeça dava pouca proteção contra o frio.

— Aguente firme, viu, Geoffrey? Aguente firme, vamos tirar você daí, certo?

Geoffrey não esboçou qualquer reação.

A sirene do carro de polícia foi ligada e em menos de um minuto ele dobrou a esquina, derrapando de leve ao parar junto de nós. O policial saltou e correu para a mala do carro.

— A equipe de resgate está a caminho! — gritou ele.

— Não há tempo — gritou Maya de volta. — Ele está escorregando para dentro da água.

O policial se afastou da mala do carro com um pedaço de ferro curvo.

— Geoffrey, aguente firme, não desista! — gritou Maya.

O policial começou a mexer na placa circular com a ferramenta. Quando Maya correu para vê-lo trabalhar, fui junto, razão pela qual vi o borrifo de lama cair no rosto de Geoffrey quando a placa de ferro foi deslocada. O menino ergueu a mão para limpar a lama do rosto e, ao fazer isso, se soltou da parede e caiu dentro d'água. Num segundo ele nos olhava, no outro, foi varrido para dentro do túnel.

— Geoffrey! — gritou Maya.

Eu continuava concentrado em Encontrar, por isso não hesitei, mergulhando de cabeça atrás dele. No minuto em que bati na água, a força dela me carregou para o túnel e nadei nessa direção.

Estava escuro no túnel, e enquanto eu balançava para cima e para baixo ao sabor da correnteza minha cabeça bateu no cimento acima de mim. Ignorei por completo o fato, concentrando-me em Geoffrey, que seguia à minha frente na escuridão, lutando silenciosamente pela própria vida. Seu cheiro era débil, porém presente, sumindo e reaparecendo nas águas fatais.

Sem aviso, o solo cedeu debaixo de mim, e, na mais completa escuridão, deslizei e sacudi — o túnel menor se juntara a um muito maior, mais profundo, com sons mais altos. Foquei no cheiro de Geoffrey, nadando com toda a disposição. Embora não pudesse vê-lo, ele estava a apenas alguns metros adiante.

Um segundo antes de afundar, vi o que iria acontecer — quantas vezes Ethan não fizera a mesma gracinha comigo, de esperar até que eu chegasse perto para então mergulhar fundo no lago? E como antes, da mesma forma como eu sempre soube onde encontrar o menino nas profundezas escuras, tive, então, uma percepção clara de Geoffrey, logo abaixo de mim. Mergulhei, no limite das forças, a boca aberta, cego e sovado pela correnteza da água. Então, agarrei com a boca o capuz do garoto. Juntos, subimos à tona.

Não havia como tomar qualquer direção, salvo aquela para onde nos levava a água. Concentrei-me em manter a cabeça de Geoffrey fora da água, puxando o capuz. O menino estava vivo, mas havia parado de chutar.

Uma luzinha fraca lá na frente refletiu-se nas paredes de cimento molhadas — o túnel em que estávamos era quadrado, tinha uns dois metros e era sem saída. Como salvar Geoffrey?

A luz ficou mais forte e então meus ouvidos se encheram com um forte troar, que ecoou na nossa direção. A corrente aparentemente se tornara mais rápida. Continuei segurando firme o capuz de Geoffrey, sentindo que algo estava prestes a acontecer.

A claridade do dia explodiu sobre nós quando descemos rolando uma rampa de cimento, aterrissando ruidosamente em um rio com forte correnteza. Lutei para nos manter à tona naquela água revolta, para resistir ao assalto das marolas. As margens do rio eram revestidas de cimento, mas quando puxei Geoffrey para a mais próxima, a correnteza me rechaçou, tentando nos sugar de volta. Exausto, com a mandíbula e o pescoço doendo por causa do esforço, arrastei Geoffrey para a margem, nadando o mais rápido possível.

Luzes piscantes iluminaram meus olhos, e vi homens de capas à minha frente, correndo em direção à margem. Eu passaria por eles, levado pela água, antes que conseguisse tirar Geoffrey do rio.

Dois desses homens mergulharam. Estavam amarrados um ao outro, e a corda se esticava até os demais, que, por sua vez, também se escoravam. Com água na altura dos quadris, os dois esticaram os braços para nós, e empreguei toda a minha energia na tentativa de chegar até eles.

— Peguei! — gritou um dos homens, quando Geoffrey e eu lhe demos um encontrão. Ele agarrou a minha coleira, enquanto os outros erguiam Geoffrey no ar. A corda ficou esticada, fomos puxados da água para a margem.

Uma vez em terra, o homem me soltou e se ajoelhou ao lado de Geoffrey. Apertou o corpinho do menino, que vomitou um esguicho de água marrom, tossindo e chorando. Aproximei-me dele mancando, e seu medo, quando se esvaiu, levou junto o meu. Tudo ia dar certo.

Os homens rasgaram a roupa de Geoffrey para livrá-lo dela e o enrolaram em cobertores.

— Você vai ficar bom, garoto, vai ficar bom. Esse cachorro é seu? Ele salvou sua vida.

Geoffrey não respondeu, mas me olhou por um instante nos olhos.

— Vamos! — gritou um dos homens, e todos saíram correndo encosta acima carregando Geoffrey para um caminhão, que partiu com a sirene ligada.

Eu me deitei na lama. Minhas patas tremiam violentamente e, como Geoffrey, também vomitei, uma cólica rasgando minhas entranhas. Eu estava tão fraco que quase não conseguia enxergar. A chuva fria me açoitava, e fiquei simplesmente deitado ali.

Um carro de polícia estacionou, desligando a sirene. Ouvi as portas baterem.

— Ellie! — gritou Maya, da rua. Ergui a cabeça, cansado demais para sequer abanar o rabo. Maya correu, histérica, para a margem, enxugando as lágrimas. Estava ensopada, mas pude sentir seu calor e afeto quando me abraçou junto ao peito.

— Você é uma menina boazinha, Ellie. Você salvou Geoffrey. Como você é boazinha! Ai, meu Deus, pensei que tivesse perdido você, Ellie.

Passei a noite no veterinário, e ao longo de vários dias mal conseguia me mexer de tão doído. Então, Maya e eu fizemos escola, dessa vez só com adultos da idade dela. Sentamos enquanto luzes fortes iluminavam nossos olhos e um homem falava muito alto. Depois ele se aproximou e botou uma coleira idiota no meu pescoço e luzes ainda mais brilhantes, parecidas com relâmpagos silenciosos, espocaram por todo lado à nossa volta, igual ao que aconteceu comigo e com a Mãe depois do incêndio que machucou a perna de Ethan. O homem também prendeu algo no uniforme de Maya, e todos aplaudiram. Senti orgulho e amor vindo de Maya, e quando ela sussurrou para mim, me chamando de "menina boazinha", também me senti orgulhoso.

Não muito depois disso, um clima novo se instalou lá em casa. Maya e Al estavam animados e nervosos, passando um bocado de tempo conversando à mesa.

— Se for menino, por que não pode se chamar Albert? — perguntou Al. — É um nome bacana.

— É um nome ótimo, meu bem, mas como iremos chamá-lo? Você é o meu Albert, o meu Al.

— Podemos chamá-lo de Bert.

— Ora, meu bem.

— Então, que nome vamos dar a ele? A sua família tem tanta gente, que já usou todos os nomes que existem. Não podemos chamá-lo de Carlos, Diego, Francisco, Ricardo...

— Que tal Angel?

— Angel? Você quer que o meu filho se chame Angel? Estou achando que talvez não seja uma boa ideia deixar o nome dessa criança a cargo de uma mulher que batizou a gata de "Sininho".

A gata, que dormia encostada em mim, sequer levantou a cabeça ao ouvir o próprio nome. Gatos são assim. Não se consegue chamar a atenção deles, a menos que eles queiram se exibir.

Maya riu:

— Que tal Charles?

— Charley? Nem pensar. O nome do meu primeiro patrão era Charley — discordou Al.

— Anthony?

— Você não tem um primo chamado Anthony?

— O nome dele é Antonio — corrigiu Maya.

— Bom, eu não gosto dele. Tem um bigode ridículo.

Maya desandou a rir. Bati com o rabo no chão uma vez, aprovando a hilaridade.

— George?

— Não.

— Raul?

— Não.

— Jeremy?

— Claro que não.

— Ethan?

Dei um pulo, e Al e Maya me olharam, surpresos.

— Acho que a Ellie aprova — disse Al.

Inclinei a cabeça, desconfiado. Sininho me lançou um olhar zangado. Fui até a porta, ergui meu focinho.

— O que foi, Ellie? — perguntou Maya.

Não havia sinal do menino, e eu já não estava mais seguro de ter ouvido direito. Do lado de fora havia crianças pedalando bicicletas, mas nenhuma delas era Ethan. Eu achava o quê? Que Ethan, como Jakob, ressurgiria de uma hora para outra na minha vida? Eu sabia, instintivamente, que algo assim jamais aconteceria com um cachorro. Por outro lado, Maya havia dito o nome dele, não? Por que faria isso?

Aproximei-me de Maya para que ela me tranquilizasse, depois voltei a me deitar com um suspiro. Sininho veio se aninhar junto a mim e evitei, meio envergonhado, encarar o olhar compreensivo de Al.

Não demorou para que tivéssemos um novo residente em casa: Gabriella, que cheirava a leite azedo e parecia ainda menos útil do que a gata. Quando trouxe a criança para casa, Maya teve o cuidado de segurar Gabriella para que eu a cheirasse, mas não fiquei muito impressionado. Daquele momento em diante, Maya se levantava com frequência à noite e eu ia atrás dela, que apertava Gabriella junto ao peito, enquanto eu ficava deitado a seus pés. O amor incondicional que fluía de Maya nesses momentos sempre me embalava para cair num sono profundo e sereno.

As dores nos meus ossos eram minhas conhecidas. Eu sentira o mesmo na época em que me chamava Bailey e passava boa parte do tempo ajudando o Vovô a executar tarefas. Os sons ficaram abafados, o que também me era familiar.

Perguntei-me se Maya sabia que logo chegaria o dia em que eu não estaria mais com eles. Era perfeitamente racional concluir que eu ia morrer, como morreram Emmet e Stella, porque foi isso que aconteceu. O mesmo se deu quando fui Toby e quando fui Bailey.

Enquanto eu ponderava tudo isso, deitado sobre um retalho de sol, percebi que havia passado a minha vida sendo um cachorro bonzinho. O que aprendi com a minha primeira mãe me levou a Ethan e o que aprendi com Ethan me possibilitou mergulhar naquela água escura e encontrar Geoffrey. Ao longo do percurso, Jakob me ensinou a Encontrar e Mostrar, e ajudei a salvar muita gente.

Tinha que ser por isso que, quando deixei Ethan, renasci como Ellie — tudo que eu havia feito, tudo que eu havia aprendido, tinha como destino me transformar num cachorro bonzinho que salvava vidas. Não era tão divertido quanto ser um cachorro boboca, mas agora eu sabia por que essas criaturas, esses seres humanos, tanto me fascinaram desde o momento em que os vi — porque meu destino estava indissoluvelmente ligado ao deles, sobretudo no caso de Ethan, o vínculo de toda uma vida.

Agora, cumprido o meu propósito, eu tinha certeza de estar no fim, de que não haveria mais renascimento, e isso me deixava em paz. Por mais maravilhoso que fosse ser um filhote, eu não iria querer partilhar essa maravilha com ninguém além do menino. Maya e Al contavam com a pequena Gabriella para distraí-los, o que fazia de mim uma espécie de membro acessório da família, exceto, é claro, para Sininho, que me considerava *a* família.

Perguntei-me por um instante se os gatos também voltavam depois da morte, mas logo descartei a ideia porque, na medida do que pude observar durante todo esse tempo, os gatos não tinham qualquer propósito.

Constrangedoramente, eu começara a ter problemas para me refrear o tempo suficiente para fazer minhas necessidades do lado de fora, e, com uma frequência cada vez maior, sujava o chão dentro de casa. Pior ainda, Gabriella tinha o mesmo problema, portanto a lixeira muitas vezes continha os dejetos de nós dois.

Al me levou para vários passeios de carro no banco dianteiro a fim de visitar o veterinário, que me apalpava todinho enquanto eu gemia de prazer.

— Você é uma menina boazinha, só está ficando velha — dizia Al.

Eu abanava o rabo ao ouvir o elogio. Maya andava muito ocupada com Gabriella, razão pela qual quase sempre éramos só Al e eu, o que para mim estava ótimo. Dava para sentir seu afeto carinhoso toda vez que ele me botava no colo para me acomodar no carro para um passeio.

Um dia, Al precisou me levar ao pátio para que eu fizesse as minhas necessidades, e senti sua tristeza aflorar, aguda, no momento em que ele entendeu o significado disso. Lambi seu rosto para consolá-lo e pus a cabeça em seu colo quando ele se sentou no chão para chorar.

Quando chegou em casa, Maya levou o bebê para fora e todos nos sentamos juntos.

— Você tem sido uma menina tão boazinha, Ellie — vivia repetindo Maya. — É uma cadela-heroína. Salvou vidas. Salvou aquele garotinho, Geoffrey.

Uma vizinha apareceu para apanhar Gabriella. Maya inclinou-se sobre a filha, com adoração, sussurrando algo em seu ouvido.

— Tchau, Ellie — disse Gabriella, estendendo a mão, que lambi, quando a vizinha parou.

— Dá tchau — instruiu a vizinha.

— Tchau — repetiu Gabriella. A moça entrou com Gabriella na casa.

— Isso é tão difícil! — exclamou Maya com um suspiro.

— Eu sei. Se você quiser, eu cuido de tudo, Maya — sugeriu Al.

— Não, não. Preciso ficar ao lado de Ellie.

Al me pegou no colo com cuidado e me levou até o carro. Maya sentou-se no banco traseiro comigo.

Eu sabia aonde íamos. Gemendo com todas as minhas dores, desmontei no banco, com a cabeça no colo de Maya. Eu sabia para onde nos dirigíamos e esperava ansioso pela paz que isso me traria. Maya me afagou a cabeça e fechei os olhos. Pensei comigo se haveria alguma coisa que eu gostaria de fazer uma última vez — Encontrar? Nadar no mar? Pôr a cabeça para fora da janela do carro? Todas essas coisas eram maravilhosas. Eu fizera todas elas, porém, e estava de bom tamanho.

Abanei o rabo quando me deitaram na conhecida mesa de aço. Maya chorava, murmurando "Você é uma menina boazinha", vez após vez, e foram as suas palavras e a sensação do seu amor que levei comigo quando senti a espetadela no meu pescoço e depois fui carregado pelas águas maravilhosamente cálidas do oceano.

Capítulo 26

Minha nova mãe tinha uma cara grande e preta e sua língua era cor-de-rosa e quente. Ergui um olhar entorpecido para ela na primeira vez em que me dei conta de que estava acontecendo de novo — não parecia possível, não depois de ter sido Ellie.

Eram oito os meus irmãos, e todos pretos, todos saudáveis e cheios de energia para brincar. Na maior parte do tempo, porém, eu preferia vagar sozinho e ponderar o significado de voltar, mais uma vez, a ser filhote.

Não fazia sentido. Eu entendia que jamais teria encontrado Ethan se, como Toby, não tivesse aprendido a abrir um portão, e no período em que vivi como animal de rua não tivesse descoberto que nada havia a temer do outro lado da cerca. Com Ethan, aprendi sobre o amor e o companheirismo e senti estar realmente cumprindo o meu propósito, meramente por acompanhá-lo em suas aventuras diárias. Ethan, porém, também me ensinou como fazer resgates no lago, razão pela qual, quando fui Ellie e aprendi a Encontrar e Mostrar, consegui salvar o garotinho preso no túnel de água. Eu não teria sido tão bom no trabalho sem a experiência que vivi como cachorro de Ethan — a distância fria de Jakob seria incompreensível e dolorosa.

Mas... e agora? O que poderia acontecer agora para justificar meu renascimento como filhote?

Estávamos num canil bem-administrado, com chão de cimento, e duas vezes ao dia um homem aparecia para limpá-lo e nos levar para um pátio a fim de correr na grama. Outras pessoas — homens e mulheres — também iam nos ver, erguendo-nos do chão para examinar nossas patas, e embora eu sentisse alegria por parte delas, nenhuma irradiava aquele amor especial que me dedicaram Ethan, Maya e Al.

— Parabéns, que bela ninhada, Coronel — disse um homem, me erguendo no ar enquanto falava. — O senhor vai faturar alto.

— Estou preocupado com esse aí, no seu colo — retrucou um outro. Ele cheirava a fumaça e a reação da minha nova mãe no momento da sua entrada no canil me fez saber que se tratava do seu dono. — Não parece ter muita energia.

— O veterinário já o examinou? — O homem que me segurava me virou e correu os polegares sob meus lábios para expor os dentes. Passivamente, permiti que o fizesse. Tudo que eu queria era ser deixado em paz.

— Não parece haver nada de errado. Ele apenas anda sozinho e dorme um bocado — o que atendia por Coronel respondeu.

— Bem, não podem ser todos campeões — observou o primeiro, me pondo no chão.

O Coronel fez uma expressão estranha enquanto eu me afastava devagar. Eu nem desconfiava o que podia ter feito de errado, mas supus que não ficaria por ali muito tempo. Se é que aprendera algo com a experiência, era que os donos de filhotes gostavam deles, mas não o bastante para os manterem por perto.

Mas errei. Algumas semanas depois, a maioria dos meus irmãos e irmãs havia sido levada, restando apenas eu e mais dois. Senti uma resignação triste por parte da minha nova mãe, que parara de amamentar, mas que ainda baixava o focinho afetuosamente quando qualquer um de nós se aproximava para lamber-lhe a cara. Aparentemente, ela já passara por isso antes.

Ao longo dos vários dias que se seguiram, apareceu gente para nos visitar e fazer jogos, como, por exemplo, nos enfiar em fronhas, balançar chaves diante do nosso focinho e atirar uma bola para ver qual seria a nossa reação. Nada disso me parecia um comportamento muito racional para se ter junto a filhotes, mas todos davam a impressão de levar a coisa toda muito a sério.

— É dinheiro demais para um cão tão pequeno — observou um homem para o Coronel.

— O pai foi duas vezes campeão nacional. A mãe concorreu seis anos seguidos, venceu duas vezes. Acho que o animal vale o seu dinheiro — disse o Coronel.

Os dois apertaram-se as mãos e, com isso, ficaram apenas minha mãe e uma irmã que chamei de Atrevida, porque vivia pulando em mim como se eu não pudesse antecipar seu gesto. Com a perda do outro irmão, Atrevida passou a me perseguir sem dar trégua e me vi lutando com ela em legítima defesa. O Coronel reparou no meu comportamento mais ativo e senti uma espécie de alívio da parte dele.

Então, Atrevida foi levada embora por uma mulher que cheirava a cavalos e eu fiquei totalmente só, o que, para ser franco, me agradou muito.

— Acho que vou precisar abaixar o preço — comentou o Coronel alguns dias depois. — É uma pena.

Nem tentei erguer a cabeça ou correr até ele para convencê-lo a não ficar decepcionado comigo, o que, aparentemente, era o caso.

Na verdade, eu estava nostálgico. Simplesmente não conseguia entender o que estava acontecendo comigo, por que, mais uma vez, eu era um filhote. A ideia de passar por um treinamento, de aprender a Encontrar com outra pessoa que não Maya ou Jakob, de viver uma outra vida, simplesmente me acabrunhava. Eu me sentia um cachorro malvado.

Não corria até a cerca para ver as visitas quando elas apareciam, nem mesmo quando traziam crianças — eu não queria passar por isso de novo. Ethan foi a única criança que me despertou interesse.

— O que há de errado com ele? Será que está doente? — ouvi um homem perguntar certa vez.

— Não. É que ele prefere ficar sozinho — respondeu o Coronel.

O homem entrou no canil e me pegou no colo. Tinha grandes olhos azuis e me olhou com carinho.

— Você é um sujeito sentimental, certo? — perguntou-me ele. Senti uma enorme ansiedade da sua parte e, sei lá como, entendi que deixaria o canil com ele nesse mesmo dia. Me aproximei da minha nova mãe e lhe dei uma lambida de despedida na cara. Ela também pareceu entender, e me cutucou em retribuição.

— Eu lhe dou duzentos e cinquenta — disse o homem dos olhos azuis. Senti uma surpresa aguda no Coronel.

— O quê? Meu senhor, a linhagem desse cachorro...

— Sei disso, li o anúncio. Olhe aqui, é um presente para a minha namorada. Ela não vai caçar com ele, só quer um cachorrinho. Você disse que entraríamos num acordo. Agora, vamos combinar: se você tem um filhote de três meses e seu negócio é criação de cães, existe algum motivo para ninguém ter querido comprar este. Acho que *você* também não quer o coitado. Posso adotar de graça um labrador na internet, mas este aqui tem documentação e pedigree. Chego até duzentos e cinquenta paus. Tem mais alguém na fila para comprar este cachorro? Não creio.

Pouco depois, o homem já estava me acomodando no banco dianteiro do seu carro. Apertou a mão do Coronel, que sequer se deu ao trabalho de uma palmadinha de adeus na minha cabeça. O homem entregou ao Coronel um pequeno pedaço de papel.

— Se algum dia quiser comprar um automóvel de luxo por um bom preço, me ligue — disse ele, satisfeito.

Avaliei meu novo dono. Apreciei o fato de ele me permitir ser um cão de banco dianteiro, mas quando olhou para mim não senti nada semelhante a afeição da sua parte, apenas uma total indiferença.

Logo descobri por quê: eu não moraria com o homem, cujo nome, afinal, era Derek. Meu novo lar seria o de uma mulher chamada Wendi, que soltou gritinhos e deu pulinhos quando Derek chegou em casa comigo. Wendi e Derek imediatamente começaram a brincar de luta, e eu decidi explorar o apartamento em que agora iria morar. Havia sapatos e roupas espalhados por todo lado, bem como caixas com comida seca grudada na parte de dentro, esquecidas em cima de uma mesinha defronte ao sofá. Deixei-as tinindo de limpas.

Derek também não demonstrou qualquer afeição especial por Wendi, embora a abraçasse na hora de sair porta afora. Toda vez que Al saía de casa, a breve demonstração do amor dele por Maya sempre me fazia abanar o rabo, mas esse homem não se parecia em nada com Al.

O amor de Wendi por mim foi instantâneo, embora confuso, uma mistura de emoções que não entendi. Ao longo dos vários dias seguintes, ela me chamou de Ursinho Puff, Google, Bisbilhoteiro, Leno e Pistache. Depois voltei a ser Ursinho Puff, embora logo em seguida ela tenha optado apenas por Urso e suas variações: Urso-Surso, Urso-Russo, Urso Doce, Urso Fofo e Urso Baby. Ela me apertava e me beijava o tempo todo, como se jamais bastasse, até ouvir o telefone tocar e me largar no chão para ir atender.

Toda manhã, Wendi remexia seus pertences, tomada pelo mais absoluto pânico, dizendo: "Estou atrasada! Estou atrasada!" Saía batendo a porta e eu ficava sozinho o dia todo, sem nadinha para fazer.

Ela forrava o chão com jornais, mas eu não conseguia me lembrar se era para fazer xixi em cima deles ou cuidar para não molhá-los, por isso fazia um pouco de cada coisa. Meus dentes doíam tanto que a minha boca se enchia d'água, por isso eu acabava roendo alguns sapatos, o que provocava uma saraivada de gritos de Wendi ao descobrir. Às vezes ela se esquecia de me dar de comer e não me restava escolha senão mergulhar na lixeira atrás de algo. Isso também provocava gritaria.

Pelo que eu podia ver, a vida com Wendi não tinha propósito algum. Não treinávamos e sequer caminhávamos muito juntos — ela abria a porta e me deixava correr lá fora à noite, mas dificilmente durante o dia, e mesmo à noite parecia estranhamente furtiva, amedrontada, como se estivéssemos fazendo algo errado. Tornei-me tão frustrado, tão cheio de energia represada, que acabava latindo, às vezes durante horas, minha voz ricocheteando nas paredes e voltando para mim.

Um dia, houve uma batida forte na porta.

— Urso, venha cá! — sibilou Wendi, antes de me trancar no quarto. Mesmo lá dentro, pude tranquilamente ouvir um homem falando com ela. Ele parecia furioso.

— É proibido ter cachorro! Está escrito no seu contrato!

Inclinei a cabeça ao ouvir a palavra "cachorro", imaginando se poderia ser eu a causa da raiva do homem. Que eu soubesse, não havia feito nada de errado, mas todas as regras eram diferentes nessa casa de doidos, então quem podia garantir?

Na vez seguinte em que saiu para trabalhar, Wendi rompeu o padrão. Ela me chamou e me sentou no chão. Parecia totalmente indiferente ao fato de eu saber me sentar mediante comando sem ter jamais aprendido.

— Olha aqui, Urso-Surso, você não pode latir quando eu não estiver em casa, viu? Vou ter problemas com os vizinhos. Latir, não, certo?

Dava para perceber uma certa tristeza nas fímbrias dos seus sentimentos, e me perguntei qual seria a causa disso. Talvez ela também passasse o dia de saco cheio. Por que não me levava junto? Adoro passeios de carro! Lati durante toda a tarde para liberar a energia reprimida, mas não roí nenhum sapato.

Um ou dois dias depois, Wendi abriu a porta com uma das mãos e puxou com a outra um pedaço de papel preso do lado de fora. Corri para ela, com a bexiga explodindo, mas ela não me deixou sair. Em vez disso, olhou o papel e começou a gritar, furiosa. Não tive escolha senão sujar o chão da cozinha e levei uma palmada no traseiro com a mão espalmada. Em seguida, Wendi abriu a porta.

— Olha, tanto faz você sair, todo mundo já sabe mesmo que você está aqui — resmungou. Terminei meu serviço no pátio. Lamentei ter feito sujeira na cozinha, mas, simplesmente, não me restara alternativa.

No dia seguinte, Wendi dormiu até tarde e depois entramos no carro e demos um passeio muito comprido. Fui como cão de banco traseiro por causa de todas as coisas empilhadas no banco da frente, mas ela fez questão de abrir a janela para que eu pusesse o focinho para fora. Estacionamos na entrada de uma casinha modesta, onde havia vários carros — dava para perceber, pelo cheiro deles, que há muito tempo estavam parados. Ergui a perna contra um pneu.

Uma mulher mais velha abriu a porta.

— Oi, mãe — saudou Wendi.

— É esse? Que enorme! Você disse que era filhote.

— Bom, eu botei nele o nome de Urso. Por que será?

— Isso não vai dar certo.

— Mãe, não tenho escolha! Recebi uma notificação de despejo! — gritou Wendi, zangada.

— Ora, o que você achou que ia acontecer?

— Foi um presente do Derek! O que eu ia fazer, devolver?

— Por que ele lhe deu um cachorro, sabendo que é proibido ter animais no apartamento?

— Porque eu disse que queria que ele me desse um cachorro, está bem, mãe? Está satisfeita? Eu disse que queria um cachorro, meu Deus!

Os sentimentos que as duas mulheres nutriam uma pela outra eram tão complexos que não consegui identificá-los. Wendi e eu passamos a noite na casinha modesta, ambos meio amedrontados. Um homem chamado Victor chegou em casa quando já estava escuro, e a raiva dele era tamanha que tornava tudo perigoso e insano. Enquanto Wendi e eu dormíamos numa cama estreita num quarto atulhado, Victor gritava noutra parte da casa.

— Não quero um cachorro aqui!

— Ora, a casa é minha e faço o que quero!

— O que a gente vai fazer com um cachorro?

— Que pergunta idiota. O que se faz com um cachorro?

— Cala a boca, Lisa, cala a boca.

— Vai dar tudo certo, Urso-Murso. Eu não deixaria que nada acontecesse com você — sussurrou Wendi no meu ouvido. Ela estava tão triste que lambi sua mão para consolá-la, mas só consegui fazê-la chorar.

Na manhã seguinte, as duas mulheres conversaram paradas junto ao carro. Cheirei o canto da porta, querendo que me deixassem entrar no automóvel. Quanto mais cedo Wendi e eu saíssemos desse lugar, melhor.

— Meu Deus, mãe, como é que você aguenta esse cara? — disse Wendi.

— Ele não é dos piores. É melhor que o seu pai.

— Ah, não comece.

As duas ficaram caladas durante um minuto. Dei uma cheirada no ar, que levava com ele a fragrância ácida do lixo empilhado junto à casa, fragrância esta que, honestamente, era deliciosa. Eu não me incomodaria de remexer ali um dia.

— Bom, me ligue quando chegar em casa — disse, finalmente, a mulher mais velha.

— Pode deixar, mãe. Cuide direitinho do Urso.

— Está bem. — A mulher pôs um cigarro na boca e acendeu, soltando a fumaça com decisão.

Wendi ajoelhou-se a meu lado. Sua tristeza era tão grande e familiar que vi logo o que me aguardava. Ela acariciou minha cara e me disse que eu era um cachorro bonzinho, abrindo depois a porta do carro e entrando, sem permitir que eu fizesse o mesmo. Observei o carro se afastar sem grande surpresa, embora não soubesse o que havia feito de errado. Se eu era um cachorro tão bonzinho, por que meu dono estava me abandonando?

— E agora? — resmungou a mulher ao meu lado, dando baforadas em seu cigarro.

Capítulo 27

Ao longo das várias semanas seguintes, aprendi a ficar longe de Victor. Na maior parte do tempo isso era fácil, pois me acorrentavam a um poste no quintal dos fundos e Victor jamais se aproximava de mim. No entanto, eu podia vê-lo, em geral sentado junto a uma janela na cozinha, fumando e bebendo. Às vezes à noite, ele vinha até o quintal para urinar, e, basicamente, essa era a única hora em que falava comigo.

— Tá olhando o quê, cachorro? — gritava ele. Nunca havia alegria em sua gargalhada.

Os dias ficaram mais quentes, motivo pelo qual cavei um buraco na terra entre a claudicante cerca dos fundos e uma máquina parada sob o sol.

— O cachorro jogou terra em cima do meu limpa-neve! — berrou Victor quando viu o que eu tinha feito.

— Esse troço não funciona há dois anos! — gritou a mulher, Lisa, em resposta.

Os dois gritavam um bocado um com o outro, o que me fazia lembrar de quando a Mãe e o Pai ficavam zangados, salvo que nessa casa eu ouvia às vezes um baque e um grito de dor, em geral acompanhados pelo som de garrafas colidindo e caindo no chão.

Uma senhora simpática morava na casa atrás da cerca de madeira podre, e ela começou a vir falar comigo através das fendas e dos buracos nas tábuas.

— Um cachorrinho tão bonzinho! Tem água para você beber? — sussurrou ela na primeira manhã realmente quente. Foi embora e logo reapareceu trazendo uma jarra, da qual despejou água fresca na minha tigela suja. Bebi tudo com avidez e gratidão e lambi a mão trêmula e magricela que ela estendeu pelo buraco na cerca.

As moscas que zumbiam em volta do meu cocô pousavam nos meus lábios e olhos, me deixando maluco, mas de modo geral eu não me importava de ficar deitado no quintal, desde que isso me mantivesse longe de Victor. Ele me assustava; a maldade que emanava dele passava uma sensação de perigo real, que me fazia lembrar de Todd e do homem que disparou a arma que feriu Jakob. Eu mordera ambos. Será que isso queria dizer que um dia eu morderia Victor?

Eu simplesmente não podia acreditar que meu propósito na vida fosse atacar seres humanos. Isso era mais que inaceitável. A mera ideia me deixava enojado.

Quando Victor não estava em casa, eu latia e Lisa ia até o quintal, me dava comida e me soltava da corrente um pouquinho, mas eu jamais latia quando ele estava em casa.

A senhora do outro lado da cerca me levava pedacinhos de carne, que me passava pelo buraco. Quando eu pegava a carne ainda no ar, ela ria com genuíno deleite, como se eu acabasse de executar uma façanha incrível. Aparentemente, tratava-se do meu único real propósito: providenciar um pouquinho de alegria para uma mulher misteriosa, cujo rosto eu sequer podia ver direito.

— Isso é uma vergonha, uma verdadeira vergonha. Eles não podem tratar assim um animal. Vou ligar para alguém — dizia ela. Dava para sentir como se importava comigo, embora isso fosse estranho, já que nunca aparecia no quintal para brincar.

Um dia, um caminhão parou na entrada da casa e dele desceu uma mulher vestida como Maya costumava vestir-se, o que me fez entender que se tratava de uma policial. Por um segundo, tive a impressão de que ela havia ido me buscar para Encontrar, porque ficou parada no portão que dava acesso ao quintal a me encarar, enquanto anotava alguma coisa. Aquilo não fazia sentido, porém, e quando Lisa apareceu, de mãos na cintura, me deitei. A policial entregou a Lisa um pedaço de papel.

— O cachorro está ótimo! — gritou Lisa, realmente zangada, para a policial. Pude sentir a senhora idosa atrás de mim, do outro lado da cerca. Ela respirava suavemente enquanto Lisa esbravejava.

Naquela noite, Victor vociferou contra mim mais ainda que de hábito. A palavra "cachorro" era repetida, praticamente, a cada segundo.

— Por que não matamos, simplesmente, o maldito cachorro? — berrou ele. — Cinquenta dólares? Por quê? Não estamos fazendo nada de errado!

Alguma coisa quebrou dentro de casa, um barulho violento que fez com que eu me encolhesse.

— Temos que arrumar uma corrente mais comprida e limpar a merda no quintal. Leia a multa! — gritou Lisa em resposta.

— Não preciso ler a multa! Eles não podem nos obrigar a fazer nadinha! A casa é nossa!

Naquela noite, quando foi ao quintal urinar, Victor estendeu a mão para se apoiar contra a parede, mas errou o alvo, despencando no chão.

— Está olhando o quê, seu vira-lata idiota? — resmungou comigo. — Amanhã cuido de você. Não vou pagar cinquenta paus.

Me encolhi de encontro à cerca, sem sequer ousar olhar para ele.

No dia seguinte, minha atenção foi distraída por uma borboleta que voltejava diante da minha cara, razão pela qual levei um susto quando Victor surgiu de repente à minha frente.

— Quer dar um passeio de carro? — Victor indagou alegremente. Não abanei o rabo ao ouvir essas palavras. Sei lá como, ele as fez soar como punição e não como prêmio. *Não*, pensei, *não quero dar um passeio de carro com você.*

— Vai ser divertido ver o mundo — disse ele, sua risada transformada numa tosse que o fez virar-se e cuspir no chão.

Ele desprendeu minha corrente do poste e me levou até o carro, me puxando na direção da traseira quando parei diante da porta. Inseriu a chave no porta-malas, que se abriu sozinho.

— Entra aí — comandou. Senti a sua satisfação e aguardei um comando que eu entendesse. — Então, tá — disse ele. Abaixou-se e me puxou pela pele flácida atrás do pescoço e sobre o rabo. Senti o lampejo de uma dor quando ele me ergueu e logo me vi dentro do porta-malas, escorregando em cima de alguns jornais engordurados. Soltando a guia da minha coleira, Victor deixou-a enroscar-se no chão à minha frente. A tampa do porta-malas se fechou com um estrondo e fiquei numa escuridão quase completa.

Deitado em cima de uns panos fedorentos e engordurados que me lembraram a noite do incêndio, quando Ethan machucou as pernas, e de algumas ferramentas de metal, não era fácil achar uma posição confortável. Pude identificar facilmente uma das ferramentas como sendo um revólver: o cheiro acre era inconfundível. Afastei-me dele, tentando ignorar os odores fortes.

Fiquei ali, semiagachado, com as unhas à mostra na vã tentativa de evitar escorregões de um lado para outro no estreito porta-malas sempre que o carro balançava e sacudia.

Foi o passeio de carro mais estranho que já dei, e o único de que posso me lembrar não ter gostado. Ainda assim, passeios de carro sempre resultavam em um lugar novo, e lugares novos eram sempre divertidos de explorar. Talvez houvesse outros cachorros ou, quem sabe, eu fosse morar de novo com Wendi.

O espaço apertado e escuro logo se tornou quente, e me vi pensando no quarto em que fui posto com Spike, na época em que meu nome era Toby e me tiraram de Missus. Não pensava naquele momento assustador há muito tempo. Tanta coisa havia acontecido desde então! Eu era agora um cachorro totalmente diferente, um cachorro bonzinho que tinha salvado muita gente.

Depois de eu ter passado um tempo um bocado longo e insuportável naquela mala, o carro começou a vibrar e engasgar, e a poeira se elevou no ar numa nuvem densa e asfixiante. Espirrei, balançando a cabeça. Então, o carro freou repentinamente e fui jogado de encontro ao interior do porta-malas. O motor, no entanto, continuou a funcionar e ficamos ali parados durante um minuto.

Estranhamente, assim que paramos, pude sentir Victor dentro do carro, no lado oposto do porta-malas, pude sentir sua presença. Tive a nítida sensação de que ele tentava tomar uma decisão a respeito de alguma coisa — havia ali uma certa indecisão. Então, ele disse algo rispidamente, uma palavra abafada, e ouvi a porta dianteira se abrir. Os pés dele rangiam no cascalho, e ele se dirigiu para onde eu estava agachado e encolhido. Senti seu cheiro antes que o porta-malas se abrisse automaticamente e o ar fresco enchesse o espaço ao meu redor.

Ele me encarou. Piscando, ergui meus olhos para fitar os seus, depois desviei o olhar para que ele não achasse que se tratava de um desafio.

— Muito bem. — Inclinando-se e estendendo o braço, ele mexeu na minha coleira. Supus que fosse prender nela a guia, por isso me surpreendi quando a própria coleira se desprendeu, deixando uma sensação estranha em seu lugar, como se continuasse ali, mas pesasse tanto quanto o ar.

— Sai daí! Já!

Fiquei em pé sobre as patas dormentes. Reconheci seus gestos manuais e saltei da mala, aterrissando desajeitadamente. Estávamos numa estrada de terra, a grama verde balançando sob o sol. O saibro da estrada havia grudado no interior do meu focinho e se assentado na minha língua. Ergui a perna, ao mesmo tempo em que lançava um olhar na direção de Victor. E agora?

Victor tornou a entrar no carro, e o motor fez um barulho forte. Olhei para ele confuso, quando os pneus guincharam na estrada, cuspindo pedras. Ele deu meia-volta com o carro, tomando a direção oposta, e depois abaixou o vidro.

— Estou lhe fazendo um favor. Você está livre agora. Vá pegar uns coelhos ou algo do gênero.

Sorrindo para mim, Victor arrancou com o carro, deixando uma enorme nuvem de poeira em seu rastro.

Estarrecido, observei-o afastar-se. Que tipo de jogo era esse? Hesitando, fui atrás, rastreando com facilidade a poeira que pairava no ar.

Eu sabia, depois de tantos anos de Encontrar, que estava perdendo rapidamente o cheiro. Victor devia estar dirigindo a grande velocidade. Disposto, apertei o passo, não mais seguindo a nuvem de poeira, mas me concentrando, em vez disso, nos odores característicos da mala do carro, onde eu havia passado tanto tempo.

Consegui localizá-lo quando ele virou numa estrada asfaltada, mas quando uma outra guinada me levou a uma autoestrada, onde os carros passavam com uma velocidade incrível, percebi que o perdera. Eram tantos os carros que zumbiam à minha volta, cada qual com odores semelhantes (embora não exatamente iguais) aos do carro de Victor! Identificar o odor que me faria Encontrar tornou-se impossível.

A autoestrada intimidava. Dei-lhe as costas e voltei para o lugar de onde viera. Na falta do que fazer, retrocedi ao longo da mesma trilha de cheiros, agora já dispersados pela brisa do final de tarde. Quando cheguei à estrada de terra, porém, passei por ela e continuei em frente, sem rumo, pelo asfalto.

Lembrei-me de quando usei o truque que a minha primeira mãe me ensinara e escapei do canil quando fui filhote pela segunda vez. Que aventura me pareceu então correr ao vento, livre e cheio de energia! Aí, o homem me encontrou e me deu o nome de Companheiro e, depois, surgiu a Mãe e me levou até Ethan.

A sensação de agora não tinha nada a ver com aquela. Não me sentia livre, não me sentia cheio de energia, e sim culpado e triste. Não tinha propósito, não tinha direção. Não seria capaz de refazer meu caminho para casa a partir dali. Lembrei-me do dia em que o Coronel me virou as costas, do dia em que Derek me levou para morar com Wendi — embora não houvesse qualquer sentimento da parte do Coronel, ainda assim foi um adeus. Victor fizera a mesmíssima coisa, só que não me entregara a ninguém.

A poeira e o calor me faziam arfar e a minha boca ficava cada vez mais sedenta. Assim que farejei o menor sinal de água, fiz a coisa mais normal do mundo: segui nessa direção, saindo da estrada e me embrenhando pela mata alta, cujas folhas se agitavam ao sabor do vento.

O cheiro de água ficou mais forte, mais sedutor, me levando a passar entre um monte de árvores e descer uma margem íngreme que ia dar num rio. Mergulhei até o peito, mordendo e espadanando a água, uma glória!

Quando a sede deixou de ser minha única preocupação, permiti que meus sentidos percebessem o espaço em volta. O rio encheu minhas narinas com seu delicioso cheiro úmido, e juntamente com o gorgolejar das águas pude ouvir, muito ao longe, um pato reclamar de uma ofensa imaginária. Patinhei ao longo da margem, minhas patas afundando no solo macio.

Então, uma certeza me assaltou com tamanha clareza que ergui a cabeça, surpreso, e esbugalhei os olhos.

Eu sabia onde estava.

Capítulo 28

Há muito, muito tempo, eu estivera às margens desse mesmo rio, talvez naquele mesmíssimo lugar, quando Ethan e eu partimos para a nossa longa caminhada, depois que Flare, o cavalo burro, nos abandonou. O cheiro era inconfundível — depois que tantos anos de Encontrar me haviam ensinado a distinguir odores, categorizar e armazená-los na memória, consegui, instantaneamente, me lembrar desse lugar. Ajudou o fato de ser verão, a mesma época do ano, e de eu ser jovem e ter o faro tão aguçado.

Eu não podia imaginar como Victor sabia disso, ou o que significava ele ter me soltado para que eu descobrisse esse lugar. Não tinha pista do que ele desejava que eu fizesse. Na falta de ideia melhor, tomei a direção da jusante e comecei a trotar, refazendo exatamente o mesmo caminho tomado por Ethan e por mim tantos anos atrás.

No final do dia, eu estava mais faminto que nunca na vida, tão faminto que sentia cólicas no estômago. Com saudades, pensei na mão pálida da senhora idosa passando pela cerca e deixando cair pedacinhos de carne para que eu os pegasse ainda no ar. A lembrança me fez babar. A margem do rio tinha uma vegetação densa, onde era preciso andar devagar, e quanto mais faminto eu ficava, menos seguro me sentia quanto ao que fazer. Seria isso, realmente? Seguir esse rio? Por quê?

Eu era um cão que havia aprendido a viver entre os humanos e a servi-los. Nisso consistia meu único propósito na vida. Agora, apartado deles, me vi à deriva. Não tinha objetivo, nem destino, nem esperança. Qualquer um que me flagrasse, naquele momento, me esgueirando pela margem do rio poderia me confundir com a minha tímida e furtiva primeira mãe — o abandono de Victor havia me causado esse imenso retrocesso.

Uma árvore gigantesca quebrada durante o inverno caíra junto à água formando uma cavidade natural na margem, e quando o sol sumiu do céu, entrei nesse lugar escuro, me sentindo dolorido e exausto e totalmente confuso com as mudanças em minha vida.

A fome me acordou na manhã seguinte, mas quando ergui o focinho o ar nada me trouxe senão os odores do rio e da floresta em seu entorno. Segui o curso d'água rio abaixo porque não tinha coisa melhor a fazer, mas me locomovi mais devagar do que na véspera, titubeando devido à dor na barriga que a fome me fazia sentir. Pensei nos peixes mortos que às vezes apareciam no lago — por que havia apenas rolado junto a eles? Por que não os comi quando tive a chance? Um peixe morto seria agora um manjar dos deuses, mas o rio não me oferecia nada próprio para consumo.

Eu estava tão péssimo que quando a margem árida cedeu lugar a uma vereda impregnada do odor de seres humanos, mal reparei. Segui letargicamente em frente, parando apenas quando a trilha se tornou íngreme e juntou-se a uma estrada.

A estrada levava a uma ponte sobre o rio. Ergui a cabeça, e a névoa desapareceu da minha mente. Farejando, excitado, percebi que já estivera ali antes. Ethan e eu tínhamos sido pegos por um policial nesse exato local e levados para um passeio de carro até a Fazenda!

Muitos anos haviam, obviamente, se passado — algumas árvores pequenas que eu me lembrava de ter carimbado num dos extremos da ponte tinham crescido e se tornado gigantescas, por isso carimbei-as novamente. E as tábuas podres da ponte tinham sido substituídas. De resto, os cheiros eram precisamente os mesmos que guardei na lembrança.

Um automóvel passou chacoalhando enquanto eu estava na ponte. Buzinou para mim e me afastei amedrontado. Um minuto depois, porém, eu o segui, hesitante, trocando o rio pela estrada à frente.

Eu não fazia ideia de aonde ir, mas algo me disse que se eu mantivesse aquela direção acabaria chegando à cidade. Onde há uma cidade há gente, e onde há gente há comida.

Quando a estrada se uniu a uma outra, o mesmo sexto sentido me disse para virar à direita, o que fiz, porém me encolhi culpado quando senti um carro se aproximar, esgueirando-me para dentro do mato. Me senti um cachorro malvado e a fome só fez reforçar tal sensação.

Passei por várias casas, a maioria bem afastada da estrada, e quase sempre os cachorros latiam para mim, transtornados com a minha invasão. Por volta do cair da noite, eu passava, furtivamente, por um lugar cheirando a cachorro quando a porta lateral se abriu e um homem saiu.

— Jantar, Leo? Quer jantar? — indagou, num tom carregado de animação exagerada, aquele que as pessoas usam quando querem se certificar de que um cachorro saiba que algo de bom está acontecendo. Uma tigela de metal foi posta com um baque ruidoso no último degrau de uma escadinha.

A palavra "jantar" me fez congelar a meio passo. Contemplei, fascinado, um cachorro atarracado, com mandíbulas enormes e um corpo avantajado, descer as escadas e fazer suas necessidades no quintal, a poucos metros de distância. Sua maneira de andar sugeria que era velho, e ele não me farejou. Voltou e xeretou sua tigela durante algum tempo. Depois estendeu a pata e arranhou a porta. Passado um minuto, ela se abriu.

— Tem certeza, Leo? Tem certeza de que não consegue comer nada? — perguntou o homem. Havia uma tristeza em sua voz que me fez lembrar do jeito como Al chorou no quintal naquele último dia que passei com ele e com Maya. — Está bem, então. Entre, Leo.

O cachorro gemeu, mas aparentemente não conseguiu puxar as patas traseiras para vencer o último degrau, levando seu dono, com uma delicadeza carinhosa, a se inclinar e pegá-lo no colo, carregando-o para dentro.

Senti-me intensamente atraído pelo homem e fui assaltado pela súbita ideia de que ali poderia ser um lar para mim. O homem amava seu cão, Leo, e me amaria também. Me daria de comer, e quando eu ficasse velho e fraco, me levaria no colo para dentro de sua casa. Mesmo se não praticasse Encontrar, não fizesse escola nem qualquer outro trabalho, se nada mais me restasse senão me dedicar ao homem dessa casa, eu teria um lugar para morar. Essa vida louca, sem propósito, que eu vinha levando como Urso acabaria.

Aproximei-me da casa e agi com juízo: comi o jantar de Leo. Depois de semanas de ração canina arenosa e sem gosto na casa de Lisa e Victor, a refeição suculenta e consistente na tigela de Leo era a melhor coisa que eu já provara. Quando acabou, lambi o metal, e o choque da tigela com a parede alertou o cachorro residente, que rosnou em alerta. Ouvi quando ele se aproximou do outro lado da porta, o peito chiando e um rosnado grave crescendo em volume à medida que Leo registrava a minha presença ali fora.

Não tive a impressão de que Leo seria muito receptivo à ideia da minha mudança para sua casa.

Desci a toda os degraus, de modo que, quando a luz se acendeu para iluminar o quintal, eu já voltara ao meu posto entre as árvores. A mensagem no rosnado hostil de Leo foi clara: eu teria que procurar meu próprio lar. Tudo bem — com a fome saciada, minha vontade de morar ali sumira.

Dormi em meio ao mato alto, cansado, mas muito mais satisfeito, com a barriga cheia.

A fome bateu de novo quando cheguei à cidade, mas ali eu sabia que era o lugar certo. Os arredores me iludiram. Onde a minha memória dizia haver apenas campos e campinas, passei por muitas casas, por muitas ruas fervilhando de automóveis e crianças. Foi quando esbarrei no lugar onde o Vovô costumava sentar-se com os amigos e cuspir uma coisa nojenta, e o cheiro era o mesmo, embora houvesse tábuas de madeira velha tapando as janelas e o prédio vizinho não estivesse mais lá: um buraco lamacento ocupava seu lugar. No fundo do buraco havia uma máquina que ia empurrando enormes pilhas de terra adiante à medida que avançava.

Os humanos fazem isso: derrubam prédios velhos e constroem novos, do jeito como o Vovô construiu um novo celeiro. Eles modificam o meio ambiente como lhes convém, restando aos cachorros apenas acompanhá-los e, com sorte, sair para dar voltas de carro. O volume do barulho e todos os novos odores me indicaram que os humanos ali andavam bastante ocupados modificando a própria cidade.

Várias pessoas me observaram enquanto eu cruzava a rua, e o tempo todo eu tinha a sensação de ser um cachorro malvado, sem qualquer propósito, agora que estava ali. Um saco de lixo caíra de um grande contêiner de metal, e, com enorme sentimento de culpa, rasguei-o para abri-lo e dele tirar um pedaço de carne coberto com um molho grudento e doce. Em vez de comer ali mesmo, corri e me escondi atrás do contêiner, como aprendera com a minha primeira mãe.

Minhas perambulações acabaram me levando ao parque dos cachorros. Sentei-me num extremo, debaixo de algumas árvores, e observei, invejoso, o pessoal atirando discos que seus cachorros agarravam no ar. Eu me sentia nu sem uma coleira e me dei conta de que devia agir discretamente, mas a maneira como os cachorros brincavam no meio daquele pátio enorme me atraiu como um ímã, e antes que pudesse evitar lá estava eu com os outros, brincando, correndo e esquecendo da vida, plenamente satisfeito em ser um cão feliz.

Alguns cachorros não entraram na brincadeira, ficando com seus donos ou farejando os cantos e fingindo não dar a mínima para a nossa diversão. Outros foram seduzidos para correr atrás de bolas ou discos voadores, mas todos acabaram em dado momento sendo chamados pelos donos e levados para voltas de carro. Todos, menos eu, mas ninguém reparou que eu estava sozinho ou se importou com o fato.

Já no fim do dia, uma mulher apareceu com uma cadela grandona, de pelo amarelo, e soltou-a no parque. A essa altura eu estava exausto de tanto brincar e ofegava deitado enquanto observava dois outros cachorros se engalfinharem. A cadela amarela juntou-se, animada, a eles, interrompendo a brincadeira para uma sessão de cheiradas e abanos de rabo. Levantei-me e fui cumprimentar a recém-chegada, levando um choque com o odor que senti em seu pelo.

Era de Hannah. A garota.

A cadela amarela se impacientou com meu exame febril do seu cheiro e se afastou, ansiosa para brincar, mas ignorei seu convite. Excitado, atravessei o parque a toda na direção da sua dona.

A mulher sentada no banco não era Hannah, embora, também ela, cheirasse a Hannah.

— Oi, cachorrinho, como vai? — disse ela, quando me aproximei abanando o rabo.

A maneira como ela se sentava me fez lembrar de Maya pouco antes da chegada de Gabriella, o bebê. Havia um clima de cansaço, excitação, impaciência e desconforto, tudo misturado e centrado na barriga sob as duas mãos. Aproximei meu focinho dela, inspirando o aroma de Hannah, separando-o da mulher, da cadela amarela, das dezenas de odores que se grudam a alguém e confundem um cão sem treinamento para Encontrar. Essa era uma mulher que havia estado longamente com a garota há pouco tempo. Disso eu tinha certeza.

A cadela amarela se achegou, amistosa, porém com uma pontinha de ciúme, e finalmente permiti que me arrastasse para um folguedo.

Naquela noite deixei que as sombras enlaçassem meu corpo negro, vigiando, alerta, os últimos carros a deixarem o estacionamento, mergulhando o parque dos cachorros num silêncio absoluto. Esse comportamento furtivo me ocorreu com tanta facilidade que parecia que eu jamais fora recolhido da rua, como se continuasse na companhia de Mana, Veloz e Faminto, aprendendo lições com a nossa primeira mãe. Caçar foi fácil. As lixeiras estavam repletas de quentinhas cheias de deliciosos restos de comida e evitei faróis e pedestres com a mesma cautela, novamente esquivo, escuro e selvagem.

Agora, porém, minha vida tinha um propósito, uma meta ainda mais urgente do que a que me levara à cidade.

Se, a despeito de todo o tempo decorrido e das mudanças ocorridas, a garota Hannah estava ali, talvez o menino estivesse também.

E se Ethan ainda estivesse ali, eu iria atrás dele, eu haveria de Encontrar Ethan.

Capítulo 29

Passada mais de uma semana, eu continuava morando no parque dos cachorros.

Na maioria dos dias, a mulher cheirando a Hannah levava sua cadela amarela — Carly era o nome da cadela — ao parque. O aroma da garota me confortava, sei lá por que me fazia sentir que Ethan estava por perto, embora Carly jamais levasse no pelo o cheiro dele. Ver a mulher e Carly sempre me fazia sair correndo, satisfeito, do meu esconderijo nos arbustos. Para mim, esse era o ponto alto do dia.

De resto, eu era um cachorro malvado. Os frequentadores do parque começavam a agir de forma desconfiada com relação a mim, me encarando e irradiando cautela ao me apontarem e falarem uns com os outros. Eu já não me aproximava de seus cães para brincar.

— Ei, companheiro. Cadê a sua coleira? Quem trouxe você ao parque? — indagou um homem, estendendo as mãos com carinho. Recuei, percebendo sua intenção de me agarrar e desconfiado do nome Companheiro. Foi então que senti uma profunda suspeição da parte dele e me dei conta de que a minha primeira mãe sempre tivera razão: para permanecer livre, bastava ficar longe de gente.

Minha ideia era encontrar a Fazenda, assim como encontrara a cidade, mas isso mostrou ser mais difícil do que eu supunha. Sempre que saía para uma volta de carro até a cidade com Ethan ou Vovô, eu usava o cheiro do rancho de cabras como ponto de referência, um farol para o meu faro. Mas todo e qualquer vestígio das cabras misteriosamente desaparecera do ar. Desaparecida também estava a ponte, cujo ruído sinalizava a diferença entre volta de carro e volta de carro até a cidade — eu não encontrava o lugar de jeito nenhum, nem pelo faro nem por qualquer outro sentido. Palmilhando as ruas silenciosas depois que escurecia, eu confiava no meu senso de direção até que um prédio grande aparecia, bloqueando-me o caminho e confundindo minhas narinas com os odores de centenas de pessoas e dezenas de carros. Uma fonte em frente ao local tornava tudo ainda mais confuso, já que a umidade levava consigo um débil cheiro de alguma substância química, como era possível sentir quando Maya lavava roupa. Levantei a perna de encontro àquela coisa, mas isso só me deu um consolo passageiro.

À noite, meu pelo negro atuava como proteção contra os olhos humanos. Dissolvido nas sombras, eu me escondia dos carros, reaparecendo quando não havia ninguém em volta, sempre alerta para Encontrar, sempre concentrado nas minhas lembranças da Fazenda e seus cheiros, quando inspirava o ar noturno. Para minha frustração, eu não conseguia farejar sequer um sinal de alguma coisa.

As refeições vinham das latas de lixo ou consistiam de um ou outro animal morto à margem da estrada — coelhos eram os melhores; corvos, os piores. Eu tinha concorrência: um animal do tamanho de um cão pequeno, com cheiro forte e um rabo grosso e peludo, de olhos pretos, rondava as lixeiras, escalando-as com destreza pelas laterais. Sempre que encontrava uma dessas criaturas, ela rosnava para mim e eu passava ao largo, não vendo outra coisa naqueles dentes e naquelas garras senão um convite à dor. Fossem o que fossem, obviamente eram demasiado burras para concluir que o meu tamanho muito maior deveria enchê-las de medo.

Igualmente burros eram os esquilos do parque, que desciam das árvores e pulavam na grama como se toda aquela área não fosse protegida por cães! Cheguei bem perto de capturar um deles, mas eles sempre subiam correndo nas árvores e depois ficavam lá sentados reclamando. Carly, a cadela amarela, em geral me acompanhava na caçada, mas mesmo juntos não havíamos tido êxito até então. Eu sabia que se continuasse tentando, o dia chegaria, embora não soubesse ao certo o que faríamos então.

— Qual é o problema, benzinho? Por que está tão magrinho? Você não tem casa? — perguntou-me a dona de Carly.

Percebi a preocupação em sua voz e abanei o rabo, querendo que ela me levasse para uma volta de carro e me deixasse na Fazenda. Quando a vi levantar-se do banco, lutando para ficar em pé, senti uma certa hesitação, como se fosse me convidar a caminhar com as duas. Sabia que com Carly não haveria problema, pois ela sempre chegava correndo no parque à minha procura, mas me afastei da preocupação magnética da mulher, agindo como se tivesse alguém que me amava e que agora me chamava para perto de si. Andei alguns metros antes de parar e dar uma olhada para trás — ela continuava me observando, uma das mãos na cintura, a outra pousada na barriga.

Naquela tarde, um caminhão parou no estacionamento. Cheirava tanto a cachorro que na mesma hora registrei sua presença do lugar onde eu estava deitado na grama, no outro extremo do parque. Um policial saltou dele e conversou com um punhado de donos de cachorros, que apontaram para vários lugares no parque. O policial puxou uma vara comprida com um nó na extremidade, e senti um arrepio me percorrer. Eu sabia exatamente para que servia a vara.

O policial vasculhou os cantos do parque, examinando os arbustos cuidadosamente, mas quando se aproximou do meu esconderijo eu já estava longe, no meio do mato que ficava atrás do parque.

Meu pânico me fez continuar a correr. Quando o mato escasseava em uma zona cheia de cães e crianças, eu evitava contato com os humanos e fazia o possível para permanecer junto à vegetação. Já me encontrava longe da cidade quando, finalmente, dei meia-volta, consolado pelo fato de que a minha aliada, a escuridão, vinha caindo do céu.

Quando o cheiro de dezenas de cachorros me assaltou, virei-me nessa direção, curioso. Dos fundos de um prédio grande, vinha uma torrente de latidos provenientes de dois cães engaiolados desafiando um ao outro. Uma mudança na direção do vento fez os dois começarem a latir para *mim*, e o timbre de suas vozes se alterou.

Eu já estivera ali: era onde o moço bonzinho, o veterinário, me examinava quando eu era Bailey. Na verdade, foi ali que estive com Ethan pela última vez. Resolvi passar ao largo desse lugar. Corri até a frente do prédio e, ao cruzar a entrada, congelei, tremendo.

Quando eu era Bailey, um jumentinho chamado Jasper havia se juntado ao velho e irresponsável Flare um dia no pátio. Jasper, depois de adulto, nunca atingira o tamanho de um cavalo, mas em linhas gerais era um cavalo e fazia o Vovô soltar risadas e a Vovó balançar a cabeça. Eu já estivera focinho a focinho com Jasper, já o cheirara meticulosamente enquanto o Vovô o penteava, tendo brincado com ele da melhor maneira que pude. Conhecia o cheiro de Jasper como conhecia o da Fazenda, e não havia como me enganar a respeito disso agora, bem ali na entrada. Refazendo meus passos na direção do prédio, consegui achar uma área restrita no estacionamento onde o cheiro era recente e avassalador — havia inclusive, sobre o cascalho, um rastro de palha e terra com o carimbo de Jasper.

Os cachorros continuavam a latir para mim, indignados por eu estar solto e eles não, mas ignorei a algazarra. Inalando a rica mistura de odores na terra, dei meia-volta e me dirigi para a estrada.

Na primeira vez que um carro se aproximou de mim pelas costas, buzinando enquanto seus faróis iluminavam a noite, levei um susto, de tão concentrado que estava em seguir o cheiro de Jasper. Desviei para a sarjeta à margem da estrada, me encolhendo ante o grito acusador do carro, que passou por mim a toda a velocidade.

Depois disso, tomei mais cuidado. Embora concentrado em seguir a trilha de Jasper, agucei os ouvidos para o som de automóveis e passei a me afastar deles bem antes que seus faróis me descobrissem.

Embora a trilha fosse longa, foi mais fácil do que Encontrar Wally — durante mais de uma hora percorri uma linha reta, finalmente fazendo uma curva à esquerda e depois mais uma. O cheiro de Jasper ia diminuindo à medida que eu avançava, o que significava que estava rastreando o jumento de trás para a frente e corria o risco de perdê-lo de todo. Após uma curva à direita, porém, o cheiro deixou de ser necessário: eu sabia onde estava. Bem ali vi o ponto em que o trem atravessava a estrada, o trem que havia parado o carro de Ethan no primeiro dia de aula na faculdade. Apressei o passo, o cheiro de Jasper avalizando a curva instintiva que fiz à direita. Logo passei pela casa de Hannah, da qual, curiosamente, não emanava qualquer aroma da garota, embora as árvores, bem como o musgo que revestia a parede de tijolos junto à estrada, permanecessem iguais.

Passar pelo portão e subir a entrada da Fazenda foi um gesto tão natural que me pareceu tê-lo feito na véspera.

O cheiro de Jasper levava direto a um grande trailer branco, com um monte de saibro e feno debaixo dele. Seus odores se encontravam registrados por todo lado e havia um novo cavalo me observando com ar sonolento e desconfiado enquanto eu farejava a cerca. Cavalos, porém, já não me interessavam mais. Ethan! Farejei Ethan, seu cheiro estava em toda parte. O menino ainda devia morar na Fazenda!

Nunca antes em toda a vida eu sentira o júbilo que me enchia agora, um júbilo que me inebriava.

As luzes estavam acesas na casa, e quando a contornei até a lateral, me postando no morrinho gramado, pude ver, pela janela, a sala de estar. Um homem da idade do Vovô ocupava uma poltrona e assistia à tevê, mas não se parecia com o Vovô. Ethan não se achava presente, não havia mais ninguém.

A porta de cachorro continuava ali, recortada na porta de metal que dava para fora, mas a porta grandona de madeira do lado de dentro estava firmemente fechada. Frustrado, arranhei a porta de metal e depois lati.

Ouvi vibrações dentro da casa quando alguém se aproximou. Meu rabo abanou com tamanho vigor que quase não consegui me sentar, ele puxava todo o meu corpo para a frente e para trás. A luz piscou no teto, e a porta de madeira fez um ruído familiar antes de se abrir. O homem que eu vira sentado na poltrona estava ali de pé, me observando através do vidro com a testa franzida.

Tornei a arranhar o metal. Queria que ele me deixasse entrar para que pudesse sair correndo à procura do menino.

— Ei! — disse ele, com a voz abafada pela porta fechada. — Pare com isso.

Ouvi a repreensão e tentei me sentar, obediente, mas meu traseiro não concordou e me obrigou a ficar novamente de pé.

— O que você quer? — indagou o homem, finalmente. Ouvi seu tom inquiridor e imaginei o que ele estaria me perguntando.

Foi quando me dei conta de que não precisava esperar que ele se decidisse — com a porta de dentro aberta, a porta de cachorro podia ser livremente usada. Baixei a cabeça e me enfiei pela cortina de plástico, irrompendo casa adentro.

— Ei! — exclamou o velho, surpreso.

Também eu estava surpreso. No segundo em que me vi dentro da casa, senti nitidamente o cheiro da pessoa que me bloqueava o caminho. Eu sabia quem era ela: seria capaz de reconhecer esse cheiro em qualquer lugar.

O cheiro inconfundível de Ethan.

Eu tinha encontrado o meu menino.

Capítulo 30

Embora Ethan estivesse em pé, tentei pular em seu colo. Investi contra ele, esticando-me para lambê-lo, cutucá-lo, pular-lhe em cima. Não consegui evitar os soluços que me saíam da garganta, não consegui impedir que meu rabo voasse.

— Ei! — exclamou ele, recuando e piscando os olhos. Tentou manter o equilíbrio, apoiando-se na bengala, e depois sentou pesadamente no chão. Pulei sobre ele, lambendo seu rosto. Ele empurrou com a mão a minha boca.

— Está bem, está bem — resmungou. — Pare com isso.

A sensação de suas mãos na minha cara foi a coisa mais maravilhosa que já senti na vida. Entrefechei os olhos de prazer.

— Para trás! Para trás! — comandou Ethan.

O menino levantou-se com esforço. Espremi minha cara contra sua mão e ele me afagou brevemente.

— Está bem. Nossa mãe! Quem é você?

Acendendo mais uma luz, ele me examinou.

— Uau! Você é bem magrela! Ninguém lhe dá de comer, hein? Por acaso se perdeu?

Eu podia ficar sentado ali a noite toda ouvindo sua voz e sentindo seu olhar em mim, mas não seria assim.

— Olhe, você não pode entrar aqui — disse ele, abrindo a porta externa e segurando-a. — Saia agora, vamos lá.

Era um comando que eu conhecia. Por isso, com relutância obedeci. Ele ficou ali parado me olhando pelo vidro, e eu, sentado, esperando.

— Você precisa ir para casa, cachorro — disse ele. Abanei o rabo. Eu sabia que iria "para casa", finalmente, "para casa" na Fazenda, que era o meu lugar, com Ethan, que era onde eu devia estar.

Ethan fechou a porta.

Esperei obedientemente até que o esforço se tornou demasiado e emiti um latido cheio de impaciência e frustração. Quando não houve resposta, lati de novo, arrematando com uma boa patada na porta.

Perdi a conta de quantas vezes lati até que a porta fosse novamente aberta. Ethan trazia nas mãos uma frigideira de metal, de onde vinham odores suculentos.

— Tome — resmungou. — Está com fome, amigão?

Assim que ele pôs a frigideira no chão, mergulhei no jantar, abocanhando a comida.

— É quase tudo lasanha. Não tenho grande coisa em matéria de comida de cachorro por aqui, mas acho que você não é do tipo enjoado para comer.

Abanei o rabo.

— Só não vai poder morar aqui. Não posso ter cachorro. Não tenho tempo para isso. Você precisa voltar para casa.

Abanei o rabo.

— Credo! Quando foi a última vez que você comeu? Não coma tão rápido, vai passar mal.

Abanei o rabo.

Quando terminei, Ethan inclinou-se lentamente para pegar a frigideira. Lambi seu rosto.

— Eca! Que mau hálito você tem!

Enxugando o rosto com a manga da camisa, voltou a ficar de pé. Observei-o, pronto para fazer o que quer que ele quisesse. Dar uma caminhada? Uma volta de carro? Brincar com aquele flip idiota?

— Muito bem. Você vai para casa. Um cachorro como você obviamente não é um vira-lata. Alguém deve estar à sua procura. Certo? Boa noite.

Ethan fechou a porta.

Fiquei ali sentado alguns minutos. Quando lati, a luz do teto se apagou com um clique.

Dei a volta até o morrinho gramado na lateral da casa e olhei para dentro da sala. Ethan se movia lentamente, apoiado à bengala, apagando uma luz depois da outra.

Meu menino estava tão velho! Eu jamais o reconheceria, mas agora que sabia tratar-se dele, o andar me pareceu familiar, embora mais emperrado, e a maneira como virou a cabeça e tentou espiar na escuridão da noite antes de apagar a última lâmpada, com as orelhas alertas como se procurasse escutar alguma coisa, era típica de Ethan.

Fiquei confuso com o fato de ser um cachorro ao relento, mas a comida no meu bucho e a exaustão das minhas patas me venceram e me enrosquei ali mesmo, enfiando o focinho embaixo do rabo embora a noite estivesse amena. Eu estava em casa.

Quando Ethan surgiu do lado de fora na manhã seguinte, eu me sacudi e corri até ele, tentando refrear uma afeição exagerada. Ele me encarou:

— Por que você continua aqui, hein, garoto? O que está fazendo aqui?

Eu o segui até o celeiro, de onde ele tirou um cavalo que eu jamais vira para levar até o pátio. Obviamente o burro do animal não reagiu ao me ver — simplesmente me olhou como Flare costumava fazer, sem registrar um pingo de compreensão. *Sou um cachorro, seu idiota!* Marquei território no pátio enquanto Ethan dava um pouco de aveia ao cavalo.

— Como vai você hoje, Troy? Com saudades de Jasper, não é? Saudades do seu amigão Jasper.

Ethan estava conversando com o cavalo, algo que eu poderia ter lhe dito ser um total desperdício de tempo. Afagou a cabeça do cavalo, chamou-o de Troy e mencionou o nome Jasper mais de uma vez, embora ao entrar no celeiro eu não tivesse encontrado o jumento, apenas seu cheiro, que era especialmente forte no trailer.

— Que dia triste, que dia triste aquele em que eu precisei levar Jasper para descansar. Mas ele viveu bastante e teve uma vida boa. Quarenta e quatro anos é um bocado para um jumento.

Senti tristeza em Ethan e rocei com o focinho sua mão. Ele me olhou distraído, a mente em outro lugar. Afagou Troy uma última vez e voltou para dentro de casa.

Algumas horas depois eu farejava em volta do pátio, esperando que Ethan saísse para brincar, quando um caminhão passou pelo portão. Assim que parou, reconheci um dos que eu havia visto no estacionamento do parque dos cachorros, e o homem que desceu do banco dianteiro era o mesmo policial que eu farejara examinando os arbustos com a vara e a laçada, que ele agora retirava da traseira do caminhão.

— Você não vai precisar disso! — falou Ethan, saindo de casa. Virei as costas para o homem e me aproximei, abanando o rabo, do meu menino. — Ele é muito dócil.

— Apareceu por aqui ontem à noite? — indagou o policial.

— Isso mesmo. Olhe só as costelas do coitado. Dá para ver que é de raça, mas alguém decerto não o tem tratado bem.

— Ouvimos falar de um labrador bonito que anda solto no parque municipal. Fico pensando se será o mesmo — comentou o policial.

— Isso eu não sei. O parque fica um bocado longe — respondeu Ethan, em dúvida.

O homem abriu uma gaiola na traseira do caminhão.

— Acha que vai entrar de boa vontade? Não estou a fim de correr atrás dele.

— Ei, cachorro. Suba aqui, viu? Aqui! — Ethan deu uma palmadinha no interior da gaiola aberta. Observei-o, curioso, um instante e depois dei um pequeno salto entrando nela com graça. Se era isso que o menino queria de mim, tudo bem. Eu faria qualquer coisa pelo meu menino.

— Eu agradeço — disse o policial, fechando a porta da gaiola.

— O que acontece agora? — perguntou Ethan.

— Ora, um cachorro como esse vai ser adotado com a maior facilidade, imagino.

— Bem... Eles vão me ligar avisando? Ele é um animal realmente bacana. Eu gostaria de saber que está bem.

— Isso eu não posso lhe dizer. O senhor vai ter que ligar para o abrigo, pedir que o notifiquem. Minha função é recolhê-los.

— Vou fazer isso, então.

O policial e o menino apertaram-se as mãos. Ethan se aproximou da gaiola enquanto o policial se acomodava no banco dianteiro do caminhão. Pus o focinho junto à grade, tentando estabelecer contato, inspirando o aroma de Ethan.

— Cuide-se bem, viu, amigão? — disse Ethan com carinho. — Você precisa de um lar legal, com crianças para brincar. Sou apenas um velho.

Fiquei pasmo quando partimos, Ethan ainda de pé ali, observando a gente. Não consegui me conter: comecei a latir. E lati, lati e lati durante todo o percurso, na estrada, ao passar pela casa de Hannah, e depois.

Esse novo desdobramento me deixou confuso e devastado. Por que estavam me levando para longe de Ethan? Foi ele que quis me mandar embora? Quando eu o veria de novo? Eu queria ficar com o meu menino!

Acabei indo parar num prédio cheio de cachorros, muitos dos quais latiam de medo o dia todo. Fiquei sozinho numa gaiola e, passado um dia, lá estava eu com uma gola de plástico idiota e uma dor familiar *naquele* lugar — era por isso que estava ali? Quando Ethan viria me buscar para uma volta de carro até em casa?

Toda vez que alguém passava pela minha gaiola, eu dava um salto, na esperança de que fosse o menino. Com o passar dos dias, às vezes eu dava vazão à frustração me juntando ao interminável coro de latidos que ricocheteava nas paredes. Onde estaria Ethan? Onde estava o meu menino?

O pessoal que me dava comida e cuidava de mim era simpático e gentil, e tenho de admitir que eu estava tão carente de contato humano que corria para qualquer um que abrisse a porta da minha gaiola, oferecendo a minha cabeça para ser afagada. Quando uma família com três filhas veio me visitar numa sala pequena, subi no colo delas e me virei de barriga para cima, tão desesperado que estava para sentir mãos humanas tocarem meu corpo.

— Podemos ficar com ele, pai? — perguntou uma das meninas. O afeto que se derramava das três crianças me deu arrepios de prazer.

— Ele é preto como carvão — disse a mãe.

— Tição — disse o pai, que segurou minha cabeça, examinou meus dentes e depois ergueu, uma a uma, minhas patas. Eu sabia o significado disso, já passara por esse tipo de exame antes. Um medo gelado apertou meu estômago. *Não*. Eu não podia ir para casa com essa gente. Eu pertencia ao menino.

— Tição! Tição! — entoaram as garotas. Observei-as indiferente, não considerando bem-vinda aquela adoração.

— Vamos almoçar — disse o homem.

— Paieeê!

— Mas quando acabarmos, voltamos aqui e levamos Tição para uma volta de carro — concluiu ele.

— Oba!

Ouvi claramente as palavras "volta de carro", mas fiquei aliviado quando, depois de muitos outros abraços das meninas, a família se foi. Me puseram de volta na gaiola, e eu me enrosquei para um cochilo, meio estupefato. Lembrei de quando Maya e eu fazíamos escola, de quando minha função era ficar sentado e deixar as crianças me afagarem. Talvez aqui acontecesse a mesma coisa, só que agora as crianças é que vinham até mim.

Tudo bem, o importante é que eu me enganara, a família não tinha aparecido para me levar com ela. Eu esperaria o meu menino. A motivação humana é inimaginável para cachorros, portanto eu não sabia ao certo por que nós dois havíamos sido separados, mas sabia que, quando chegasse a hora, Ethan iria me Encontrar.

— Boas novas, rapaz, você ganhou um novo lar — disse a mulher que dava comida ao enfiar na gaiola uma tigela de água. — Logo, logo eles estarão de volta e você vai dar adeus a este lugar. Eu sabia que não iria demorar.

Abanei o rabo e deixei-a coçar minhas orelhas, lambendo sua mão e partilhando sua alegria. *Sim*, pensei, em sintonia com o bom humor dela, *ainda estou aqui*.

— Vou ligar para o homem que mandou você para cá. Ele vai gostar de saber que encontramos uma boa família para você.

Quando a mulher se foi, dei algumas voltas na gaiola e me acomodei para tirar um cochilo, disposto a esperar pacientemente pelo menino.

Meia hora depois, despertei com um susto. Uma voz de homem, uma voz zangada, me acordou.

Ethan.

Lati.

— Meu cachorro... Ele é meu... Mudei de ideia! — gritava ele. Parei de latir e fiquei imóvel. Podia senti-lo do outro lado da parede e fixei o olhar na porta, torcendo para que ela se abrisse e eu pudesse farejar o menino. E um minuto depois, isso aconteceu. A mulher que me dera água atravessou o corredor na frente do menino. Pus minhas patas nas grades e abanei o rabo.

A mulher estava furiosa, dava para ver.

— As crianças vão ficar muito desapontadas — disse ela. Quando abriu a minha gaiola, eu saí correndo, me grudei no menino, abanando o rabo, lambendo e ganindo. A raiva da mulher sumiu ante essa cena. — Tudo bem — disse ela. — Deus meu!

Ethan ficou alguns minutos diante do balcão, anotando alguma coisa, enquanto permaneci sentado a seus pés, tentando manter as patas afastadas dele. Logo estávamos do lado de fora, sentados no banco dianteiro do carro, prontos para dar uma volta!

Embora fizesse um bocado de tempo desde a última vez que eu vivenciara a maravilhosa aventura de uma volta de carro com o focinho para fora da janela, o que eu mais queria era pôr a cabeça no colo de Ethan e sentir sua mão me afagar. E foi o que fiz.

— Você me perdoa de verdade, não é, amigão?

Lancei um olhar atento para ele.

— Boto você na cadeia e você não dá a mínima. — Durante algum tempo mantivemos um silêncio confortável. Perguntei a mim mesmo se estaríamos indo para a Fazenda. — Você é um cachorro bonzinho — disse, afinal, o menino, e abanei o rabo, satisfeito. — Muito bem, vamos comprar comida de cachorro.

No final das contas, voltamos para a Fazenda e, dessa vez, quando abriu a porta da frente Ethan segurou-a para que eu pudesse entrar.

Naquela noite, depois do jantar, deitei a seus pés, mais feliz do que jamais me lembrava de ter estado.

— Sam — disse ele, me olhando. Ergui a cabeça, alerta.

— Max. Não. Winston? Murphy?

Eu queria muito agradá-lo, mas não fazia ideia do que ele pretendia de mim. Me peguei torcendo para que ele me mandasse Encontrar. Eu adoraria demonstrar o tipo de trabalho que era capaz de fazer.

— Bandit? Tucker?

Ah, eu sabia o que era isso. Encarei-o ansioso, esperando que se decidisse.

— Sentinela? Rapaz? Amigão?

Pronto! Essa palavra eu conhecia. Lati e ele levou um susto.

— Opa! É esse o seu nome? Costumavam chamar você de Amigão?

Abanei o rabo.

— Ora, Amigão, muito bem. Amigão, seu nome é Amigão.

No dia seguinte eu já estava plenamente adaptado a atender por "Amigão". Era o meu novo nome.

— Aqui, Amigão. Sentado, Amigão! Quer saber? Alguém, ao que tudo indica, treinou você muito bem. É um espanto ter vindo acabar aqui. Abandonaram você?

Durante a maior parte daquele primeiro dia tive medo de sair do lado de Ethan. Fiquei surpreso quando fomos para o quarto do Vovô e da Vovó para dormir, mas não hesitei quando ele deu uma palmadinha no colchão: pulei para a cama macia e me estiquei com um gemido de puro deleite.

Ethan levantou da cama várias vezes naquela noite para ir ao banheiro e fielmente eu o segui em todas elas, permanecendo à porta enquanto ele fazia suas necessidades.

— Você não precisa me seguir todas as vezes, sabia? — disse ele.

Por outro lado, Ethan também não dormiu até tarde como costumava fazer antes. Acordou ao nascer do sol e preparou o café da manhã para nós dois.

— Bem, Amigão, estou semiaposentado — disse Ethan. — Ainda tenho um punhado de clientes aos quais dou consultoria, e preciso ligar para um deles hoje de manhã. Depois disso, temos o dia livre. Andei pensando em trabalharmos os dois no jardim. Você está de acordo?

Abanei o rabo. Concluí que o nome Amigão me agradava.

Depois do café (comi torrada!), o menino falou ao telefone, e resolvi explorar a casa. A parte de cima parecia meio gasta — os quartos cheiravam a mofo, mal registrando algum vestígio da presença de Ethan. O dele continuava igual, mas o da Mãe não tinha móveis e estava cheio de caixas.

Um armário no térreo parecia trancado, mas quando farejei próximo a uma rachadura no chão, um aroma familiar me subiu pelas narinas.

O flip.

Capítulo 31

Havia uma tristeza no menino, uma mágoa profunda que era nova nele e muito mais consistente do que a dor que se apossara da sua perna.

— Moro sozinho aqui. Não sei o que você está procurando — disse Ethan quando me viu examinar todos os cantos da casa. — Sempre quis me casar, cheguei perto umas duas vezes, mas nunca deu certo. Até morei com uma mulher em Chicago durante alguns anos. — O menino ficou em pé e olhou sem ver através da janela. Sua tristeza aumentou. — John Lennon disse que a vida é o que acontece quando você está fazendo outros planos. Acho que é uma ótima definição.

Aproximei-me dele e me sentei, erguendo uma pata para pousar em sua coxa. Ele baixou o olhar para mim e abanei o rabo.

— Ei, Amigão, vamos providenciar uma coleira para você.

Subimos para o seu quarto, e Ethan pegou uma caixa numa prateleira.

— Vamos ver... Muito bem, aqui está.

Um tilintar se fez ouvir na caixa quando Ethan puxou uma coleira e a sacudiu. O ruído era tão familiar que estremeci. Como Bailey, eu fazia esse mesmo barulho sempre que me mexia.

— Isto aqui era do meu outro cachorro, Bailey, há muito, muito tempo.

Abanei o rabo ao ouvir o nome. Ethan me mostrou a coleira e a cheirei, identificando um odor quase apagado de um outro cachorro — *eu*. A coleira cheirava a mim — que sensação mais estranha!

Ethan balançou a coleira algumas vezes.

— Esse, sim, era um cachorro bonzinho, o Bailey — disse ele. Ficou ali, perdido em lembranças, e depois olhou para mim. Quando falou, sua voz estava rouca, e senti uma torrente de emoções fortes emanar dele — tristeza, amor, arrependimento e luto. — Acho que é melhor comprar uma coleira nova para você, Amigão. Não seria justo fazer você tentar se igualar a Bailey. Bailey... Bailey foi um cachorro muito especial.

Fiquei tenso quando a volta de carro no dia seguinte nos levou à cidade — eu *não* queria voltar para a gaiola naquele lugar com um monte de cachorros latindo. Mas acabou que havíamos saído apenas para pegar sacos de ração e uma coleira dura para o meu pescoço, na qual Ethan prendeu algumas plaquinhas tilintantes quando chegamos em casa.

— Aqui diz: "Meu nome é Amigão. Pertenço a Ethan Montgomery" — me disse ele, segurando uma das placas na mão. Abanei o rabo.

Depois de várias dessas viagens à cidade, aprendi a baixar a guarda — já não parecia que Ethan fosse me abandonar. Parei de andar na sua cola e dei para excursionar por conta própria, alargando meu território para incluir toda a Fazenda e prestando especial atenção à caixa de correio e outros lugares à margem da estrada onde outros cachorros machos haviam estado.

O lago continuava lá, e ainda havia uma família de patos idiotas vivendo nas suas margens. Até onde eu sabia, bem que podia tratar-se dos mesmos patos — pouco importava, porém. Eles agiam do mesmo jeito ao me ver, pulando na água assustados e depois nadando de volta para me olhar. Eu sabia que não adiantava persegui-los, mas ainda assim fazia isso, exclusivamente pelo prazer que me dava.

Ethan passava a maior parte do dia de joelhos numa área de terra grande e úmida atrás da casa, e descobri que ele não queria que eu levantasse a perna ali. Conversava comigo enquanto brincava com a terra, e eu o escutava, abanando o rabo sempre que ouvia meu nome.

— Não demora vamos começar a ir à feira dos fazendeiros aos domingos. Nossa, isso é que é divertido! Meus tomates alcançam um ótimo preço — disse ele.

Uma tarde, me cansei do jogo de escavar a terra e dei uma chegadinha ao celeiro. O misterioso gato preto há muito desaparecera — não havia indícios do seu cheiro em lugar algum. Fiquei meio desapontado, sei lá por quê. Aquele era o único gato que me deu prazer conhecer.

Não, isso não é realmente verdade. Embora em geral a coisa toda me irritasse, o afeto incondicional de Sininho acabou sendo gratificante.

Nos fundos do celeiro, achei uma pilha de cobertores velhos, mofados e meio podres. Quando enfiei o focinho neles e inspirei profundamente, pude sentir, muito de leve, o odor familiar e aconchegante do Vovô. Ali nós dois costumávamos fazer nossas tarefas.

— Para mim é bom sair, caminhar — me disse Ethan. — Não sei por que não pensei em arrumar um cachorro antes. O exercício me faz bem.

Tinha noites em que contornávamos a fazenda por uma trilha bastante usada que cheirava a Troy em toda a sua extensão. Havia outras em que caminhávamos ao longo da estrada, numa ou noutra direção. Eu sempre sentia algum tipo de reação no menino quando passávamos pela casa de Hannah, embora ele jamais parasse ou entrasse para vê-la. Eu me perguntava por que já não era mais possível farejá-la ali, e me lembrava de Carly, no parque dos cachorros, definitivamente impregnada do aroma de Hannah.

Numa dessas noites, quando passamos pela casa de Hannah, me ocorreu algo que jamais me passara pela cabeça antes: descobri que a dor enterrada lá no fundo das entranhas do menino se parecia muito com a que eu sentia em Jakob tantos anos atrás. Era uma dor solitária, a sensação de ter tido que se despedir de alguma coisa.

Às vezes, porém, esse clima se dispersava por completo. Ethan adorava pegar a bengala e bater numa bola no quintal, lançando-a num voo para que eu a perseguisse e trouxesse de volta. Praticávamos com frequência esse jogo, e eu teria gasto a sola das minhas patas só para deixar o menino feliz. Quando eu pegava a bola no ar, como se fosse um pedaço de carne jogado por cima de uma cerca, Ethan soltava uma risada gostosa.

Em outras ocasiões, porém, o negro redemoinho da tristeza tomava-o por inteiro.

— Nunca pensei que a minha vida fosse dar nisto — me disse ele com a voz embargada, certa tarde. Afaguei-o com o focinho, na tentativa de animá-lo. — Totalmente sozinho, sem ninguém com quem dividir meus dias. Ganhei um monte de dinheiro, mas passado um tempo o trabalho já não me dava grande prazer e aí fui parando, o que também não me deu satisfação.

Corri, peguei uma bola e a joguei em seu colo, mas Ethan desviou o rosto, ignorando o jogo, seu sofrimento tão agudo que me deu vontade de ganir.

— Ai, Amigão, as coisas nem sempre saem do jeito que planejamos — disse ele com um suspiro. Enfiei o focinho à procura da bola, que empurrei para o meio de suas pernas, sendo afinal recompensado com um arremesso fraquinho, que me pôs para correr. O coração de Ethan não estava naquilo. — Cachorro bonzinho, Amigão — disse ele, distraído. — Acho que não estou com muita vontade de brincar agora.

Fiquei frustrado. Tinha sido um cachorro bonzinho. Tinha me dedicado a Encontrar e voltado para junto do menino. Só que ele não estava feliz, não do jeito que quase todas as pessoas ficavam quando eram Encontradas, quando Jakob ou Maya e os outros lhes entregavam cobertores, comida e as ajudavam a voltar para suas famílias.

Foi então que me ocorreu que o meu propósito neste mundo nunca havia sido apenas Encontrar, mas, sim, *salvar*. Rastrear o menino não passava de parte da equação.

Quando eu morava com Jakob, ele nutria esse mesmo sofrimento sombrio, mas quando o vi mais tarde, na época em que Maya e eu fazíamos escola, Jakob tinha uma família — uma filha e uma parceira. E estava feliz, tão feliz quanto Ethan costumava ser quando se sentava com Hannah na varanda e os dois não paravam de rir.

Para que Ethan fosse salvo, era preciso lhe dar uma família. Ele precisava de uma mulher e de ter um filho com ela. Assim seria feliz.

Na manhã seguinte, enquanto Ethan trabalhava na terra, saí de casa e peguei a estrada. Embora não mais existisse o rancho das cabras, eu descobrira novos cheiros-referências nos meus passeios de carro, razão pela qual encontrar o caminho de volta era tão fácil quanto explorar o terreno nos fundos da Fazenda. Uma vez na cidade, logo localizei o parque dos cachorros, embora tenha constatado, desapontado, que Carly não andava por ali. Brinquei com alguns cães no pátio, agora sem medo de ser visto por alguém —

eu pertencia a Ethan e era um cachorro bonzinho. Tinha uma coleira e um nome: Amigão.

Mais tarde naquele mesmo dia, Carly se aproximou, fagueira, encantada de me ver de volta ao parque. Enquanto brincávamos, inspirei extasiado o aroma de Hannah, fresco e intenso no pelo de Carly.

— Ora, ora, tudo bem, cachorrinho? Há tempos você não aparece. Como está bonito! — disse a mulher sentada no banco. — Ainda bem que estão lhe dando de comer! — Ela parecia cansada, e quando se levantou, passada apenas meia hora, apertou as costas com as mãos. — Nossa, estou tão *pronta* — falou com um suspiro.

Começou, lentamente, a caminhar na calçada, com Carly ziguezagueando à sua frente. Não larguei Carly, e nós dois assustamos vários esquilos que fugiram a toda.

Quando, após dois quarteirões, a mulher entrou num jardim e abriu a porta de uma casa, achei recomendável não entrar atrás de Carly. Me acomodei na varanda depois que a mulher fechou a porta, disposto a aguardar. Eu já conhecia esse jogo.

Algumas horas depois, um carro surgiu e entrou, e uma senhora de cabelo branco desceu do banco do motorista. Desci os degraus da varanda para ir ao seu encontro.

— Oi, cachorro, tudo bem? Você veio brincar com Carly? — cumprimentou-me ela, estendendo a mão, amistosa.

Reconheci a voz antes de sentir qualquer cheiro: Hannah. Com o rabo abanando, rolei a seus pés, implorando para que suas mãos me tocassem. Consegui meu intento. A porta da casa se abriu.

— Oi, mãe. Ele me seguiu desde o parque dos cachorros — disse a mulher, de pé à porta. Carly saiu porta afora e pulou em cima de mim. Eu a empurrei com delicadeza. No momento eu queria toda a atenção da garota.

— Bom, onde você mora, hein, rapaz? — indagou Hannah, estendendo a mão para a minha coleira. Sentei. Carly meteu a cara entre nós dois. — Cuidado, Carly — disse Hannah, empurrando a cabeça de Carly. — "Meu nome é Amigão" — leu Hannah devagar, segurando a minha placa.

Abanei o rabo.

— Pertenço a... Ai, meu Deus.

— O que foi, mãe?

— Ethan Montgomery.

— Quem?

Hannah ficou de pé.

— Ethan Montgomery, um homem... Um homem que conheci há muito tempo. Quando era garota.

— Um antigo namorado?

— Mais ou menos isso — respondeu Hannah, com um risinho. — Ele foi... foi meu primeiro namorado.

— O primeiro? Minha nossa! E esse é o cachorro dele?

— É, e se chama Amigão.

Abanei o rabo, enquanto Carly lambia minha cara.

— Bom, o que vamos fazer? — perguntou a mulher de pé à porta.

— Fazer? Acho que devíamos ligar para ele. Ele mora perto da casa velha, na mesma estrada. Você está um bocado longe de casa, hein, Amigão?

Eu já estava farto de Carly, que aparentemente não pegara o espírito da coisa e continuava tentando subir em mim. Rosnei para ela e ela se sentou, as orelhas coladas à cabeça. Logo, porém, pulou em cima de mim novamente. Tem cachorro que é animado demais para o próprio bem.

Eu confiava plenamente que Hannah me levasse de volta para o menino e que quando o menino a visse conseguiria tê-la de volta. Era complicado, mas não passava de uma espécie de Encontrar/ Mostrar. Só que caberia aos dois juntar os pedaços.

E foi o que aconteceu. Cerca de uma hora depois, o carro de Ethan parou diante da casa. Pulei de onde estava imobilizado por Carly, na grama, e corri até ele. Hannah, sentada na varanda, ficou de pé, hesitante, enquanto Ethan descia do automóvel.

— Ei, Amigão, que diabos você está fazendo aqui? — perguntou. — Entre no carro.

Me aboletei no banco dianteiro. Carly pôs as patas na porta do carro, tentando sentir meu cheiro através do vidro, como se não tivéssemos passado as últimas quatro horas grudados um no outro.

— Carly, desça daí! — comandou Hannah, com severidade. Carly desceu.

— Ora, tudo bem. Oi, Hannah.

— Oi, Ethan.

Os dois se entreolharam durante um minuto e, então, Hannah soltou uma gargalhada. Sem jeito, eles se abraçaram, os rostos se tocando de leve.

— Não faço ideia de como isso aconteceu — disse o menino.

— Ora, seu cachorro estava no parque. Minha filha Rachel vai lá todas as tardes. O parto dela está atrasado uma semana, e o médico quer que ela faça um pouco de exercício. Rachel faria polichinelos se achasse que isso ajudaria.

A mim Hannah dava a impressão de nervosa, mas o que ela estava sentindo nem de longe se comparava ao que Ethan sentia — seu coração batia tão forte que dava para ouvi-lo de onde eu estava. As emoções que vinham dele eram intensas e confusas.

— Isso é o que não entendo. Eu não estava na cidade. Amigão deve ter chegado longe assim por conta própria. Não faço ideia do que o levou a fazer isso.

— Bom... — disse Hannah.

Os dois ficaram ali se fitando.

— Não quer entrar? — convidou ela, finalmente.

— Não, não. Preciso voltar.

— Está bem, então.

Mais olhares. Ninguém se mexeu. Carly bocejou, ficando sentada para se espreguiçar, indiferente à tensão entre aqueles dois.

— Eu ia ligar para você quando soube... Matthew. Meus pêsames — disse Ethan.

— Obrigada — agradeceu Hannah. — Faz quinze anos, Ethan, um bocado de tempo.

— Não me dei conta de ter passado esse tempo todo.

— É.

— Você está de visita? Por causa do nascimento do bebê?

— Ah, não. Eu agora moro aqui.

— Mora? — Ethan pareceu extremamente surpreso, mas, olhando em volta, nada vi de surpreendente a não ser um esquilo que descera das árvores e escavava na grama algumas casas adiante. Carly olhava para o lado errado, reparei com irritação.

— Eu me mudei de volta para cá vai fazer dois anos no mês que vem. Rachel e o marido estão comigo enquanto terminam a reforma que estão fazendo para acrescentar mais um quarto para o bebê.

— Ah!

— Precisam se apressar — disse Hannah, rindo. — Ela está... Enorme.

Ambos riram. Dessa vez, quando o riso cessou, alguma coisa cheirando a tristeza se apossou de Hannah. O medo de Ethan se esvaiu e também ele pareceu assaltado por uma estranha melancolia.

— Foi ótimo rever você, Ethan.

— Também adorei, Hannah.

— Tchau, então.

Ela deu meia-volta e se dirigiu para a casa. Ethan deu a volta no carro e entrou pelo lado do motorista. Estava zangado, amedrontado, triste e dividido. Carly ainda não tinha visto o esquilo. A garota subiu o último degrau da varanda. Ethan abriu a porta do automóvel:

— Hannah!

Ela se virou. Ethan respirou fundo. Estremeceu.

— Estive pensando... Você gostaria de jantar lá em casa um dia desses? Talvez se divirta. Há tempos você não vai à Fazenda. Eu... hã... Eu fiz uma horta. De tomates... — Sua voz falhou.

— Você agora cozinha, Ethan?

— Bom, eu aprendi a requentar. Muito bem.

Ambos riram e a tristeza se evaporou como se jamais tivesse estado ali.

Capítulo 32

Depois daquele dia, passei a encontrar Hannah e Carly com frequência. As duas apareciam a toda hora na Fazenda para brincar, o que por mim não constituía problema. Carly sabia que a Fazenda era território meu, algo que dificilmente poderia ignorar, já que eu levantara a perna de encontro a todas as árvores dali. Eu era o Maioral, e ela não tentava me desafiar, embora se mostrasse irritantemente indiferente aos benefícios que a ordem natural conferia ao nosso grupo declaradamente pequeno. Na maior parte do tempo, ela agia como se fôssemos simples companheiros de folguedos e nada mais.

Carly, concluí, não era muito brilhante. Parecia achar que podia pegar os patos se os perseguisse com bastante discrição, o que não passava de uma ideia absolutamente idiota. Eu ficava olhando com absoluto desprazer enquanto ela se esgueirava pela grama, com a barriga na terra, avançando centímetros de cada vez, enquanto o tempo todo a mãe pata a observava sem piscar. Então, uma rápida investida, um ruidoso espadanar de água, e os patos alçavam um voo raso de alguns metros, aterrissando pouco à frente de Carly no lago. Ela nadava uns quinze minutos, esforçando-se a ponto de quase tirar o corpo da água, e latia, frustrada, sempre que, já estando pertinho, os patos abriam as asas e pulavam no ar para se distanciarem mais alguns metros.

Quando Carly finalmente desistia, os patos, decididos, nadavam atrás dela, grasnando, e às vezes ela dava meia-volta e tornava a persegui-los, crente que enganara os bobocas. Eu não tinha a menor paciência para tudo isso.

Vez por outra, Ethan e eu íamos à casa de Carly também, mas essas visitas não eram divertidas, já que tudo que havia para fazer era brincar no quintal.

No verão seguinte, dezenas de pessoas se reuniram na Fazenda, sentadas em cadeiras de armar para assistir ao show que eu aperfeiçoara com Maya e Al e que consistia em andar entre as cadeiras com um passo lento e imponente, dessa vez até onde Ethan havia construído uma espécie de tablado com degraus de madeira para que todos me enxergassem. Ele desamarrou alguma coisa presa ao meu lombo, os dois se beijaram e conversaram, e todos riram e me aplaudiram.

Depois disso, Hannah foi morar conosco na Fazenda, que se transformou a tal ponto que quase fazia lembrar a casa da mama de Maya, com visitas aparecendo o tempo todo. Ethan arrumou mais dois cavalos para fazerem companhia a Troy no pátio, cavalos menores, e as crianças que nos visitavam adoravam montar neles, embora, na minha opinião, cavalos sejam criaturas indignas de confiança, capazes de largar qualquer um perdido na floresta ao menor vislumbre de uma cobra.

A dona de Carly, Rachel, logo surgiu com um bebezinho chamado Chase, um garotinho que adorava montar em mim, puxar meu pelo e cair na risada. Eu ficava quieto quando isso acontecia, igualzinho a quando Maya e eu fazíamos escola. Eu era um cachorro bonzinho, todo mundo dizia. Hannah tinha três filhas, e todas tinham filhos também, de modo que o tempo todo eu tinha mais companheiros para brincar do que era capaz de contar.

Quando não tínhamos visitas, Ethan e Hannah quase sempre se sentavam na varanda, de mãos dadas, enquanto a noite esfriava. Eu me deitava aos pés de ambos, esbanjando contentamento. A dor do meu menino desapareceu, substituída por uma felicidade serena, saudável. As crianças que nos visitavam chamavam o meu menino de Vovô, e cada vez que isso acontecia o coração dele inchava de alegria. Hannah o chamava de "meu amor" e querido, bem como simplesmente de Ethan.

Essa nova situação só não era cem por cento perfeita devido ao fato de que quando Hannah começou a dormir com Ethan fui sumariamente enxotado da cama. No início, supus que se tratasse de um equívoco — afinal, havia espaço de sobra para mim entre os dois, que era onde eu preferia me acomodar. Mas Ethan me mandou ficar no chão, apesar de não haver nada de errado com a cama do outro quarto, na qual a garota podia dormir perfeitamente bem. Na verdade, depois do show que dei no pátio para toda aquela plateia, Ethan pôs camas em todos os quartos de cima, até mesmo no quarto de costura da Vovó, mas aparentemente nenhuma era boa o bastante para Hannah.

Apenas para testar a teoria, porém, toda noite eu punha as patas na cama e, devagarzinho, tentava subir, exatamente como Carly fazia no encalço dos patos. E toda noite Ethan e Hannah se esbaldavam de rir.

— Não, Amigão, pode descer — dizia Ethan.

— Ele não tem culpa por tentar — atalhava, quase sempre, Hannah.

Quando caía neve, Hannah e Ethan se enrolavam num cobertor e se sentavam para conversar diante do fogo. Quando chegava o Feliz Dia de Graças ou o Feliz Natal, a casa se enchia de gente. Muitas vezes eu me via arriscado a ser pisado e podia escolher qualquer cama, pois as crianças ficavam encantadas quando eu dormia com elas. O meu favorito era o filho de Rachel, Chase, que me lembrava ligeiramente Ethan, por causa do jeito como me abraçava e amava. Quando parou de querer andar de quatro como um cachorro e começou a correr com as duas pernas, Chase gostava de explorar a Fazenda, enquanto Carly perseguia em vão os patos.

Eu era um cachorro bonzinho. Cumprira o meu propósito. Coisas que aprendi quando era selvagem me ensinaram a escapar e me esconder de gente, se necessário, a garimpar comida em lixeiras. Viver com Ethan me ensinara a amar e me mostrara o meu propósito mais importante: cuidar do meu menino. Com Jakob e Maya aprendi a Encontrar, Mostrar, e, mais importante que tudo, a salvar pessoas. Todas essas coisas, tudo que aprendi como um cachorro, me levaram a encontrar Ethan e Hannah e juntar os dois. Eu entendia isso agora: o porquê de ter vivido tantas vezes. Era importante adquirir um monte de talentos e conhecimentos para quando chegasse a hora de resgatar Ethan, não do lago, mas do desespero que afogava sua própria vida.

O menino e eu ainda caminhávamos pela Fazenda à noitinha, em geral com Hannah, mas nem sempre. Eu ansiava por ficar sozinho com Ethan, ouvir sua voz e o seu andar lento e cuidadoso no chão irregular.

— Como nos divertimos essa semana. Você não se divertiu, Amigão?

Às vezes, Ethan usava a bengala para lançar a bola e eu disparava, satisfeito, atrás dela, mordendo-a de leve antes de deixá-la cair a seus pés para uma outra tacada.

— Você é um cachorro tão incrível, Amigão! Não sei o que faria sem você — disse Ethan numa noite dessas. Respirou fundo, voltando-se para contemplar a Fazenda, acenando para uma mesa de piquenique cheia de crianças, que acenaram de volta.

— Oi, vovô! — gritaram todas.

Seu evidente contentamento e amor pela vida me fizeram latir, encantado. Ele se virou para mim e riu.

— Pronto para mais uma, Amigão? — indagou, erguendo a bengala para arremessar novamente a bola.

Chase não foi o último bebê a se juntar à família, eles não paravam de chegar. Chase era mais ou menos da idade de Ethan quando o conheci na ocasião em que sua mãe, Rachel, trouxe para casa uma menininha que atendia por uma variedade de nomes: Surpresa, Raspa do Tacho e Kearsten. Como sempre, seguraram o bebê para que eu cheirasse e, como sempre, tentei ser agradecido — jamais soube o que se esperava de mim nessas circunstâncias.

— Vamos jogar bola, Amigão! — sugeriu Chase. A esse tipo de convite eu sabia direitinho como reagir!

Num belo dia de primavera eu estava em casa sozinho com Ethan e cochilava, preguiçoso, enquanto ele lia um livro à luz cálida do sol que se derramava pela janelona. Hannah acabara de sair de carro e, naquele específico momento, nossa casa estava estranhamente vazia de parentes visitantes. De repente, meus olhos se abriram num susto. Virei-me e olhei para Ethan, cujo olhar encontrou o meu, curioso.

— Ouviu alguma coisa, Amigão? — indagou. — Entrou algum carro?

Havia algo de errado com o menino, pude sentir. Com um leve suspiro, me pus de pé. A ansiedade me assaltou. Ele voltara ao livro, mas riu, surpreso, quando pus minhas patas no sofá, como se pretendesse subir em seu colo.

— Opa, Amigão, o que é isso?

A sensação de tragédia iminente aumentou. Lati, impotente.

— Tudo bem com você? Precisa ir lá fora? — Com um gesto, Ethan indicou a porta, depois tirou os óculos e esfregou os olhos. — Epa, estou meio tonto.

Sentei-me. Ele piscou e contemplou o vazio.

— Quer saber, meu velho? Nós dois vamos tirar um cochilo. — Levantou-se, então, e começou a andar, meio trôpego. Ofegando, nervoso, eu o segui até o quarto. Ethan se sentou na cama e gemeu.

Alguma coisa se rompeu em sua cabeça, pude sentir. Ele relaxou o corpo, inspirando profundamente. Pulei na cama, mas Ethan não disse uma palavra, apenas me encarou com os olhos vidrados.

Não havia nada que eu pudesse fazer. Afaguei com o focinho aquela mão inerte, assustadoramente ciente das forças estranhas que se debatiam dentro dele. Sua respiração era curta, irregular.

Passada uma hora, ele se mexeu. Alguma coisa de errado realmente estava acontecendo, mas pude senti-lo reunindo as forças, lutando para se libertar do que quer que o dominasse, como uma vez eu mesmo lutei para subir à tona da água gelada do bueiro, segurando com a boca o pequeno Geoffrey.

— Ai — exclamou, ofegante. — Ai, Hannah!

Mais tempo se passou. Gani baixinho, sentindo o desenrolar da luta em seu interior. Então, seus olhos se abriram. No início pareceram desfocados, confusos, e depois se iluminaram ao me ver, bem abertos.

— Ora, ora, Bailey — disse ele, me causando um choque. — Por onde você andou? Senti saudades suas. — Sua mão procurou meu pelo. — Cachorro bonzinho, o Bailey.

Não foi um equívoco. Por algum motivo, ele sabia. Essas criaturas maravilhosas, com suas mentes complexas, eram capazes de muito mais que um cachorro, e a convicção segura que emanava de Ethan me fez entender que ele juntara os pedacinhos. Olhava para mim e via Bailey.

— Lembra do dia dos carrinhos de rolimã, Bailey? A gente bem que mostrou a eles, hein? Pode crer que sim.

Eu queria lhe dizer que *sim*, que eu era Bailey. Era seu único cachorro e entendia que o que quer que estivesse acontecendo dentro dele o deixava ver meu verdadeiro eu. Percebi como poderia fazer isso e, como uma flecha, pulei da cama e saí pelo corredor. Abocanhei a maçaneta do armário conforme aprendi com a minha primeira mãe, e o velho mecanismo girou facilmente em minha boca, fazendo a porta se abrir. Eu a escancarei e mergulhei naquele monte de coisas mofadas no fundo, atirando para lá e para cá botas e guarda-chuvas até pegá-lo com os dentes: o flip.

Quando subi novamente na cama e larguei o objeto em sua mão, Ethan levou um susto como se eu o tivesse despertado.

— Uau, Bailey, você encontrou o flip. Onde foi que pegou isso, rapaz?

Lambi seu rosto.

— Muito bem. Vejamos.

O que ele fez em seguida era a última coisa que eu queria que fizesse. Seu corpo estremeceu com o esforço, mas Ethan se arrastou até a janela, que havia aberto para deixar entrar ar fresco.

— Muito bem, Bailey. Pegue o flip! — comandou. Com um movimento canhestro, ergueu o flip até o peitoril e o arremessou para o lado de fora.

Eu não queria sair do seu lado, nem mesmo por um segundo, mas não pude desobedecê-lo quando ele repetiu o comando. Com as unhas das patas arranhando o carpete, passei a toda a disparada pela sala e saí pela porta de cachorro, em desabalada carreira até a lateral da casa para resgatar o flip dos arbustos sobre os quais tinha caído. Corri de volta para a casa, odiando cada segundo que aquele flip idiota me mantinha afastado do meu menino.

Quando cheguei de volta ao quarto, vi que a situação piorara. Ethan estava sentado no chão, no lugar onde estivera de pé, com o olhar desfocado e a respiração difícil. Cuspi o objeto que trouxera para ele — não era mais hora para isso. Cuidadosamente, para não machucá-lo, avancei e pus minha cabeça em seu colo.

Logo ele me deixaria, pude sentir pela desaceleração da respiração rouquenha. Meu menino estava morrendo.

Eu não poderia me juntar a ele nessa jornada e não sabia aonde ela o levaria. Os humanos são muito mais complicados do que os cachorros e têm um propósito muito mais importante. A tarefa de um bom cachorro é, basicamente, lhes fazer companhia, ficando a seu lado independentemente do caminho que a vida tome. Tudo que me cabia agora era lhe dar conforto, bem como a certeza de que ao deixar esta vida ele não estaria sozinho, mas, sim, assistido pelo cachorro que o amava mais do que a qualquer coisa neste mundo.

Sua mão, fraca e trêmula, tocou o pelo acima do meu pescoço.

— Vou sentir saudades suas, cachorro boboca — me disse Ethan.

Encostei minha cara na dele, senti seu hálito e carinhosamente lambi seu rosto enquanto ele lutava para fixar o olhar em mim. A certa altura, ele desistiu e seus olhos se embaçaram. Eu não sabia se agora Ethan me via como Bailey ou como Amigão, mas não fazia mal. Eu era o seu cachorro e ele era o meu menino.

Senti a consciência deixá-lo gradualmente, como acontece com a luz do dia quando o sol se põe. Não houve sofrimento, nem medo, nada, exceto a sensação de que o meu menino valente ia partir para onde devia. Ao longo de todo o processo, pude senti-lo ciente da minha cabeça em seu colo, até que, com um último suspiro, a consciência o abandonou para sempre.

Fiquei ali, quieto, com o meu menino, no silêncio daquela tarde de primavera na casa vazia. Logo a garota chegaria em casa e, recordando a dificuldade que todos haviam tido para se despedir de Bailey e Ellie — e até mesmo dos gatos —, entendi que ela precisaria da minha ajuda para enfrentar a vida sem o menino.

Quanto a mim, permaneci lealmente onde estava, pensando na primeira vez que vi o menino e nessa agora, a derradeira — e em tudo que aconteceu entre as duas. O luto doído e profundo que eu sabia ser inevitável logo me assaltaria, mas naquele momento o que eu mais sentia era paz, além da certeza de que, ao viver minha vida do jeito que vivera, tudo havia se encaminhado para esse momento.

Meu propósito tinha sido cumprido.

Agradecimentos

Muitas pessoas me ajudaram de muitas formas para que eu chegasse até onde me encontro hoje. Mal sei como começar a identificar todas elas — e *terminar* é uma escolha ainda mais difícil. Assim, quero deixar registrado que estou ciente de ser, tanto como escritor quanto como indivíduo, uma obra em curso, que, até agora, é a soma de tudo que aprendi e vivenciei, bem como sei que devo tudo àqueles que me ensinaram, ajudaram e apoiaram.

Não posso deixar de citar alguns dos textos que usei na minha pesquisa sobre a maneira como pensam os cães. *Dogwatching*, de Desmond Morris; *What Dogs Have Taught Me*, de Merrill Markoe; *The Hidden Life of Dogs*, de Elizabeth Marshall Thomas; *Search and Rescue Dogs*, da Associação Americana de Resgate de Cães; as obras de Cesar Millan, James Harriot, do dr. Marty Becker e de Gina Spadafori.

Eu nada seria sem o apoio da minha família, sobretudo dos meus pais, que sempre acreditaram em mim como escritor, a despeito de mais de uma década de trabalhos rejeitados.

Scott Miller, meu agente na Trident Media, que jamais desistiu, quer deste livro, quer de mim, sempre depositou igual confiança em mim.

O esforço de Scott me levou à Tor/Forge e à minha editora, Kristin Sevick, cuja fé em *Quatro vidas de um ca-*

chorro, associada a um olhar meticuloso e um toque de especialista, refinaram e tornaram melhor este romance. Foi um prazer trabalhar com ela e todos os demais membros do *staff* da Tor/Forge.

No momento em que redijo estes agradecimentos, embora o livro ainda não tenha seguido para a impressão, muita gente já se esforça para promovê-lo, como Sheryl Johnston, grande assessora de imprensa e um assombro ao volante; Lisa Nash, que recorreu à sua vasta rede para ajudar a legitimar a voz deste livro; Buzz Yancey, que tentou criar... um burburinho; Hilary Carlip, que assumiu o encargo de repaginar o wbrucecameron. com e criou o site adogspurpose.com de forma fantasticamente bem-sucedida; Amy Cameron, que aplicou a experiência adquirida em anos de ensino na redação de um guia de estudo destinado a qualquer educador que pretenda utilizar *Quatro vidas de um cachorro* em sala de aula; Geoffrey Jennings, um livreiro extraordinário que aprovou um dos primeiros esboços do livro; e Lisa Zupan, por captar o espírito da coisa.

Agradeço a todos os editores que publicam minha coluna em seus jornais, apesar do rebuliço da indústria jornalística, sobretudo ao *Denver Post*, que preencheu a lacuna após o triste desaparecimento do *Rocky Mountain News*. Obrigado, Anthony Zurcher, por editar tão magistralmente a minha coluna durante todos esses anos.

Obrigado a Brad Rosenfeld e Paul Weitzman na Prefered Artists por preferir a mim, e a Lauren Lloyd por administrar tudo.

Obrigado a Steve Younger e Hayes Michael pelo trabalho jurídico — continuo a achar que devíamos alegar insanidade.

Obrigado, Bob Bridges, por continuar a fazer seu trabalho voluntário de correção dos erros da minha coluna. Eu adoraria pagar a você cem vezes o seu salário atual.

Obrigado, Claire La Zebnik, por se arriscar, falando comigo a respeito do ofício de escritor.

Obrigado, Tom Rooker, pelo que quer que seja que você esteja fazendo.

Obrigado a Big Al e Evie, por investirem pessoalmente na minha carreira "genial". Obrigado, Ted, Maria, Jakob, Maya e Ethan pelos elogios.

Obrigado a todos da Sociedade Nacional dos Colunistas de Jornais por tentarem impedir que façamos parte da lista das espécies em risco de extinção.

Obrigado, Georgia Lee Cameron, que me apresentou ao mundo do resgate de cães.

Obrigado, Bill Belsha, por trabalhar a minha cabeça.

Obrigado, Jennifer Altabef, por me atender sempre que precisei de você.

Obrigado, Alberto Alejandro, por me transformar, praticamente sozinho, em um autor best-seller.

Obrigado a você, Kurt Hamilton, por me motivar.

Obrigado a Julie Cypher por me emprestar tudo que possui.

Obrigado, Marcia Wallace, você é a minha *action figure* favorita.

Obrigado, Norma Vela, por seu imenso bom senso.

Obrigado, Molly, pela carona, e Sierra, por permitir que acontecesse.

Obrigado, Melissa Lawson, por providenciar a edição definitiva.

Obrigado, Betsy, Richard, Colin e Sharon, por comparecerem a tudo e por tentarem me ensinar a dançar rumba.

A primeira pessoa a quem contei esta história foi Cathryn Michon. Obrigado, Cathryn, por insistir para que eu imediatamente escrevesse *Quatro vidas de um cachorro* e por tudo o mais.

Agora entendo por que tanta gente continua a falar depois que a orquestra começa a tocar na noite do Oscar: a lista de pessoas a que desejo agradecer é simplesmente interminável. Por isso, paro por aqui, encerrando com um derradeiro comentário: louvo o sacrifício e o infindável trabalho duro dos vários homens e mulheres que labutam no resgate de animais, ajudando os perdidos, os abandonados e os maltratados a descobrirem vidas novas e felizes com famílias amorosas. Vocês todos são anjos.

Sobre o autor

Autor best-seller do *New York Times*, W. Bruce Cameron foi duas vezes eleito o melhor colunista de humor, e seu artigo semanal é lido por mais de três milhões de pessoas. Atualmente Bruce vive na Califórnia. Para mais informações, acesse o site www.brucecameron.com.

CIP-BRASIL. CATALOGAÇÃO NA FONTE
SINDICATO NACIONAL DOS EDITORES DE LIVROS, RJ.

C189q
Cameron, W. Bruce
Quatro vidas de um cachorro / W. Bruce Cameron ; tradução Regina Lyra. - Rio de Janeiro : PocketOuro, 2011.

Tradução de: A dog's purpose
ISBN 978-85-7955-074-4

1. Romance americano. I. Lyra, Regina. II. Título.

CDD: 813
CDU: 821.111(73)-3

Este livro foi composto em Adobe Caslon Pro, e impresso pela Ediouro Gráfica sobre papel Offset 63g/m²
para o PocketOuro em 2011.

PocketOuro

O planeta dos macacos, *Pierre Boulle*
Alô, chics!, *Gloria Kalil*
Os melhores contos de amor das Mil e Uma Noites
Mentiras no divã, *Irvin D. Yalom*
3:16, *Max Lucado*
Contos de vampiros, *Flávio Moreira da Costa (org.)*
A luta pela sobrevivência, *Charles Darwin*
Não somos racistas, *Ali Kamel*
O livro de ouro da mitologia, *Thomas Bulfinch*
Paixões, *Rosa Montero*
Poemas de amor, *Fernando Pessoa*
Dias melhores virão, *Max Lucado*
Pixote – Infância dos mortos, *José Louzeiro*
Romeu e Julieta, *William Shakespeare*
Eu, robô, *Isaac Asimov*
Poemas de amor, *William Shakespeare*
Notas do subsolo e O Grande Inquisidor, *Fiódor Dostoiévski*
Contos de terror e mistério, *Edgar Allan Poe*
O Profeta, *Kahlil Gibran*
As quatro armadilhas da mente e a inteligência multifocal, *Augusto Cury*
Como administrar seu intelecto, *Augusto Cury*
A vida sexual de Catherine M., *Catherine Millet*
Jesus, *Kahlil Gibran*
Desenvolvendo a inteligência emocional, *Augusto Cury*

Bons profissionais e excelentes profissionais, *Augusto Cury*
Cachorros encrenqueiros se divertem mais, *John Grogan*
A lei da atração, *Michael Losier*
Você faz a diferença, *John C. Maxwell*
Calígula e Nero, *Suetônio*
Contos de humor, clássicos escolhidos, *Flávio Moreira da Costa (org.)*
100 homens que mudaram a história do mundo, *Bill Yenne*
O livro de ouro da história da música, *Otto Maria Carpeaux*
O livro de ouro do sexo, *Regina Navarro Lins e Flávio Braga*
Assassinato no Expresso do Oriente, *Agatha Christie*
Morte no Nilo, *Agatha Christie*
Histórias de mulheres, *Rosa Montero*
Você, a ideia mais fantástica de Deus, *Max Lucado*
A louca da casa, *Rosa Montero*
Cai o pano, *Agatha Christie*
A mensagem secreta de Jesus, *Brian McLaren*
O Santo Graal e a linhagem sagrada, *M. Baigent, R. Leigh e H. Lincoln*
Treze à mesa, *Agatha Christie*
Não sou a Mulher-Maravilha, mas Deus me fez maravilhosa!, *Sheila Walsh*
O Universo conspira a seu favor, *Jerry e Esther Hicks*
A última semana, *Marcus Borg e John Crossan*
A arte de ser feliz sem sair do lugar, *Maurice Smith*
A Mansão Hollow, *Agatha Christie*
Jesus, o maior filósofo que já existiu, *Peter Kreeft*
O livro da felicidade, *Dalai Lama*
A arte da guerra, *Sun Tzu*
De bem com a vida, *Deborah Norville*
Os elefantes não esquecem, *Agatha Christie*
Poliana, *Eleanor H. Porter*
Sem tempo pra nada, *Edward M. Hallowell*

Um corpo na biblioteca, *Agatha Christie*
365 bênçãos, *Max Lucado*
Madonna: 50 anos, *Lucy O'Brien*
Como saber quem você é, *Dalai Lama*
A oração de Maria, *Keith Fournier e Lela Gilbert*
Poliana moça, *Eleanor H. Porter*
A vida de Chico Xavier em quadrinhos, *Rodolfo Zalla e Franco de Rosa*
A Cruz e o Crescente, *Richard Fletcher*
Alice no País das Maravilhas, *Lewis Carroll*
Hitler, *Joachim Fest*
O Bem-Amado, *Dias Gomes*
As 17 incontestáveis leis do trabalho em equipe, *John C. Maxwell*
As memórias do livro, *Geraldine Brooks*
O livro de ouro da Bíblia, *J. W. Rogerson*
Falando com os anjos, *Roberto B.O. Goldkorn*
Gente como a gente, *Max Lucado*
A montanha e o rio, *Da Chen*
O Tigre Branco, *Aravind Adiga*
Os manuscritos de Jesus, *Michael Baigent*
O livro de ouro das religiões, *John Bowker (org.)*
A cabeça de Steve Jobs, *Leander Kahney*
O livro de ouro do Universo, *Ronaldo Mourão*
Conversando com Deus, vol. I, *Neale D. Walsch*
Conversando com Deus, vol. II, *Neale D. Walsch*
Churchill, Hitler e "a guerra desnecessária", *Patrick J. Buchanan*
O livro de ouro dos sonhos, *Gayle Delaney*
Quem Jesus foi? Quem Jesus não foi?, *Bart D. Ehrman*
Comporte-se como uma dama, pense como um homem, *Steve Harvey e Denene Millner*
Resistência, *Agnès Humbert*

Um presente de Deus, *Glenn Beck, Kevin Balfe e Jason Wright*
O beijo no asfalto (graphic novel), *Nelson Rodrigues, Arnaldo Branco e Gabriel Góes*
O último templário, *Raymond Khoury*
O vencedor está só, *Paulo Coelho*
Autoestima, *Luis Rojas Marcos*
Emagreça sem sacrifícios, *Pierre Dukan*
Talento para ser feliz, *Leila Navarro*
Moby Dick, *Herman Melville*
Agosto, *Rubem Fonseca*
Coma e seja feliz, *Elizabeth Somer*
O livro da bruxa, *Roberto Lopes*
O que muda com o novo Acordo Ortográfico, *Evanildo Bechara*
Todo dia é um dia especial, *Max Lucado*
Ame a você mesmo, *Eva-Maria Zurhorst*
A fé começa em casa, *Kurt Bruner e Steve Stroope*
Contos e lendas orientais, *Malba Tahan*
Lições de vencedor, *Silas Malafaia*
O Castelo de Vidro, *Jeannette Walls*
Bem-vindo, Espírito Santo, *Benny Hinn*
Direto ao ponto, *Steve Harvey*
Halo, *Alexandra Adornetto*
O céu é de verdade, *Todd Burpo e Lynn Vincent*
O poder da oração para mulheres, *Jackie M. Johnson*
À beira do apocalipse, *Tim LaHaye e Craig Parshall*
Começar de novo, *Jackie M. Johnson*
Deus tem um plano para você, *Daniel Godri Jr. e Henrique Watanabe*
O Natal de Poirot, *Agatha Christie*
Os 100 melhores jogadores brasileiros de todos os tempos, *André Kfouri e Paulo V. Coelho*
Quatro vidas de um cachorro, *W. Bruce Cameron*